影響一生的世界文學經典

巧讀

# 清秀佳人

# Anne of Green Gables

露西・莫德・蒙哥馬利◆著

孫笑語◆譯

# 譯者的話

《清秀佳人》（Anne of Green Gables）又譯為《紅髮安妮》、《綠山牆的安妮》或《綠色屋頂之家的安妮》，是加拿大著名女作家露西·莫德·蒙哥馬利（Lucy Maud Montgomery，1874—1942）的代表作，也是她的成名作。綠山牆，是一個農莊的名字，書中的主人公安妮被領養後就生活在這裡。

安妮是一個很有個性的女孩子，人們習慣稱她為「紅頭髮安妮」。她長著一頭紅髮，滿臉的雀斑，自幼失去了雙親，是一個沒有任何親戚的孤女。但她樂觀、好強、熱情、敏感，滿腦子都是天真的夢幻，還時常有出格的言行，性格直率，快言快語，甚至有些粗心大意。為此，她常常惹禍，使自己吃了不少苦頭。當然，不斷長大的安妮最終有一個快樂的結局。

「紅頭髮安妮」的身上有作者蒙哥馬利的影子。蒙哥馬利出生在加拿大北部愛德華王子島省的克利夫頓，兩歲時母親病故，不久，父親再婚後離開，小蒙哥馬利只得來到卡文迪許村與外祖父母一起生活，並在那裡長大。

「我的童年與少女時代都在卡文迪許村的一所老式農舍中度過，我家的四周都是蘋果園」，蒙哥馬利把對大自然的愛，對愛的渴望，對美好生活的憧憬全都融到自己的作品中。蒙哥馬利九歲開始寫詩，十五歲寫成《馬可波羅號沉沒記》，並在全國作文競賽中獲得三等獎。一八九四年，蒙哥馬利從威爾士王子學院畢業後，在島上教書育人。

一九〇八年，《清秀佳人》一經發表，很快成為暢銷書，一年之內印行了六版。至一九〇九年五月，這部小說在英國就印行了十五版。前後有兩位英國首相鮑德溫和麥克唐納都說自己是「安妮迷」。《清秀佳人》先後被譯成五十多種文字，在全世界廣泛流傳。後來，這部小說還被改編為電影、歌劇和電視劇。二十世紀八〇年代，《清秀佳人》被改編為電視劇，由加拿大廣播公司電視台播放，當時收看的人數就多達五五〇萬。

《清秀佳人》大獲成功後，蒙哥馬利應出版社之邀，又寫了七部以安妮為主角的小說，分別涉及女主人公的教師生涯、愛情婚姻和家庭生活等，但成就最高、最有影響力的還是描寫童年生活的《清秀佳人》。

暮年的馬克•吐溫在寫給蒙哥馬利的書信中說，最令他感動和喜愛的兒童形象有兩個，一個是《愛麗絲漫遊仙境》中的愛麗絲，另一個就是《清秀佳人》中的安妮。

的確，安妮是孤單的、孤苦的，但她的內心世界裡有愛，有夢，有感恩，一直在樂觀地生活。這是一部兒童成長小說。孩童是天真的，充滿了稚氣，還有誰也擋不住的頑皮。他們的成長是一個過程。這本寫給孩子讀的小說，同樣適合老師和家長來閱讀。作品給人快樂，使人快活，這裡有純真的詩意，還有孩童的幽默風趣。

安妮在故事中成長，我們閱讀她的故事時得到心靈的啟迪，與她一起成長。

孫笑語

# 目錄

# 第一章　林德太太驚訝萬分

林德太太的家在艾凡里大街靠近山谷的地方。那裡到處是榿樹和野花野草，還有一條發源於老卡斯伯特農場的小溪橫穿而過。小溪奔流經過上游的樹林，形成了很多隱秘的深潭，又緩緩流到下游的林德家門前。

林德太太正坐在窗前探究著緩緩流淌的小溪。林德太太有一雙敏銳的眼睛，她時刻關注著外界的事物，就連沒有生命的小溪和不諳世事的兒童都是她探究的對象。艾凡里村的居民有很多都樂於助人，可是像林德太太這樣既熱心又能幹的人卻不多。林德太太不但能夠把自己的家打理得井井有條，還組成了一個資助主日學校的裁剪小組，同時她還是教會救援團和對外傳教輔助組織的重要成員之一。林德太太能夠連續幾小時坐在窗前熟練地縫製棉被，有一回竟然一口氣縫了十六床，還不誤時時注視著窗外那條通向遠處紅色山丘的大路。艾凡里村的婦女們對林德太太都既害怕又敬重。

六月初的一天下午，窗外陽光明媚，屋後斜坡上的果園裡開著淡粉色的花，花叢四周圍繞著三五成群的蜜蜂。林德太太又像平常一樣坐在窗前。林德先生正在穀倉後面的小山丘上播種大頭菜。林德先生是一個瘦小而溫和的男人，他全名叫湯瑪斯・林德，不過艾凡里村的居民都稱他為「瑞秋・林德的丈夫」。

林德太太心想，這時候馬修・卡斯伯特肯定在綠山牆農舍靠近小河的那片紅土地上種大頭菜，因為她前一天傍晚在威廉・布萊爾的店裡買東西時，聽見馬修・卡斯伯特跟彼得・莫里森說過他第二天下午要種大頭菜。

下午三點半左右，是村裡人都比較忙的時候，可是這時馬修・卡斯伯特卻不慌不忙地駕著馬車穿過山谷，上了艾凡里大街。馬修・卡斯伯特穿著他那件硬領的白色禮服，趕著栗色母馬向前走，看樣子是要出遠門。那麼，馬修・卡斯伯特要去哪兒？去做什麼呢？如果換成別人，也許林德太太不一會兒就能根據她平時的觀察大致猜中事實了；可是，面對馬修・卡斯伯特，林德太太卻覺得很頭疼。因為，馬修・卡斯伯特的情況很特殊，他性格內向而且討厭與人打交道，甚至會刻意遠離那些需要與人交流的場合，只有在必須解決一些相當緊急的事情時才出門。可是，現在他卻打扮得那麼正式，趕著馬車出門，實在是太奇怪了。林德太太想了半天也想不出原因，所以一下子沒了興致。

林德太太心想：「喝完下午茶，我就去綠山牆農舍找瑪莉拉打探消息，看看馬修・卡斯伯特到底幹什麼去了。馬修從來不走訪親戚，一般也不怎麼進城。如果他要去買大頭菜種子，根本不必穿得這麼正式；如果是去請大夫，那麼他不可能看上去這麼平靜……一定是發生了什麼事。到底是什麼事呢？我非要弄明白不可，不然我就無法安心！」

林德太太剛喝完下午茶就出門了，一直向卡斯伯特兄妹所住的綠山牆農舍走去。綠山牆農舍是一棟大房子，周圍有一大片果園，與林德家的直線距離只有四分之一英里。不過，由於山路狹長不平，所以走起來比看著遠多了。馬修・卡斯伯特是一個既內向又靦腆的老實人，就像他的父親老卡斯伯特一樣。老卡斯伯特喜歡安靜，所以特意在這個僻靜、幽遠的角落裡開墾了綠山牆農場。從艾凡里大街上看過去，根本看不到綠山牆農場的影子。在林德太太看來，綠山牆農場根本就不適合居住。

通往綠山牆農場的那條狹長的山路上長滿了野玫瑰，路上還有一道深深的馬車車轍。林德太太邊走邊嘟囔著：「這地方太閉塞，在這裡怎麼生活呀！難怪馬修和瑪莉拉兄妹的性格都這麼古怪呢。雖然這裡有很多樹，可是人總不能天天對著樹說話吧！如果要我天天對著這些樹，不把我悶得心裡發慌才怪呢。不過，也許馬修和瑪莉拉已經習慣了這樣的生活！人的適應能力真是不可限量！」

不一會兒，林德太太就來到了綠山牆農舍的後院，她仔細地打量著院子，只見院子的兩邊各栽著高大的柳樹和挺拔的白楊，地上乾淨得連一顆石子或一根樹枝都沒有，不禁暗自讚賞瑪莉拉在打理家務方面像自己一樣細心。

林德太太來到廚房門口，使勁敲了敲門，得到應允後才走了進去。廚房裡面收拾得非常整潔，廚房的東、西兩面都開有窗戶。西面的窗戶對著後院，窗外有一縷溫暖的陽光照射進來。東面的窗戶爬滿了盤根錯節的葡萄藤，窗外的果樹園裡是開滿白色小花的櫻桃樹。果樹園旁邊就是緩緩流淌的小溪，小溪的另一邊長著挺立的白樺樹，白樺樹迎著微風搖曳生姿。

瑪莉拉認為，人們應該嚴肅地對待這個世界，而不應該像陽光那樣輕佻地隨意遊移，所以她喜歡坐在東面的窗戶前面。今天，她擺好了晚餐，就像往常一樣抱著毛線坐在東面的窗戶前面編織了起來。

林德太太剛關好廚房的門，就已經把餐桌掃視了一遍。餐桌上擺著三隻盤子，看來晚上有客人要來。盤子裡只有酸蘋果醬和蛋糕這些普通食物，看來客人的身分並不尊貴。可是，如果是這樣，馬修為什麼要穿得那麼正式地駕車出門呢？綠山牆農場一向都相當安靜，現在卻發生這麼奇怪的事情，到底是為什麼呢？這些疑問令林德太太越想越納悶。

「瑞秋，晚上好啊！今晚天氣真好！」瑪莉拉高興地招呼林德太太說，「你家裡人都還好吧？」

瑪莉拉和林德太太的性格完全相反，不過也許正因為如此，她們反而一直能夠像好朋友一樣相處。瑪莉拉長得又高又瘦而且輪廓分明，頭髮已經開始發白，腦後盤著一個結實的髮髻，整個人看上去既缺乏女性的曲線美又沒有多少社會閱歷，顯得呆板而又僵硬。其實，她就是這麼一個人，好在她會不時地露出一絲有趣的表情，這才稍微沖淡了她身上的僵硬感。

「我們都很好。我下午看到馬修出遠門，就以為是你生病了，或是你們家裡出了什麼事，所以過來看看。」林德太太說。

瑪莉拉早就料到林德太太會過來問個明白，不禁會心地笑了。唉，林德太太的好奇心真是太重了，她看到平時不出門的馬修竟然破例出門，心裡自然會充滿疑問。

「哦。不是的，我身體一向很好。馬修出門是要去光明河站接一個男孩。這個男孩是我們從新斯科細亞的孤兒院領養的，」瑪莉拉說，「他今晚就坐火車來光明河站了。」

林德太太聽完，驚訝得整整愣了五秒鐘才反應過來。瑪莉拉這麼說，絕對不是在開玩笑。可是，在林德太太看來，瑪莉拉的話比玩笑還令人難以置信。

「瑪莉拉，你說的都是真的？」林德太太總算能說話了，她一開口就連忙追問起來。

「是的。」瑪莉拉若無其事地回答。也許，在瑪莉拉看來，從新斯科細亞的孤兒院領養一個男孩，就像艾凡里村的農場每年都要耕耘一樣，只是一件平常事。

林德太太震驚不已，腦海裡不時冒出一個個驚嘆號。天哪！從孤兒院領養一個男孩！沒想到最先領養男孩的人竟然會是馬修兄妹！這可真是黑白顛倒了！連這樣的事情都會發生，這世上還有什麼事是不可能的呢？

「你們為什麼要這麼做呢？」林德太太不解地追問。這麼大的一件事情，他們竟然沒有徵求一下她的意見就擅自行動了，這太不應該，她肯定不會支持他們這麼做。

「其實，這件事情我們已經考慮了整整一個冬天，這要從耶誕節前幾天開始說起。當時，亞歷山大・史賓賽的妻子來家裡作客，說著說著就聊到了她表妹。她說她經常去霍普鎮看望她表妹，比較熟悉霍普鎮的情況，打算開春時去那裡的孤兒院領養一個女孩。從那以後，我和馬修就開始盤算這事，最終決定領養一個男孩。馬修已經不像年輕時那麼有精神了，心臟也不太好，得有個幫手才行。可是，你也知道，現在想雇一個人幫忙實在太不容易了。我們雇不起青壯勞力，只能雇一些小毛孩。可是，這些小毛孩一個個都毛手毛腳的，而且一旦把本事學到手就不安心幹活了，早晚得走。所以，我和馬修就拜託史賓賽太太，請她去領養女孩時幫我們物色一個老實、聰明的男孩。孩子的年齡不重要，只要他現在能幫忙幹活就行。我們打算送他去讀書，好好調教、栽培他。上個星期，我們聽說史賓賽太太去霍普鎮，就託她的家人轉達了我們的想法。她給我們發了電報，說他們今天下午五點半到光明河車站。所以，馬修就趕緊出門去接那個男孩。史賓賽太太說，她會直接把那個孩子留在車站，然後自己坐火車去白沙站。」

林德太太一向自以為是，現在既然清楚了整件事情，自然不會放過發表意見的機會：「瑪莉拉，說句心裡話，我認為你們這麼做簡直是在冒險。你想想啊，你們對這個孩子一無所知。你們根本不知道他的性格、他以前的生活環境、他的父母是什麼人，也不能預料他將來會怎麼樣，可你們竟敢把他領回家！就在上個星期的報紙上，我還看到一則報導，說小島西邊有一個小男孩故意在半夜放火燒了養父母的房子，差點把養父母燒死在床上。我還聽說，有一個被領養的孩子喜歡吃生雞蛋，任憑他的養父母怎麼管教，他就是改不掉這個壞毛病。你們沒有和我商量一下就貿然做了決定。如果你們事先徵求我的看法，我是絕對不同意你們這麼做的！」

林德太太的這番忠告，讓人聽了不禁心驚膽戰，卻絲毫影響不了瑪莉拉。瑪莉拉既不擔心也沒有生氣，依然若無其事地做著針織活。

「瑞秋，你說的沒錯，我之前也考慮過這些問題。可是，我看得出馬修是鐵了心要領養一個孩子，所以我也沒再反對。馬修經常讓著我，很少像這一回這樣堅持己見，所以我覺得應該讓步。至於風險，做什麼事不需要承擔風險呢？就算是親生的孩子，如果教育不好，長大了也會惹事，還不是同樣要擔風險！此外，新斯科細亞離我們這麼近，那裡的孤兒和我們應該也不會相差太大，這一點沒有什麼好擔心的。」

「好吧，但願事情不會像我想的那樣糟糕！可是，」林德太太心存疑慮地說，「誰能保證這個孩子不會放火燒掉綠山牆農舍，或是往井裡下毒呢？聽說，新布藍茲維就發生過被領養的女孩往井裡下毒的事，結果把養父母一家都毒死了。哎呀，那一家人死得真可憐。」

「我們領養的是男孩，」瑪莉拉放心地說，她好像認為只有女孩才會下毒似的，「根本就沒想過要領養女孩。我真搞不懂史賓賽太太是怎麼想的，她竟然想去領養一個女孩。她那個人啊，什麼事都能幹得出來。就算有人說她收養了孤兒院的所有孤兒，我也相信。」

馬修至少還要兩個小時才會帶著收養的孤兒回來。林德太太本想等馬修回來再回家的，卻又不願意等那麼久，就決定先去羅伯特‧貝爾家坐坐，把這個消息告訴他們。林德太太最喜歡看到大家因為她帶去的消息而激動不已。她想，這個消息一定能夠轟動一時，於是趕緊起身離開。瑪莉拉這才稍微鬆了一口氣，可她心裡卻再次有了疑慮，而且越想越害怕。林德太太極力反對領養孩子的論調還是影響了她。

「這裡的一切總是那麼出人意料！」林德太太剛走出瑪莉拉家的院子就這麼說，「這簡直像做夢一樣不真實。馬修和瑪莉拉根本就不懂得怎麼撫養孩子，將來那個孩子肯定會受罪的。唉！綠山牆農舍馬上就會有一個小孩了！這事我怎麼想都覺得不可思議。還從來沒有一個孩子在綠山牆農場裡住過呢！雖然馬修和瑪莉拉也曾經是孩子，可是在綠山牆農場建起來時，他們都已經成年了。不知道他們小時候長什麼樣……」

林德太太一邊走，一邊感情真摯地對山路邊的野玫瑰說：「我非常擔心那個孩子，卻幫不上他什麼忙。」

這時候，那個孩子正在光明河車站耐心等待著馬修的到來。如果林德太太看到這一幕，心裡一定會更難過。

# 第二章　馬修大吃一驚

馬修・卡斯伯特坐在馬車上，趕著栗色母馬行駛在通向光明河車站的路上。這條路全長大約八英里，兩邊分布著一些排列得非常整齊的農莊，還有幾座風景秀麗的樅樹林。山谷中到處都有杏樹，杏花枝籠罩在一片薄霧之中。蘋果園、草地散發著泥土和青草的氣息，把空氣都浸染得充滿了香氣。遠處是起伏不平的田野和淡紫色的夜幕連成一片，就像渾然天成似的。樹上不時傳來小鳥的叫聲，好像它們是在為這美麗的夏天而歌唱似的。

馬修趕著馬車輕快地向前走。唯一讓他感到不自在的，就是需要鼓起勇氣向路上遇到的女人點頭致意。愛德華王子島有這個風俗，即使是相互不認識的人在路上遇到了也要點頭致意。

馬修很害怕女人。在所有的女人之中，他唯獨不害怕的只有兩個，那就是他的妹妹和林德太太。馬修一見到女人就會覺得手足無措，因為他總認為她們會偷偷地笑話他。其實，也難怪馬修會這麼想，因為他身形粗大，有些駝背，灰白的長頭髮一直垂到肩上，還留著一大把棕紅色的鬍子。馬修從二十歲就開始留鬍子，如今已經留了四十年。不過，從外貌上看，馬修並沒有多大的變化，只是頭髮和鬍子變白了。

馬修來到光明河車站時，沒有看到火車，他以為自己來得太早，就走進一家小旅館，把馬拴在院子裡，然後走上月台，只見月台上空蕩蕩的，只有一個小女孩獨自坐在月台盡頭的一堆木板上。馬修走上去看了看那個小女孩，確認她不是男孩之後，又迅速側身從她身邊離開了。那個小女孩看到馬修走過來時，既緊張又充滿期待。

不過，馬修根本沒有注意到這些，只顧向站長室走去。站長已經鎖上門，正要回家吃晚飯。馬修連忙向站長打聽五點半到站的火車是不是晚點了。

「五點半到站的火車？半個小時以前就到了，已經開走了，」站長說，「好像還給你帶來了一個小女孩。吶，就是坐在那堆木板上的孩子。這個孩子真古怪，我請她坐在婦女專用的候車室裡等，她卻說她喜歡待在外面，還說外面視野很開闊，可以任由她想像！」

「我的確是來接孩子的，但不是一個女孩，」馬修困惑地說，「而是一個男孩。我跟史賓賽太太說好的，她說她會從新斯科細亞帶一個男孩給我，還叫我在這裡接孩子。」

站長聽完，吹起了口哨，然後說：「那個小女孩就是史賓賽太太帶來的。史賓賽太太領著她下車，然後託我照看她，並說她是你們兄妹從孤兒院領養的孩子，還說你會過來接她，然後就走了。其他的我就不知道了。」

「事情怎麼會變成這樣呢？」馬修頓時一籌莫展，他真希望瑪莉拉也在現場，這樣他就不至於這麼左右為難了。

「你可以去問問那個小女孩呀，」站長隨口說，「她好像很能說，也許可以告訴你到底是怎麼一回事。你們想收養的那種男孩，在孤兒院裡可能已經找不到了吧。」

站長聽到自己的肚子餓得咕咕叫，就逕直走開了。馬修想不出更好的辦法，只好決定走向那個陌生的小女孩，問她為什麼不是男孩。馬修慢慢地向小女孩走去，心裡卻苦不堪言，因為這對他來說簡直比登天還難。

自從馬修從小女孩身邊經過之後，小女孩的視線就一直沒有從他身上移開。這個小女孩大約有十歲，身穿一件又髒又小而且有些土氣的淡黃色絨布罩衫，頭戴一頂棕色的舊水兵帽，一頭濃密的紅頭髮梳著兩根小辮子，一張小臉既瘦小又蒼白，上面還長了很多雀斑，眼睛和嘴巴都很大。

不過，這只是這個小女孩給一般人的印象。如果一個目光敏銳的人看到這個小女孩，就會發現她有著寬寬的前額，兩隻眼睛裡散發著不可阻擋的活力，嘴唇線條優美，下巴尖尖的，表情很豐富，整個人看上去既可愛又懂事。總而言之，小女孩身上具有一種獨特的氣質，儘管她現在只是一個無家可歸的孤兒。

小女孩看見馬修向自己走來，就用一隻瘦小的手拎起身邊那個破舊的提包站了起來，然後伸出另一隻手向馬修打招呼。

「您是從綠山牆農舍來的馬修・卡斯伯特嗎？」小女孩的嗓音很清脆，「能夠見到你，我實在是太高興了。剛才我還擔心你不來了呢，正想像著你不來的各種理由呢。我想，就算你今天晚上不來接我，我也不會害怕，我可以爬到對面鐵路拐角的那棵大櫻花樹上，在那裡待到天亮。睡在盛開的櫻花和明亮的月光下，就像睡在大理石地板上一樣舒服，而且非常浪漫。我會一直等下去，因為我想你肯定會來的。」

馬修笨手笨腳地拉起小女孩瘦小的手，知道自己該怎麼做了。他看到小女孩那雙會說話的眼睛，實在不忍心說他要接的其實是個男孩，也不忍心把她一個人扔在這裡不管，他決定帶她回家，讓瑪莉拉向她解釋清楚整件事情。至於其他問題，都等他們回到綠山牆農場再想辦法解決。

「對不起，我來晚了。跟我走吧，」馬修有些難為情地說，「馬車就停在火車站旁邊的小旅館裡。把包給我，我來替你拎著。」

「哦，不用，」小女孩直爽地說，「這個提包一點也不重，而且一不小心就會把提手拽掉，我自己拎就行了。雖然在櫻花樹上過夜非常浪漫，但也比不上你來接我。遠不遠呀？我聽史賓賽太太說要走八英里呢，不過我喜歡坐馬車！我一想到坐馬車，就高興得不得了。從今以後，先生就是我的家人了，我們要生活在一起，這樣的生活實在太美好了。我從小就希望過著像樣的家庭生活，可是一直都無法實現這個願望。我在孤兒院待了四個月，恨死了那裡，再也待不下去了。先生，你應該沒有去過孤兒院，所以你也不會明白我心裡的感受。總之，那裡實在是太糟糕了。

史賓賽太太叫我不要這樣亂說話，因為這麼說話就不是好孩子。可是我卻不這樣認為，因為任何人都有可能在無意之中犯錯，但這並不代表他就不是好人了。孤兒院裡的人都很好，但孤兒院卻是一個不讓人產生幻想的地方。幻想是非常美好的。我就喜歡幻想，我曾經幻想過其他孤兒的身世。在幻想的世界裡，我的同桌變成了伯爵的女兒，她是被壞心腸的奶媽撫養大的，可是奶媽死得早，所以她根本沒機會知道自己的身世……我晚上經常睡不著，每當這時我就會幻想，想像出各種各樣的東西，一直到很晚才能睡著。到了白天，我就沒時間幻想了。可能就是因為我沒有好好休息，所以才這麼瘦吧。我瘦得就像一根柴火棒，所以總愛把自己想像成一笑就會露出兩個小酒窩的胖女孩。」小女孩說完最後一句話時，已經累得喘不過氣了，再加上他們已經走到了馬車跟前，所以她就閉上了嘴巴。

馬車載著他們上了一個陡坡。從離開車站到現在，小女孩都沒有再開口說話。馬路兩邊都是高高的土堤，土堤上栽著一排排樹木。野櫻桃樹鮮花盛開，香氣襲人。白樺樹高大挺拔，一片片葉子迎著晚風搖曳生姿。野杏樹也開滿了白色的小花。

這時，馬車碰到了野杏樹的樹枝，小女孩伸手就折斷了它，然後開口說：「你看路兩邊的這些樹，它們實在太美了，這條路也被打扮漂亮了。你看著它們，想到了什麼？」

「啊？我不知道。」馬修回答。

「哎呀，就是新娘子呀！雖然我沒有見過真正的新娘子，但我想像得出她們的樣子，她們都穿著白色的婚紗、戴著美麗的面紗。我想，我這輩子是沒機會當新娘子了，因為我長得並不漂亮，沒有人會娶我的。我長大以後，很可能會去外國傳教。雖然如此，我還是會幻想自己穿上婚紗的樣子。如果有一天我也能穿上婚紗，那該有多幸福啊。我最喜歡漂亮衣服了，就算只是試穿一下也好！我今天早晨從孤兒院出來時，就穿著這一身難看的破衣服，弄得我都快要羞死了。我這身衣服是用霍普鎮商店捐獻給孤兒院的布料做的，沒有哪個孩子會穿。雖然有人說那三百碼布料是霍普鎮商店賣不出去才捐獻出來的，但我仍然認為他們是好心人。你認為我說的對嗎？

火車上的人都認為我有點可憐，可我卻根本不在意這些，又像往常一樣幻想起來。我把自己想像成一個穿著漂亮衣服的女孩。我身穿淺藍色絲綢裙、頭戴插著鮮花和羽毛的公主帽、胳膊上戴著金錶、手上戴著羊皮手套……我一這麼幻想就不覺得難過了，一直快樂地向小島前進。上了船，史賓賽太太暈得難受，我卻很喜歡坐在船上的感覺。我告訴史賓賽太太，我雖然不暈船而且不安分，但我會老老實實地待在她身邊。如果史賓賽太太不暈船的話，我就能自由地把整條船都跑個遍。唉，下一次坐船時，我一定要抓住機會好好玩。

啊！快看！好漂亮的櫻花呀，滿眼都是！我到花海了！這個小島實在是太美了，我一看就喜歡，要是在這裡生活就更美了！我以前就聽說愛德華王子島是世界上最美麗的地方，還幻想過自己就生活在島上，沒想到這個幻想竟然變成了現實，實在是太令人高興了！不過，我有一個疑問，為什麼這條路是紅色的呢？除了這條路以外，夏綠蒂鎮的路也是紅色的。我曾經問過史賓賽太太為什麼夏綠蒂鎮的路是紅色的，可是她也不明白為什麼，還說我已經問過她一千個問題，別再沒完沒了地問下去了。可是，如果有問題不問，我就會一直心存疑惑，那多難受呀！你說是不是？這條路為什麼是紅色的呢？」

「這個嘛，我也不知道。」馬修回答。

「嗨！你遇到不知道的問題時，就不能想辦法去找答案嗎？這個世界實在是太奇妙了，有很多事情在等著你去發現。等你發現它們時，就能體會到一種說不出來的快樂。這個世界是有趣而且神秘的，能夠生活在其中，怎麼能不令人開心呢？如果什麼都明白，就不會幻想了。呀，我的話是不是太多了？我就是因為話多，才經常被批評的。難道閉上嘴巴不說話就是好孩子嗎？不過，如果你嫌我聒噪，我就不說了，老老實實地把嘴巴閉得緊緊的，即使這樣我會很難受。」

不過，馬修並不嫌這個小女孩聒噪，反而樂意聽她說話，這一點就連馬修自己都覺得很意外。馬修就像大部分沉默寡言的人一樣，喜歡聽那些能言善辯的人說話。如果對方只是要他做一個聽眾，他是絕對不會拒絕的。現在，他遇到這麼一個能說會道的小女孩，竟然意外地發覺自己喜歡和她在一起。在此以前，他遇過很多女人，可是這些女人都很難應付。最令馬修討厭的，就是那些女孩從來不用正眼看馬修，從他身邊經過時都小心翼翼地，好像擔心被馬修吃掉似的。馬修一看到她們這樣，就對她們恨之入骨。可是，他旁邊這個小女孩卻跟她們截然不同。這個滿臉雀斑的小女孩，雖然思維活躍得讓他經常反應不過來，可他還是很喜歡聽她說話。於是，他就像以前一樣靦腆地說：「你想說什麼都可以，我不嫌煩。」

「真的？太好了！以後，我就可以隨便說話了，這實在是太幸福了！現在看來，我們應該能夠很好地相處。我因為愛說話，已經挨了很多批評，現在很厭煩再聽到批評。而且，大家經常在我說長句子時發笑，可有些事情就是需要用長句子才能說清楚。你說是不是？」

「是的，你說得很對。」馬修說。

「史賓賽太太總說我的舌頭不老實，一直在半空中懸著。其實她是騙我的，它一直都安分地待在我的嘴巴裡，不信你瞧瞧！先生，你住在綠山牆農舍吧？史賓賽太太已經把那裡的情況都詳細地告訴我了。聽說綠山牆農舍周圍都是樹林，這實在是太好了！我一看到樹就高興，可我在孤兒院裡卻沒有看到一棵樹。在孤兒院正門前的圍牆外面，長著兩三棵細小的樹。我一看到它們孤零零地站在圍牆外面，就覺得它們很可憐，不知不覺眼淚就掉下來了。我經常幻想能夠生活在一個到處都是樹木的地方。如果樹枝上有小鳥在歌唱，樹根上長著苔薜和蘑菇，附近還有一條小河，那就更好了。可是，現實卻跟我的幻想相差很遠，所以你能想像我心裡有多難受。我覺得自己好可憐哪，每當這時，我就會向別人訴說我的心事。後來，我聽史賓賽太太說了綠山牆農舍，嚮往得不得了。現在，我一想到能夠在那樣的環境下生活，就忍不住要笑出聲來。可是，今天早晨，當我走出孤兒院時，竟然有些捨不得離開那裡。啊，綠山牆農舍附近有小河嗎？這個我忘記問史賓賽太太了。」

「有啊，就在農舍的南邊。」

「哇！太好了！我真的夢想成真了！實在是太意外了！現在，我覺得自己好像要接近幸福了。可是，我離幸福還是有一段距離，就因為我的頭髮，你看它的顏色！」小女孩說著，就把背後一根順滑的長辮子拽到了馬修面前。

馬修一向不怎麼注意女人頭髮的顏色，但這次卻一眼就看出這個小女孩頭髮顏色的異樣：「紅色的？」

小女孩把那根長辮子甩到了身後，然後長長地歎了一口氣，好像心頭積蓄了太多的悲傷似的，說：「沒錯，就是紅色的。正因為這樣，我才覺得自己離幸福還有一段距離，紅頭髮的人都會像我一樣苦惱。雖然我長得瘦小，還滿臉雀斑，又有一雙綠色的眼睛，可是我並不會為這些而苦惱。我只要一幻想就能夠把它們帶來的不快都忘掉。我會幻想我的皮膚像野玫瑰一樣好看，我的眼睛像夜空中的星星一樣閃耀著綠色的光芒，可是卻對我的頭髮毫無辦法。雖然我經常告訴自己，我的頭髮像烏鴉的羽毛一樣又黑又亮，可我卻不得不承認它其實是紅色的。唉！我實在是太悲傷了，才會發出這樣的感慨。我曾經看過一部小說，裡面有一個女人，她會把自己的悲傷埋在心底，可是她的頭髮卻不是紅色，而是金色的……她那金色的頭髮像波浪一樣從石膏似的額頭上傾瀉下來。你知道石膏似的額頭是什麼樣的嗎？我琢磨了半天都沒琢磨出來。」

「啊，這個我也不知道。」馬修說。

「我想一定非常美，而且是一種莊重肅穆的美！你在面對這種美時，會有什麼感受呢？」

「不知道，我還沒想過。」馬修率直地說。

「我卻一直在想這個問題。你認為莊重肅穆的美麗、冰雪聰明和天使般的善良，哪一點更好呢？」

「這……這我也不知道。」

「嗯，比較起來確實很難，不過沒關係，因為世上根本就沒有具有這些特點的人。史賓賽太太常說，每個人都有缺點，也不可能像天使一樣善良。哇！先生你看，你快看哪！」小女孩突然高興地大叫起來，差點就摔下馬車。馬修看了看，並沒覺得有什麼好高興的，只是馬車這會兒走上了一條被新橋人稱為「林蔭道」的大街而已。

「林蔭道」大約長四五百碼，兩邊有枝繁葉茂的蘋果樹。這些蘋果樹，是一個脾氣古怪的老頭在幾年以前栽種的。蘋果樹形成一個拱形的過道，粉白色的蘋果花散發著一陣陣芳香；天色漸漸暗了下來，遠處的地平線與天空融為一體，就像水彩畫一樣美麗；晚霞則像教堂裡的玫瑰花一樣，給人一種詩情畫意的感覺。

小女孩目瞪口呆地看著眼前的美景，一句話也說不出來。她滿臉喜悅地坐在馬車上，兩隻瘦小的手緊握著放在胸前，專注地盯著頭頂那一朵朵粉白色的蘋果花。

馬車漸漸駛出「林蔭道」，上了那條通向新橋的馬路。小女孩坐在馬車上一聲不吭、一動不動，兩眼盯著天邊那令人心馳神往的晚霞，產生了一個又一個美好的幻想。馬車到了熱鬧的新橋村，小狗們「汪汪」地叫著；男孩們一邊叫喊，一邊伸長脖子好奇地透過別人家的窗戶向裡看。小女孩依舊一聲不吭地坐著，馬修也沒有說話，兩個人就這樣默不作聲地走了三英里。

「你累了？也餓了吧？」馬修終於鼓足勇氣開口問，「忍一忍啊，再走一英里就到家了。」馬修見小女孩這麼久都不說一句話，只能這麼認為了。

小女孩深深地歎了一口氣，終於從虛無縹緲的幻想世界裡回到了現實中。她眼神恍惚地盯著馬修，輕聲問：「啊，先生，我們剛才經過的那個頭頂都是粉白色花朵的地方叫什麼名字？」

「叫『林蔭道』，」馬修思索了好幾秒，又趕緊加了一句，「那裡真漂亮！」

「漂亮？『漂亮』這個詞完全不足以形容它的美麗。嗯，它實在是太美了，美得根本無法形容。我拼命幻想，卻怎麼也幻想不出還有什麼會比它更美。我還是第一次見到這麼美麗的風景，心裡滿足極了。」小女孩把手放在胸前說，「現在，我內心痛苦極了。不過，這可不是一般的痛苦，而是在快樂至極時才能感覺到的痛苦，你有過這種痛苦的感受嗎？」

「沒有。」

「我一看到很美的東西就會這樣。不過，這麼美的地方，怎麼只叫『林蔭道』這麼一個沒有任何意義的名字呢？嗯，我想一想啊，你說叫它『白樂路』好不好？我認為這個名字既好聽又充滿詩意，你說呢？如果我不喜歡某個地名或人名，就會另外想一個新名字出來。孤兒院裡有個孩子名叫賀琪芭・詹金斯，我認為這個名字不好聽，就給她取了一個新名字，叫羅莎莉雅・德維爾。那個美麗的地方，我以後就叫它『白樂路』。還有一英里就到家了嗎？太好了！不過，我心裡還有些悲傷，因為坐馬車是一件快樂的事，可是一到家這種快樂就結束了。快樂的事情一結束，我就會感到悲傷，擔心以後再也不會有快樂了。我仔細留意了，不快樂的事情總是比快樂的事情多。不過，馬上就要到家了，一想到這個，我又禁不住高興起來。我從來沒有一個真正的家，現在突然有了，竟然有些不習慣，只覺得心跳得厲害，好緊張呀。」

馬車翻過丘陵，眼前出現一個像小河一樣細長、彎曲的池塘，池塘中央架著一座木橋，池塘盡頭有一個淺黃色的條形沙丘，池塘下面是一個深藍色的海灣。池塘就像一塊彩色的畫布，上面分布著紅、橙、黃、綠、藍、靛、紫七種顏色，還有其他一些不知道該叫什麼名字的顏色。這些顏色交織在一起，形成了一個絢麗多姿的彩色世界，美得讓人根本無法形容。池塘上池塘邊栽著樅樹、楓樹還有李樹，它們的黑影倒映在池塘裡，看上去就像幽靈一樣。池塘對面有一面是一片沼澤地，裡面不時傳來青蛙的叫聲，那聲勢浩大得就像大合唱一樣。池塘對面有一個斜坡，斜坡上種滿了蘋果。蘋果園旁邊是一片樹林，樹林裡有一幢灰色的房屋，屋子裡已經點起了燈。

「這個池塘叫『貝瑞的池塘』。」馬修說。

「啊？這個名字不好聽，讓我好好想一想啊……叫它『晶亮湖』怎麼樣？嗯！這個名字再合適不過了。你知道嗎？我每每想出一個合適的新名字，就非常激動。你是不是也有過這種感受？」

馬修認真地思考了一會兒，這才回答說：「嗯。我在挖黃瓜地時，會挖出一些白色的幼蟲，每當這時我就特別激動，因為我一看到它們就覺得噁心。」

「啊？你認為這兩種激動能一樣嗎？它們的意義是不同的，因為白色幼蟲與『晶亮湖』相差太大了，好像沒法聯繫在一塊！你為什麼管『晶亮湖』叫『貝瑞的池塘』呢？」

「因為貝瑞一家住在附近呀。貝瑞住在果園坡。果園坡後面有一大片樹林，樹林後面就是綠山牆農舍了。如果不是那片樹林，站在這裡就可以看到綠山牆農舍了。我們先過橋，再走上一條大街，之後再走大約半英里就到家了。」

「貝瑞家有年齡和我差不多的小女孩嗎？」

「有。她大概十一歲，叫黛安娜。」

「黛安娜？真好聽！」

「嗯，也許吧。不過，我還是喜歡瑪麗、珍妮這種普通的名字。聽說，黛安娜這個名字是一位老師取的。黛安娜出生時，老師正巧住在她家，她家人就請老師幫她取個名字，老師就取了黛安娜這個名字。」

「要是我出生時，那位老師也在旁邊就好了。啊，要過橋了！我一過橋就害怕，總擔心過到一半時橋會斷成兩截，把我壓得扁扁的，所以我得趕緊閉上眼睛。不過，也許過到一半時，我又會忍不住睜開眼睛，看看橋斷成兩截時到底有多嚇人。啊，你聽！橋在『咕隆隆』地響呢。這聲音真好聽！在這個世界上，有很多東西都非常奇妙，你說是不是？哦，對！我要回頭再看看『晶亮湖』。晚安，美麗的『晶亮湖』！如果你像對人一樣對你喜歡的東西道一聲『晚安』，就能讓它非常開心。我猜『晶亮湖』現在一定正在對我微笑！」

馬車拐了一個彎。馬修指著前面說：「我們到家了！那就是綠山牆農——」

「啊，請你先別指明綠山牆農舍在哪兒！讓我猜猜看，」小女孩激動地說，同時緊緊地抓住了馬修的胳膊，又閉上了眼睛，「我肯定能猜對。」小女孩說著，就睜開眼睛把周圍的景物掃視了一遍。

這時，馬車剛好位於丘陵的背脊處，四周的景物都籠罩在殘陽柔和的光線之下。天空被殘陽照得像金盞菊一樣美麗，遠處教堂的尖塔高高地矗立著，山丘下面是一小塊谷地，對面是一個起伏平緩的大斜坡，斜坡上是一座座乾淨、整齊的農場。小女孩掃視著這些農場，最後把目光停留在最左邊那座遠離街道的農場上。她熱切地看著那座農場，只見農場周圍是一片茂盛的樹林，農場裡有一座有些發白的房屋。這座房屋在黑色樹叢的襯托下，特別引人注目。晴朗的天空中，有一顆晶亮的星星在不停地閃爍著，給人們帶來了光明和希望。

「就是那裡！」小女孩指著那座農場說。

馬修聽了，不禁甩了一下韁繩，高興地說：「嘿，你猜得還真準！肯定是史賓賽太太告訴你的。」

「哪兒呀！史賓賽太太只提起了農場的大致情況，我是憑感覺猜到的。不知道為什麼，我一看見那座房子就覺得特別親切。你看我胳膊上的這幾塊血印，都是我自己掐的。我一遇到高興的事，就懷疑是自己在做夢，所以我就掐自己幾下，讓自己從夢裡醒過來。可我又擔心把美夢驚醒，所以每次掐完之後我都會後悔。這一回可不是做夢了，我馬上就要到家啦！」小女孩說完，又陷入了沉思之中。

馬修聽完，就開始不安起來。這個無家可歸的小女孩，她是如此熱切地期望有個屬於自己的家，可是這個家卻根本不可能接納她。馬修沒有勇氣跟小女孩這麼說。好在還有瑪莉拉，她可以替他把真相跟這個小女孩說清楚。

馬車路過林德太太家時，天色已經黑得看不見人。林德太太正坐在窗前，她一下子就看到了馬修和小女孩的身影，又目送著他們上了山坡，看著他們拐上了那條通向綠山牆農舍的狹長山路。

馬車來到了院子前面。馬修一想到馬上就要真相大白，不禁有些畏首畏尾起來，其中的原因連他自己也說不清楚。他想，也許並不是因為自己和瑪莉拉沒有把問題處理好，也不是因為事情出了差錯而覺得麻煩，而是不忍心看到這個孩子在知道真相後的反應。他猜想，這孩子一旦知道真相，一定會非常傷心、失望的，眼裡也不會再閃爍出希望的光芒了。不知道為什麼，馬修突然有了一種罪惡感，就像他被迫要去扼殺一條無辜的生命似的。

馬車駛進了院子。這時天已經大黑，院子裡的白楊樹在晚風的吹拂下沙沙地響著。馬修把小女孩從馬車上抱了下來。

「啊，你聽！樹在說夢話哩，」小女孩低聲說，「它一定做了一個美夢。」小女孩說完，就提起她那個破舊的提包，跟著馬修向屋裡走去。

# 第三章　瑪莉拉嚇了一跳

馬修推門進屋時，瑪莉拉已經等得有些心急了，她一聽見動靜就急忙迎了上去。可是，當瑪莉拉看到馬修身邊那個小女孩時，卻馬上站住了，只是緊緊地盯著小女孩看，看見小女孩穿著既破舊又不合身的衣服，梳著兩根紅色的長辮子，整個人看上去怪模怪樣的，正熱切地望著自己。

「馬修，她是誰？那個男孩又在哪兒？」

「車站裡沒有男孩，只有這個小女孩。」馬修邊說邊扭頭看了看小女孩，同時朝她點了點頭，這才想起他還沒有問過她叫什麼名字。

「沒有男孩？怎麼會呢！」瑪莉拉不甘心地說，「我們不是再三告訴史賓賽太太，說我們要領養一個男孩嗎？」

「沒錯呀，可是史賓賽太太只帶來了這個小女孩，還委託站長暫時照看她。無論事情出了什麼差錯，我總不能扔下她不管，所以只好帶她回來了。」

「你看看你幹的這叫什麼事！」瑪莉拉生氣地說。

馬修和瑪莉拉的情緒都異常激動。小女孩一聲不吭地來回掃視著他們兩個，好像明白了事情的真相，臉上逐漸失去快樂的表情。她激動地把提包往地上一扔，握緊拳頭衝到他們面前，大聲說：「原來你們並不想要我！就因為我不是男孩？其實我之前就想到了這一點，可我還抱有幻想，認為這一回是真的。可是，我的幻想又破滅了！從來沒有人真心收留過我，你們也一樣。我知道你們都不喜歡我，更不想要我……可是，可是我該怎麼辦呢？我……哇……」小女孩說著，就一屁股坐到旁邊的椅子上，撲到桌子上埋頭號啕大哭。

馬修和瑪莉拉看到小女孩哭得那麼傷心，來回對視著，卻不知道該怎麼辦才好。最後，瑪莉拉勉強開口說：「好了，為這麼一件事哭成這樣，犯不著的。」

「犯不著？」小女孩猛地揚起頭，只見她滿臉淚痕，兩片嘴唇不住地顫抖著，「如果換成是你，你也會哭的！我是個孤兒，這一回我滿心以為我有家了，卻發現你們根本不想要我，就因為我不是一個男孩！天哪，我這一生遇到的最悲慘的事情就是這一件了。」

瑪莉拉勉強擠出一絲笑容，雖然那個笑容看著很僵硬，但多少也為她那張冷若冰霜的臉增添了一絲暖意。

「好了，你先別哭了，我們不會馬上趕你走的。你可以暫時待在這裡，直到我們把事情弄清楚為止。你叫什麼名字？」

小女孩猶豫了，不過馬上就挺直腰板說：「請叫我寇黛麗亞！」

「你叫寇黛麗亞？」

「嗯……其實我不叫寇黛麗亞，但我喜歡人家這麼叫我，因為這個名字聽著很優雅！」

「你把我弄糊塗了。你到底叫什麼名字？」

「安妮．雪利，」小女孩低著頭勉強回答說，「我求求你們，就叫我寇黛麗亞吧，反正我只是暫時住在這裡，叫什麼都不重要。但我確實很喜歡寇黛麗亞這個名字，而安妮卻一點也不詩意。」

「詩意？簡直是胡扯！」瑪莉拉絲毫不留情面地駁斥小女孩說，「安妮這個名字有什麼讓你覺得羞愧的？它既普通又實用，也是一個好名字。」

「我並沒有為自己叫安妮而羞愧，只是喜歡寇黛麗亞這個名字。最近這幾年，我經常想像自己就叫寇黛麗亞。我小時候還曾經想像自己叫潔拉汀，但現在覺得叫寇黛麗亞更好。」

「好吧，安妮，你能告訴我哪裡出了差錯嗎？我們跟史賓賽太太說得很清楚，我們要請她幫忙領養一個男孩。是不是孤兒院裡沒有男孩？」

「有哇，多著呢！不過，史賓賽太太明確地說你們想領養一個大概十一歲的女孩。女總管覺得我很合適，就決定讓我跟史賓賽太太走。你們不知道我當時有多高興！直到昨天晚上，我還沉浸在興奮之中，一整夜都沒睡著。」安妮說到這裡，轉身責備馬修說，「你在車站時為什麼不告訴我真相？如果當時我知道你們並不想領養一個女孩，我也就不會跟著你來這裡了。如果我沒有見到『白樂路』和『晶亮湖』，我心裡也就不會這麼難受了。」

「她在說什麼呢？」瑪莉拉問馬修。

「那是我們在路上說的一些話。」馬修回答，「我出去牽馬，你去準備晚飯吧。」

「史賓賽太太還有沒有領養其他孩子？」瑪莉拉繼續問安妮。

「有，她自己領養了一個五歲的孩子。那個孩子名叫莉莉‧瓊斯，她有一頭棕色的頭髮，長得很漂亮。如果我像莉莉一樣漂亮，你願意領養我嗎？」

「不，我們只想領養一個男孩讓他給馬修當幫手。女孩幹不了農活，對我們沒什麼用處。來吧，拿上你的帽子和提包去正門，我要把它們放到桌子上。」

安妮照著瑪莉拉的指示做了，只是怎麼也提不起精神。過了一會兒，馬修回來了，於是三個人開始吃飯。安妮吃不下東西，只是象徵性地吃了一些奶油麵包和一點酸蘋果醬。

「你怎麼不吃？」瑪莉拉嚴厲地說，她認為不吃飯是個大毛病。

「唉！」安妮深深地歎了一口氣，「我吃不下！因為我很絕望。如果你像我一樣絕望，你還有胃口吃飯嗎？」

「我從來沒有絕望過，所以無法回答你。」瑪莉拉說。

「是嗎？那你有沒有想像過自己陷入絕望時的樣子呢？」

「沒有。」

「如果是這樣，你就無法明白我現在的心情。我現在難受極了。我剛要吃東西就覺得喉嚨堵得難受，肚子也飽飽的。雖然這裡有巧克力奶糖，可是我也吃不下。兩年以前，我吃過一塊巧克力奶糖，我覺得它實在是太好吃了。從那以後，我做了好幾次得到很多巧克力奶糖的夢，可是每次都是我還沒來得及吃就被驚醒了。這裡雖然有很多好吃的東西，可我卻怎麼也吃不下，請你不要勉強我了。」

「可能是因為她太累了，我看還是先讓她好好睡一覺吧。」馬修終於開口說話了。

瑪莉拉一直在考慮怎麼給安妮安排住的地方。她已經在廚房裡準備了一個沙發長椅，不過那是為他們一直等待的那個男孩準備的。雖然那裡已經收拾得既乾淨又整齊，可是並不適合安妮居住。把她安排在客房也不合適，她畢竟只是一個無家可歸的孤兒。最後，瑪莉拉想到了挨著東山牆的那個房間，於是點上一根蠟燭，叫安妮跟著她一起走。安妮順手拿上她的帽子和提包，無精打采地跟著瑪莉拉穿過整潔的客廳，來到了她要入住的房間。

這個房間好像比客廳還要整潔。瑪莉拉走進房間，先把蠟燭放在一張三條腿的三角形桌子上，然後掀開被子，問安妮：「你有沒有睡衣？」

安妮點點頭說：「有，兩套，是孤兒院的女管家做的，都不合身。在我住的孤兒院裡，東西都不夠分，所以做出來的衣服也又短又小。我討厭這兩件短小的睡衣，很希望能有一件領口鑲著花邊、下襬拖到地上的長睡衣。不過，能有這麼兩件短小的睡衣，我已經很知足了。」

「快換上睡衣睡覺吧。我一會兒過來把蠟燭拿走。我不放心把蠟燭留在這裡，擔心你會不小心引起火災。」瑪莉拉說完就走了出去。

安妮不禁開始打量這個房間，只見房間四面都是雪白的牆壁，上面沒有一點裝飾，看上去既空曠又刺眼。安妮心想，這些牆壁應該會為自己身上沒有任何裝飾而難過吧。地板正中間鋪著一張草編的圓形地蓆。房間的一角放著一張床腿又矮又圓的老式木床，另一角放著一張三角形的桌子。桌子上放著一個針插，可是看著卻硬得好像能夠折斷任何針尖。桌子上方的牆上掛著一面長方形的小鏡子。窗戶上方掛著一塊乾淨的白紗布窗簾。窗戶對面擺著一個洗臉架。整個房間雖然整潔，卻令人覺得很冰冷。

安妮打量完整個房間，竟然嚇得渾身發抖，於是趕緊抽泣著換上短小的睡衣，跳到床上就把自己全身都蒙在被子裡。

瑪莉拉來拿蠟燭時，看見地上雜亂地堆著安妮的那些粗布衣服，床上也亂七八糟的，就一件件地撿起安妮的衣服，又把它們都理順了再放到一把乾淨的椅子上，然後拿起蠟燭來到安妮身邊，說：「晚安。」雖然她的語氣有些生硬，但是臉上卻多了一絲柔情。

這時，安妮突然從被子下面露出了小腦袋，睜著大眼睛發起了牢騷：「你明知道我現在正絕望呢，還跟我說什麼晚安，哼！」安妮說完又鑽進了被窩。

瑪莉拉慢慢走出安妮睡覺的房間，去廚房清洗餐具。馬修坐在椅子上抽著煙斗，他一遇到心煩的事就這樣。由於瑪莉拉認為抽煙是壞習慣，而且堅決反對馬修抽煙，所以馬修平時也不怎麼抽煙。不過，如果馬修遇到了煩心事，他就會不由自主地抽上兩口以發洩一下。瑪莉拉明白這一點，所以這次看到馬修抽煙也沒有說什麼。

「沒想到事情會變成這樣，」瑪莉拉生氣地說，「早知道這樣，我們就不讓別人捎口信了。一定是史賓賽太太家的人傳口信時傳錯了。不管怎麼樣，明天得有一個人去找史賓賽太太把事情弄清楚。還有那個小女孩，得把她送回孤兒院。」

「好吧，」馬修勉強地回答，「現在也只能這麼做了。不過，瑪莉拉……那孩子確實挺可愛的，而且她一心想留在這裡。如果我們把她送走，她一定很傷心。難道你不能可憐可憐她嗎？」

瑪莉拉驚訝不已：「馬修，難道你想留下她？」瑪莉拉的反應異常激烈，即使馬修說他要倒立，瑪莉拉也不可能這麼驚訝。

「沒……我沒這麼想過。」馬修吞吞吐吐地說，他被瑪莉拉的強烈反應攪得又開始不安起來。

「我不同意收留她。」

「我們也許有能力給她一些幫助。」馬修突然答非所問地說。

「馬修，我看得出來你想收留那孩子，你已經被她蒙蔽了！」

「我覺得那孩子很討人喜歡，」馬修固執地說，「你不知道我們在路上都說了些什麼，不然你就不會像現在這樣想了！」

「我看得出她很能說。不過，我不喜歡她這樣的孩子，整天嘮叨個不停，而且令人難以捉摸。就算我要收養一個女孩，也不收養她。我們還是趕緊把她送回去比較好！」

「就讓她給你當個伴吧，」馬修堅持說，「我再另外雇一個法國男孩當幫手。」

「我才不想找這麼個伴呢，簡直就是找罪受。你盡快把她送回去。」瑪莉拉說。

「好吧，就照你說的做，瑪莉拉。」馬修說著就起身放好煙斗，回到自己的房間裡睡覺去了。

瑪莉拉收拾完家務，也皺著眉頭回到自己的房間休息了。

安妮孤單地躺在東邊的房間裡，既心灰意冷又滿肚子委屈，流著眼淚慢慢地睡著了。

# 第四章　美麗的綠山牆農舍

第二天早上太陽高掛時，安妮才睡醒，她一骨碌翻下床朝窗外望去，只見陽光明媚，碧藍的天空中飄浮著一些白色的東西。

安妮的頭腦裡忽然一片空白，只依稀記得好像發生了什麼令她激動的事，然後她就想起了昨晚發生的事情。她知道自己在綠山牆農舍，可主人卻因為她不是男孩而打算送走她。不過，無論如何，新的一天又開始了。安妮走到窗前，準備打開窗戶透透氣，才發現窗戶好像已經好久沒人動過，就用力地打開了它，然後跪在窗前欣賞著外面的景色。這裡美得簡直令人捨不得離開！雖然她不能留在這裡，但她依然可以自由地幻想！

窗前栽著一棵櫻桃樹，樹上開滿了潔白的鮮花，花枝低得都快碰到房子了，實在是太美了。房子一邊是蘋果園，一邊是櫻桃園，樹上都競相開滿了鮮花，樹下的雜草和蒲公英相映成趣。窗下的花壇裡種著丁香樹，樹上開滿了一簇簇淡紫色的花。甘草味隨著晨風飄進屋裡，滿屋子都散發著沁人心脾的芳香。花壇對面是一個坡度平緩的斜坡，斜坡上是一片茂盛的苜蓿紫花，斜坡下面就是山谷。山谷裡有一條玉帶似的小河在嘩嘩流淌著，小河兩岸都是挺拔的白樺樹，樹林裡長滿了羊齒類和苔蘚類植物。小河旁邊有一座山丘，上面分布著成塊生長的樅樹。安妮向樹林裡望去，看到了她在「晶亮湖」另一邊見過的灰色房屋，還看到灰色房屋的左邊有一個大倉庫。大倉庫旁邊有一片坡度平緩的草原，草原邊緣就是金光閃閃的藍色海洋。安妮看著這樣的美景，簡直要醉倒了。不過，她的生活裡一直缺少美，所以難免有一種身處夢境的感覺。

安妮佇立在窗前入迷地欣賞著美景，根本沒有注意身邊有什麼動靜，就連瑪莉拉走到她身後都沒有發覺。

「快把衣服穿好。」瑪莉拉說，她在面對孩子時，還真不知道該用什麼口氣說話，所以她有些不知所措。也正因為如此，她的口氣難免有些生硬，可她心裡並不想這樣。

安妮站起身來深深地吸了一口氣，然後揮手指著窗外說：「你瞧，外面好美唷！」她那副架勢，好像要把窗外的美景都攬進懷裡似的。

「樹木又高又大吧？上面還開滿了漂亮的花，」瑪莉拉說，「可它結的果子卻令人很失望，不但小而且有蟲。」

「嗯，除了樹木之外，花也很美呀！不過，我想說的還有周圍的其他景物，無論是果樹、小河還是草地都美得無法形容，我實在是太喜歡這裡了！你喜歡這裡嗎？我聽到了小河潺潺的流水聲！你能感覺到小河有多快樂嗎？它在歡快地笑著、唱著，就算是寒冷的冬天也不能令它停止歡笑。有一條小河從房屋旁邊流過，實在是太好了！也許你認為景色好壞跟我沒什麼關係，因為我只是暫時待在這裡。但是，我卻不這麼認為。就算我離開綠山牆農舍，我也會經常想起這條小河的。我每到一個地方，都希望那裡能有一條小河。如果沒有，我就會幻想出一條，不然我就會非常苦惱。幸虧我現在看到這樣的美景，否則我就真的像昨晚那樣絕望了。雖然我現在不會垂頭喪氣了，可我依然很難過。我幻想你們能收養我，這樣我就能在這裡幸福地生活一輩子！可是，再美的幻想也會破滅的，所以我才覺得難過。」

「你最好馬上停止幻想，穿好衣服到樓下去，」瑪莉拉趕緊見縫插針地說，她怕安妮歇夠了之後又會接著不停地說，「早餐已經準備好了。你先洗洗臉、梳梳頭，再把被子疊一疊，窗戶就不要再關上了。盡量快一點！」

安妮一向手腳麻利，只用了十分鐘就換好衣服並洗漱完畢，乾淨整齊地下了樓。她自以為完成了瑪莉拉交代的所有任務，所以非常高興，可她卻忘記了疊被子。

「哦，現在才感覺到餓，」安妮一邊說，一邊一屁股坐到瑪莉拉為她拉出來的椅子上，「想不到噩夢醒來之後會是這樣一個美好的早晨。下著小雨的早晨，也一定非常美吧。只是它們的美不一樣而已。這世上竟然會有各種各樣美麗的早晨實在是太令人高興了，誰也無法捉摸未來是什麼樣的，這就給人帶來了很大的幻想餘地。幸虧今天天氣好，能夠鼓勵我戰勝不幸，變得充滿力量。儘管如此，我還是非常不幸的，你說對嗎？我看過一些悲慘的故事，當時就決定不向苦難屈服要堅強地活下去。可是，當我真的遇到苦難時，才發現現實和幻想差得那麼遠，我根本不知道該怎麼辦才好。」

「你能不能消停一會兒？一個小女孩家，為什麼整天囉哩囉唆的呢？」瑪麗拉終於聽得不耐煩了。

安妮馬上閉緊了嘴巴，沒有再接著說下去。這樣一來，瑪莉拉反倒有些尷尬了，就連她自己也說不清這到底是為什麼。馬修還是像往常一樣沉默寡言。所以，大家都沉默著吃完了早餐。

安妮有點魂不守舍，她嘴裡吃著東西，眼睛卻出神地望著窗外的天空。瑪莉拉看到安妮這樣，越想越覺得不能留下她，因為這個古怪的孩子雖然人坐在椅子上，但是一顆心卻不在這裡。瑪莉拉心想，留著這樣一個不安分的孩子，不是自己給自己找罪受嗎？真想不懂馬修為什麼想收留她！瑪莉拉看得出來，直到現在，馬修收留這個孩子的決心還是非常堅定。瑪莉拉很了解馬修，知道他一旦認定了一件事就一定要想辦法做到。瑪莉拉很害怕他沉默不語，因為這樣就代表他不達目的誓不甘休。

安妮一直處於魂不守舍的狀態，直到吃完了早飯才恢復正常，甚至主動要求洗碗。

「你會洗嗎？」瑪莉拉問。

「當然會了。我不但會洗碗，還會照看小孩。說起照看小孩，我經驗可豐富了。如果這裡有個小孩，我一定能把他照看好。」

「再有一個小孩？你一個人就夠我受的了，再要一個小孩豈不亂上加亂？說實話，你真令我頭疼。我該拿你怎麼辦呢？唉，馬修辦的這叫什麼事呀，他實在是太荒唐了！」

「不！先生一點也不荒唐！」安妮大叫著說，似乎在責怪瑪莉拉，「他很有同情心。他一點也不嫌我聒噪，好像還非常喜歡我。我第一次見到他，就覺得我們的心靈是相通的！」

「沒錯，你們的心靈的確是相通的，因為你們都是怪人！」瑪莉拉滿臉不屑地說，「好了，你來洗碗！先用熱水洗乾淨，再用抹布擦乾。下午，我帶你去白沙鎮找史賓賽太太，看看到底是怎麼一回事，然後我再決定怎麼安置你。先去洗碗吧，再去樓上好好整理你的床鋪！」

安妮幹活時，瑪莉拉就有意無意地在旁邊觀察她，發現她很會洗碗，卻不怎麼會整理床鋪。安妮雖然盡了全力，卻不知道如何才能把羽絨被疊好。瑪莉拉看到安妮不停地在她面前晃來晃去就覺得心煩，乾脆讓安妮去外面玩。

安妮一聽能夠出去玩，馬上就高興地向房門口跑去，可是剛跑到門前卻停了下來，又走到桌子前面坐下，看上去一副悶悶不樂的樣子。

「怎麼啦？」瑪莉拉問。

「我不去外面玩了，」安妮鄭重地說，好像她剛剛做出了一個異常艱難的決定似的，「因為綠山牆農舍實在是太美了，我已經深深地愛上了它。可是，我又不能留在這裡。如果我出去玩，就會和花草樹木還有小河交朋友。這樣的話，我離開它們時，一定會非常痛苦的。我不想再承受這樣的痛苦。雖然我渴望去外面玩，好像它們也很希望我能過去玩，但我想不去會更好，免得我到時候更加傷心！當初，我以為自己能夠留在這裡，所以高興得不得了，很想盡情地去欣賞這裡的一切。現在，我從這個美夢中醒來只好認命了。如果我禁不住去外面玩，說不定我就動搖了，到時候我要怎麼辦呢？啊！窗前那種花叫什麼名字？」

「它叫天竺葵，帶有一股蘋果的香味。」

「我知道人們都叫它天竺葵，但我問的是你叫它什麼。你應該給它另外取一個名字的，你是不是還沒取呀？我給它取好不好？嗯……叫巴妮怎麼樣？在我離開這裡之前，我能不能都這樣叫它？」

「隨便你怎麼叫吧。可是，你為什麼要給天竺葵另外取名字呢？」

「我喜歡給各種東西取名字，我覺得這麼做是對它們的尊重。天竺葵是一個大的稱呼，每一株天竺葵都應該有一個屬於它自己的名字，這樣它才不會傷心。打個比方，如果別人老是叫你『婦女』，卻不叫你的名字，你是不是也會不高興？其實，植物就像人一樣，也是有感情的。早上起來時，我就給東山牆外開滿鮮花的櫻花樹取了個名字，叫『白雪王后』。雖然那些雪白的櫻花早晚都會凋謝，但它盛開時的美麗卻會因為這個名字而留在人們心中。」

「我還是頭一回見到像你這樣的孩子！」瑪莉拉一邊嘟囔著，一邊向地窖走去，以免自己又禁不住聽這孩子嘮叨，「馬修說得沒錯，這孩子的確有趣。她接下來會說些什麼呢？不知道為什麼，我竟然也開始喜歡聽她說話了。這樣下去可不行，我真擔心我也會像馬修一樣被她蒙蔽。我從馬修的表情中可以看得出來，他還是像昨天晚上一樣堅持要收留這個孩子。如果馬修能夠像常人一樣說出他的心裡話，我還有把握勸他聽我的。可是，他堅決不開口，只會用表情表明他的立場，我真拿他沒辦法。」

瑪莉拉取了一些馬鈴薯就出了地窖，只見安妮正托著腮幫子出神地望著天空，看來她又在幻想了。瑪莉拉沒有去打擾她，逕直去做午飯，等做好午飯才把安妮從幻想中拉回了現實。

「下午我要駕車出門。」瑪莉拉對馬修說。

馬修一邊點點頭，一邊心神不寧地看了看安妮。瑪莉拉馬上擋住馬修的視線，嚴厲地說：「我要帶安妮去白沙鎮，向史賓賽太太問清楚情況，再讓她立刻想辦法把安妮送回去。我會準備好下午茶，從白沙鎮回來之後再擠牛奶。」

馬修仍然一聲不吭。瑪莉拉見馬修根本不搭理自己，氣得只覺得自己根本沒必要跟他說這些話。

馬修套好馬車、打開院門，瑪莉拉和安妮就出發了。當她們經過馬修身邊時，馬修喃喃自語地說：「今天早上，我告訴傑利・伯特家的孩子，也許我會雇他幫我幹這個夏天的農活。」

瑪莉拉沒有說話，揚起馬鞭就狠狠地抽了栗色母馬一鞭。這匹馬又肥又壯，還從來沒有受到這樣的鞭打呢，於是憤怒地在那條狹長的山路上狂奔起來。瑪莉拉回頭看了看馬修，只見他正惆悵地靠在院門旁邊目送她們離去。

# 第五章　安妮的身世

剛一上路，安妮就開始說：「我早就盼望著能夠乘著馬車旅行了。根據我的經驗，只要盡力去做一件事，心情就會好起來。當然了，你得盡力去做才行！我決定好好享受這次旅行，盡力不去想馬上就要回孤兒院的事。啊！你瞧，有一朵野玫瑰花已經開了，實在是太美了！如果我能像那朵花一樣美就好了！像玫瑰花那樣的紅色，是所有顏色中最美的。按理說，我應該喜歡紅色才對，可我卻只喜歡粉色。遺憾的是，我根本不能穿粉色的衣服，因為粉色衣服和我的紅頭髮根本不搭配。你說，等我長大之後，我的頭髮會變成別的顏色嗎？」

「不會，你的頭髮會一直都是紅色的。」瑪莉拉冷淡地說。

安妮深深地歎了一口氣，失望地說：「我的希望又破滅一個。我曾經讀過一本書，書裡有一個詞叫『希望之墓』，我覺得用它來形容我的人生比較合適。如果我遇到了不開心的事，就會念書裡的一些句子給自己聽，或者把自己想像成小說裡的主人公，從中得到一些安慰。這樣是不是很浪漫？我們會經過『晶亮湖』嗎？」

「你說的是貝瑞家的池塘嗎？不經過那裡，我們走濱海路。」

「濱海路？太好了！」安妮禁不住大叫起來，又開始沒完沒了地說了起來，「一聽這名字就知道那裡很美。在這幾天裡，我看到的美景實在是太多了。白沙鎮應該也很美，但我更喜歡艾凡里村。艾凡里，聽起來就像音樂一樣美妙！」

「還有五英里才能到。你既然這麼多話，就說說你自己吧。」

「我？我的人生太平凡，根本沒什麼好說的。不過，我幻想中的人生卻非常有趣，你想聽嗎？」安妮熱切地說。

「不想，我不想聽你幻想中的人生，我要知道你的真實情況。你要毫不隱瞞地把你的情況都說出來。先說你的出生地和年齡。」

安妮輕輕地歎了口氣，把自己的身世原原本本地告訴了瑪莉拉：「我是在新斯科細亞的波林布洛克出生的，馬上就十一歲了。我爸爸名叫沃爾特•雪利，在當地一所中學當老師。媽媽名叫巴莎•雪利。他們的名字都很好聽，令我非常自豪。如果我爸爸有一個像吉特迪雅這樣俗氣的名字，一定會讓我很丟臉的。」

「人的品行比名字更重要。」瑪莉拉教育安妮說。

「我媽媽也是老師，而且跟爸爸在同一所學校教書，後來就跟爸爸結了婚。爸媽結婚後，只有爸爸一個人賺錢養家。湯瑪斯太太說，我爸媽都像孩子一樣令人操心。他們住在一間窄小的房子裡，生活很貧窮。我不記得那間小房子了，但是曾經多次幻想過它的樣子：窗戶上掛著薄紗窗簾，院子裡種著金銀花、紫丁香和鈴蘭。我就是在那間小房子裡出生的。湯瑪斯太太說，我出生時又小又瘦，是她見過的最醜的嬰兒，好在一雙大眼還有些神采。不過在媽媽眼裡，我卻相當漂亮。我想媽媽跟一個臨時女傭比起來，看人應該更準吧，可惜她在我才三個月時就得了天花，最後不幸去世。我真希望她能活到我會叫『媽媽』。能叫一聲『媽媽』，那該是多麼幸福的一件事啊！媽媽去世後的第四天，爸爸也因為得了天花而離開了我。就這樣我變成了一個無依無靠的孤兒。湯瑪斯太太說，鄰居們商量來商量去，卻沒有人想要我。最後湯瑪斯太太收養了我，並一手把我拉拔大。湯瑪斯太太很窮，丈夫又是一個酒鬼，但她依然努力要把我教育成一個好孩子。如果我做錯了事，她就會嚴厲地責罵我。

後來，我跟著湯瑪斯太太一家搬到了馬里斯維爾。我在湯瑪斯太太家生活了八年，一直幫著她照看孩子。湯瑪斯太太有四個孩子，他們都比我小，照看他們實在是一件苦差事。後來，湯瑪斯先生被火車軋死，他母親就收留了他的妻子和孩子，我又變成了沒人要的孤兒。後來，漢蒙太太收留了我，讓我專門給她照看孩子。我在漢蒙太太家裡一點溫暖也感覺不到，好在我還能幻想，不然我就完了。

漢蒙先生靠一個小鋸木廠養活一家人。他們家有八個孩子，其中有三對雙胞胎。雖然我很喜歡小孩，但他們家孩子實在太多了。當漢蒙太太生下最後一對雙胞胎時，我就嚴肅地請求她別再生了，否則我會吃不消的。

兩年之後，漢蒙先生去世，漢蒙太太去了美國，他們的孩子被親戚領養。我又沒人要了，最後只好來到孤兒院。孤兒院裡本來就有很多孩子，所以我在那裡根本不算什麼。可是，我又沒其他地方可去，只好被迫待在那裡。我在孤兒院裡待了四個月，然後就跟著史賓賽太太來到了這裡。」安妮說完，就深深地歎了一口氣，好像剛放下一副沉重的擔子，一下子輕鬆不少似的。很明顯，她不想跟別人提起這些傷心的往事。

「你有沒有上過學？」瑪莉拉一邊問，一邊駕車向濱海路走去。

「也算上過吧。我八歲那年曾經上過幾天學，後來到了漢蒙家，就只有春、秋兩季才有機會去學校。到了孤兒院之後，我才有機會天天讀書。我很會讀書，還能背誦很多詩。每次讀到那些令我心潮澎湃的詩時，我都忍不住要把它們背下來。我只學到第四冊課本，但我已經讀過第五冊課本了。第五冊課本是比我大一點的女孩借給我看的，其中有一首詩名叫《波蘭的淪陷》，我一讀到它就激動得渾身發抖。」

「湯瑪斯太太和漢蒙太太對你好不好？」瑪莉拉扭頭問安妮。

「嗯……怎麼說呢？」安妮突然漲紅了臉，額頭上冒出細密的汗珠，竟然不知道該怎麼說了，「嗯，這麼說吧，其實她們都很好，並且會盡可能地對我好。我想你應該能夠明白我的意思。如果她們能有這份心，就算她們實際上做不到，我也覺得沒什麼，因為她們也不容易。湯瑪斯太太的丈夫是個酒鬼，她過得很辛苦。漢蒙太太光是雙胞胎就生了三對，她的日子更不好過。我理解她們，她們也想對我好一點，只是力不從心而已。」安妮說到這裡就停住了，瑪莉拉也沒再繼續追問下去。

安妮安靜地欣賞著路上的美景，好像怎麼看都看不夠似的。瑪莉拉漫不經心地駕著馬車，心裡對安妮多了幾分同情和憐憫。

「這孩子一直孤苦伶仃的，所以才會強烈地渴望得到家庭的關愛，卻一直不能如願。每個人都自顧自地辛勤忙碌著，有的甚至連自己家都顧不過來，哪還會管她呢？」瑪莉拉聽完安妮的話，已經大致明白就是這麼個情況了，「怪不得安妮剛到綠山牆農舍時會那麼高興呢，就因為她覺得自己有家了。可惜呀，她最終還是要被送回孤兒院。如果依了馬修的意思，收養這個孩子會怎樣呢？雖然馬修的決定有些荒唐，但想一想也覺得可以理解，因為安妮的確很懂事，只要好好調教，一定會是個好孩子。」

「沒錯，這孩子的確有些聒噪，」瑪莉拉心想，「不過，只要我好好訓練她，一定可以讓她慢慢改掉這個壞毛病。而且她雖然話多，卻沒有說錯什麼，聽著還挺像那麼回事的。她的父母一定都很有教養。」

濱海路右邊長著茂盛的矮樅樹，右邊就是紅砂岩形成的斷崖。強勁的海風吹拂著岸邊，令行人不禁有些害怕。斷崖下面是一片鵝卵石岩灘，不時有海浪拍打過來。岩灘的另一面是一片銀色的沙灘，看上去像寶石一樣耀眼。遠處是波濤起伏的大海，碧藍的海面上有一群海鷗飛來飛去。海鷗的翅膀尖在陽光的照射下發出金色的光芒，看上去真美。

安妮很久沒有說話，這時不禁開口打破了沉默：「大海實在是太美了！我在馬里斯維爾時，曾經跟著湯瑪斯先生去海邊玩了一整天。大海離我們住的地方有十英里呢，湯瑪斯先生雇了一輛車，帶著一家人一塊去的。雖然我還要照看孩子們，可我還是非常高興。那次旅行雖然過去很久了，可我還是經常會夢到它。這裡的大海，比馬里斯維爾的大海還要美！瞧那些海鷗，它們能夠自由地飛翔在海面上，實在是太了不起了！我真想變成一隻海鷗，像它一樣自由地飛翔在天空中。你想嗎？海鷗從一大早就開始飛，時而緊貼著海面，時而又一飛沖天，直到晚上才飛回窩裡，這樣的生活實在太有詩意了！啊！前面有一所大房子，那是什麼地方呀？」

「那是柯克先生經營的白沙鎮大飯店。夏天是旅遊旺季，那時會有很多美國人來遊玩，因為他們覺得這裡很美。」

「我現在想到了史賓賽太太。到了她那裡之後，事情會怎麼樣呢？」安妮愁眉苦臉地說，「很可能一切希望都會破滅。」

# 第六章　瑪莉拉收養安妮

馬車停在了白沙鎮海邊一所黃色的房屋門前，那裡就是史賓賽太太的家。史賓賽太太見到有人來了，急忙從屋裡走了出來。

「哦，親愛的！」史賓賽太太驚喜地說，「沒想到會是你們！快把馬牽進來。安妮，你好嗎？」

「還好，謝謝！」安妮冷淡地回答，好像受到了很大的傷害似的。

「打擾你了，實在抱歉！」瑪莉拉說，「我來找你，是想向你打聽一件事，看看到底是哪裡出了差錯。馬修和我一致決定領養一個男孩，所以就請你的兄弟羅伯特捎信給你，請你幫我們從孤兒院領養一個十來歲的男孩。」

「啊？瑪莉拉，怎麼會這樣呢？」史賓賽太太聽完，感到事情並不像她想的那麼簡單，「是羅伯特的女兒南西給我傳的話，她說你們要領養一個女孩的。沒錯，她就是這麼傳話的！珍妮，你還記得南西的話吧？」史賓賽太太急忙向女兒珍妮求助。

「記得，她當時的確是這麼傳話的。」珍妮認真地回答。

「實在非常抱歉！」史賓賽太太連忙解釋說，「但是責任也不全在我，我是盡力按照南西捎來的口信辦事的。南西實在是太馬虎了，我已經為此說過她好多次了。」

「說起來我們也有責任，」瑪莉拉無奈地說，「這畢竟是一件重要的事，我們應該親自過來跟你說明，不應該捎口信才是。現在錯誤已經造成，再追究責任也於事無補，關鍵是安妮怎麼辦。能不能把她送回去？孤兒院應該還會接收她吧？」

「應該會的，」史賓賽太太沉思了一會兒接著說，「不過，不必把她送回孤兒院了。昨天彼得・布魯威特太太來過我家，說她後悔沒託我給她也領養一個孩子。你也知道，她家那麼大，需要一個女孩幫忙幹家務活。這下子安妮正好可以去她家。」

事情順利得讓人難以置信，可是瑪莉拉好像並沒有意識到連上天都在幫她。現在安妮已經有了著落，可是瑪莉拉卻沒有一點如釋重負的感覺。

瑪莉拉只見過彼得・布魯威特太太幾次，所以並不熟悉她的為人，只記得她身形瘦小，看上去很潑辣，還聽那些被她解雇的女孩們說她不但小氣、脾氣暴躁，而且蠻不講理。除此之外，她家裡還有很多孩子，這些孩子既沒有禮貌又整天打鬧。瑪莉拉一想到安妮要在這種環境下生活，就覺得過意不去。

「我們能進屋去再商量一下嗎？」瑪莉拉說。

史賓賽太太突然大叫起來：「啊，小路上的那個人不就是布魯威特太太嗎？她來得真巧！」史賓賽太太等布魯威特太太來到家門口，才把他們一行人都帶進客廳，又放下暗綠色的百葉窗。屋裡一下子變得昏暗起來，而且顯得特別冷清，好像屋裡的暖空氣都突然消失了似的。

史賓賽太太說：「實在是太巧了，我們的問題一會兒都能解決了。瑪莉拉，請你坐在這把扶手椅上。安妮，把你的帽子給我，然後老老實實地坐到那把椅子上。珍妮，你趕緊去燒一壺水來。布魯威特太太，你也請坐，我們有事情要跟你好好談一談。我來給你們介紹一下，這位就是卡斯伯特小姐。啊，實在抱歉，我突然想起烤箱裡正烤著麵包呢，我去叮囑珍妮幫我注意一下，請你們稍等一下！」史賓賽太太一邊說，一邊拉起百葉窗，然後就急匆匆地跑了出去。

安妮雙手緊握著放在膝蓋上，一聲不響地坐在長椅子的一端，眼睛卻盯著布魯威特太太不放，心想：「眼前這個尖嘴猴腮的女人，看上去既尖酸又刻薄，難道真的讓我去她家裡？」安妮想到這裡，不禁喉嚨酸酸的，眼睛也不由自主地跳得厲害，難過得都快要掉眼淚了。就在這時，史賓賽太太滿臉笑容地回來了。看得出來史賓賽太太很樂觀，好像任何難題對她來說都能得到解決似的。

「布魯威特太太，領養這孩子的事出了一點差錯。我原本以為卡斯伯特小姐要領養一個女孩，誰知她只想領養男孩。如果你現在的想法還跟昨天一樣的話，你是不是可以考慮領養這個女孩呢？」

布魯威特太太聽完，把安妮全身上下都打量了一遍，然後問安妮：「你多大了？叫什麼？」

「我十一歲了，叫安妮・雪利。」安妮一邊膽怯地回答她，一邊向後縮了縮。

「看著有些瘦弱，不過精神還好。如果你到了我家，我希望你老實、聽話，好好幫忙幹活，再沒有其他要求了。卡斯伯特小姐，我現在就可以把這孩子領走了吧？我帶她回去幫我照看孩子，這些孩子已經累得我快要吃不消了。」

瑪莉拉看了看安妮，只見安妮緊閉著嘴巴一聲不吭地坐在椅子上，臉色慘白，一臉悲傷和淒苦的表情，那副模樣就像即將被宰殺的小動物一樣可憐。瑪莉拉看著安妮的樣子，心裡不禁有些不忍：安妮看上去是那麼難過，如果我無視她的悲傷，就這麼把她推給布魯威特太太這個刻薄的女人，我會一輩子良心不安的。再說了，安妮是那樣敏感而且容易衝動，跟著布魯威特太太我實在不放心。不行！我絕對不能讓布魯威特太太帶走安妮！

「唔……這個嘛……」瑪莉拉不緊不慢地說，「其實馬修和我並不是不想領養安妮這孩子，尤其是馬修，他很想領養安妮。我來找史賓賽太太，也只是想把事情弄明白，我最終還是要尊重馬修的意思。我想先把安妮帶回去和馬修商量一下，再讓馬修來做決定。如果我不尊重馬修的意思，就自作主張地讓你把安妮領走，恐怕不太好。如果我們決定不領養安妮，明天晚上我就把她送到你家；如果明天晚上我沒去你家，就表示我們決定領養她了。你看這樣行嗎？」

「好吧。」布魯威特太太說，看得出來她很不高興。

安妮聽完瑪莉拉的話，頓時轉悲為喜，一張小臉變得紅撲撲的，一雙大眼就像星星一樣閃爍著明亮的光芒，整個人和剛才簡直判若兩人。

布魯威特太太原本是來找史賓賽太太借烹飪書的，這時就跟著史賓賽太太到另外一個房間去取了。

她們倆剛走出去，安妮就撲進了瑪莉拉的懷裡，急切地問：「卡斯伯特小姐，你是說我還有希望留在綠山牆農舍？我是不是在做夢啊？」安妮把聲音壓得低低的，好像生怕聲音一大就會吵醒美夢似的。

「安妮呀，要是你連事實和幻想都分不清，那你真應該控制一下自己了，」瑪莉拉有些不高興地說，「我的確說過要帶你回綠山牆農舍，但我還沒有決定要你留在那裡，說不定明天我還會把你送到這裡來。跟我家相比，布魯威特太太家好像更需要你。」

「我寧願回孤兒院，也不願意去那個人家！」安妮激動地說，「那個人看著就像鐵錐一樣尖銳。」

瑪莉拉聽完安妮這句失禮的話，幾乎要笑出聲來，卻竭力忍住了，故意板著臉訓斥她說：「你這孩子，剛見這位太太第一面就這樣評論人家，你不覺得羞愧嗎？快去，老老實實地坐在椅子上，讓人家覺得你像個好孩子！」

「要是你願意領養我，我什麼都聽你的。」安妮滿臉懇切地說，同時聽話地重新坐在長椅子上。

瑪莉拉帶著安妮回到綠山牆農舍時，已經是傍晚時分了。馬修老早就焦急地來到那條狹長的山路上，當他遠遠地望見瑪莉拉又把安妮帶回來時，頓時覺得很欣慰。

瑪莉拉回到家裡，根本沒有提及安妮的事，下了車就跟著馬修走到了後院，一邊擠牛奶一邊把安妮的身世告訴了馬修，接著又把自己和史賓賽太太談話的經過敘述了一遍。

「布魯威特太太那個女人，我連心愛的小貓小狗都不會送給她，更何況是一個可愛的孩子！」馬修神情嚴肅地說，瑪莉拉以往是很少看見馬修有這副神情的。

「我對她的印象也不好，」瑪莉拉說，「所以我當時很為難，都不知道該怎麼辦才好了，但我最終還是偏向於領養安妮，因為我覺得我有這個義務。如果我不這麼做，我的良心會不安的。我們都沒撫養過孩子，特別是女孩，所以撫養她一定會遇到很多麻煩，但我已經做好心理準備，無論再麻煩我也會努力做好的。馬修，我已經決定了，我要收養安妮！」

馬修一改平時的羞澀，神情愉快地說：「你也認為那孩子很可愛？你可算想通了！」

「她不但可愛，而且是個可造之才，」瑪莉拉說，「我一定要把她培養成一個有出息的孩子。馬修，雖然我是個老女孩，也許不太懂得如何教育孩子，但我教育孩子的方法一定會比你這個老單身漢強一點！所以以後這孩子就由我來教育，你最好少插手；等我的方法失效了，你再來管教她。」

「瑪莉拉，你想怎麼樣都行，」馬修說，「不過盡量不要嬌慣她，同時還要細心照顧她。安妮這孩子，只要她愛你，她什麼都願意聽你的。」

馬修對女性的這一看法，瑪莉拉並不以為然，就拎著水桶走進了加工牛奶的小屋，一邊過濾牛奶一邊想：我今晚先不告訴安妮我的決定，不然這孩子一定會高興得一整晚都睡不著。我們竟然領養了一個孤兒！這件事我以前連做夢都沒有夢到過，現在想起來就覺得不可思議。更令人驚奇的是，這事還是馬修提出來的，要知道他以前可是最害怕女人的！無論如何，事情都已經定了，就硬著頭皮努力去做吧。至於以後會是什麼樣子，就聽天由命吧。

# 第七章　安妮做禱告

晚上，瑪莉拉走進了安妮住的房間，親切而又認真地說：「安妮，你昨晚脫掉衣服就到處亂扔，這個生活習慣很不好。以後記住：脫掉衣服之後，立刻把它們疊整齊了，然後放到椅子上。我可不希望家裡住著一個不愛乾淨的女孩。」

「很抱歉，我昨天晚上實在太難過了，所以根本沒心思把衣服放好，」安妮解釋說，「以後我一定會努力做好這件事的。我在孤兒院時，他們也是這麼要求我的，可我每次都忍不住想立刻躺到床上，然後盡情地幻想，所以經常忘記這樣做。」

「你以後要是留在這裡，可得記住要這樣做！」瑪莉拉嚴肅地說，「好了，先做個禱告，然後去睡覺。」

「我從來沒有做過禱告。」安妮誠懇地說。

「什麼？安妮，難道沒有人教你怎麼禱告嗎？這可是上帝對孩子們的期望！安妮，你是不是對上帝一無所知呀？」瑪莉拉問，安妮的話可真是令她吃驚不小。

「我當然知道上帝了。上帝是聖靈，是智慧、力量、公正、仁義和真理的象徵，他永遠存在於人類的靈魂之中。」瑪莉拉聽安妮說得這麼流利，才鬆了一口氣：「哦——看來你還是知道上帝的，真是謝天謝地！你是怎麼知道這些的？」

「在孤兒院裡學的呀！孤兒院裡的主日學校教我們教義，孩子們都能把教義背下來。我還是挺喜歡那本教義的，因為裡面有很多像無限、永恆這樣的詞語，它們就像管風琴奏出的雄壯樂章一樣令人振奮，還很有詩意。」

「安妮，我不跟你談什麼詩意，我在說禱告的事。你知道嗎？如果你晚上不做禱告，會被別人當成壞孩子的。」

「就因為我的頭髮是紅色的，所以我就成了壞孩子？」安妮生氣地大叫起來，「你們的頭髮都不是紅色的，怎麼可能明白我的感受！湯瑪斯太太說，我的紅頭髮是上帝故意賞賜的，所以我再也不把上帝放在心上了。而且我每天從早忙到晚，累得連禱告的力氣都沒有。我只是個孩子，不但叫我照看七八個孩子，還叫我去禱告，這樣不是很過分嗎？」

瑪莉拉聽完安妮的話，覺得很有必要對安妮進行宗教教育，這事刻不容緩：「安妮，只要你住在這裡，就必須做禱告，非做不可！」

「既然你這樣要求我，我當然會聽你的話，」安妮回答，「無論你叫我做任何事情，我都會去做。可是我該怎麼做呢？你能教我怎麼禱告嗎？要不我先躺在床上好好考慮一下，然後再做禱告？嗯，這件事看起來還挺有趣！」

「你先跪下。」瑪莉拉突然覺得有些不好意思。

安妮在瑪莉拉的腳邊跪了下來，抬起頭嚴肅地問瑪莉拉：「為什麼要跪著做禱告呢？這跟我幻想的可不一樣。我所認為的做禱告，應該是一個人在廣闊的田野上或是茂密的森林深處，靜靜地仰望著晴朗的藍天發呆，除此以外什麼都不需要做。你說這算不算禱告呀？好了，我已經準備好了，我該怎麼說呢？」

瑪莉拉更加不好意思了，她原本想教安妮說一些類似於「上帝啊，請保佑我入睡！」這類禱告語的，才突然想起這類禱告語只適合那些咿呀學語的小嬰孩兒，根本不適合安妮這樣的大孩子。安妮應該用自己的語言向上帝傳達自己的心聲。於是，瑪莉拉說：「你先向上帝表達自己的感激之情，然後謙虛地向上帝許個願。」

安妮聽完，就把一張小臉貼在瑪莉拉的雙腿上，然後仰頭問：「我能不能說『仁慈的主啊！』？我看教會裡的牧師在禱告時就是這麼說的。」

「當然可以。」

「我仁慈的主啊，我衷心地感謝您，感謝您讓我見到『白樂路』、『晶亮湖』、『巴妮』和『白雪王后』。到目前為止，我能感謝您的只有這麼多了。接下來，我還想拜託您一些事情。不過我要拜託您的事實在太多了，一時也說不完，我就先挑兩件最重要的事情說吧。第一，請您讓我留在綠山牆農舍；第二，等我長大之後，請您把我變成一個漂亮的女孩。您誠摯的安妮・雪利。好了，我做完禱告了，這樣好吧？」安妮說著就興奮地站了起來，「如果我有時間考慮的話，這次禱告我還能做得更好。」

瑪莉拉聽完安妮的禱告，氣得差點暈倒，她從來沒有聽過像這樣輕視上帝的禱告，只得承認安妮一點宗教知識都不懂。看來必須馬上就對她進行教育。於是瑪莉拉一邊給安妮掖被子，一邊暗暗下定決心，準備明天就開始教她怎麼做禱告，然後就拿著蠟燭向門口走去。

就在這時，安妮大叫著說：「啊！我想起來了，我應該像牧師那樣說『阿門』，而不應該說『您誠摯的』。我想，禱告總要有個結束語吧，可我剛才卻忘記了『阿門』這個詞。現在這個禱告應該更好了吧？」

「我認為都差不多，」瑪莉拉說，「好了，快點睡吧，努力做個好孩子。晚安！」

「今天我可以接受這一聲『晚安』了。」安妮高興地鑽進被窩，很快地就進入了夢鄉。

瑪莉拉剛走進廚房，就把蠟燭往桌子上一甩，氣呼呼地瞪著馬修說：「馬修，這孩子還真需要好好教育一番。你知道嗎？她之前竟然從來沒有做過禱告！明天我就帶她去找牧師，去幫她借一套宗教啟蒙書，再給她做一件新衣服，之後就送她去主日學校。這樣看來，我這陣子有的忙了。唉！我們以前的日子實在是太自在了，現在看來這一切都已經成為過去。不過我一定會盡力打理好一切的。」

# 第八章　安妮開始新生活

瑪莉拉按照自己的想法，把第二天的排程得滿滿的，所以安妮直到午後都沒機會知道自己可以留在綠山牆農舍。上午，瑪莉拉讓安妮做這做那的，自己就在一邊觀察安妮，發現安妮既聽話又機靈，領悟力也很強，但是很愛幻想。安妮一旦陷入幻想之中，就會把工作拋到九霄雲外，只有聽到瑪莉拉的厲聲斥責才會回到現實中。中午，安妮收拾完廚房之後，就像等待宣判的囚犯一樣走到了瑪莉拉跟前，她瘦小的身子不住地顫抖著，小臉漲得紅彤彤的，兩隻小手緊握著，睜著一雙大眼誠懇地說：「卡斯伯特小姐，我能留下來嗎？求你快告訴我吧！我從早晨開始就想問你，卻一直不敢問。如果再忍著不問，我一定會急死的。求求你，快告訴我結果吧！」

「洗完碗之後，要把抹布在熱水裡燙一燙，這個我之前已經跟你說過了吧？」瑪莉拉鎮靜地說，「你先做完這個再說！」

安妮只好順從地照做了，然後就立刻死死地盯著瑪莉拉看。瑪莉拉找不到再拒絕安妮的理由，就說：「好吧，安妮，我們已經決定把你留在綠山牆農舍了。我希望你能聽話，努力做一個好孩子——安妮？你這是怎麼了？」

「我……我是不是哭了？」安妮疑惑地說，「我也不知道自己是怎麼了，我肯定是太高興了！嗯，『高興』還沒法形容我現在的心情，因為我在見到『白樂路』、『晶亮湖』和『白雪王后』時就已經高興過了。能夠留在這裡，比見到『白樂路』更讓我高興！嗯，我實在是太幸福了！我會努力做個好孩子的，雖然這麼做有點困難。在湯瑪斯太太眼裡，我簡直壞透了，可是以後我一定會努力改掉那些壞毛病！真搞不懂，我怎麼就哭了呢？」

「我想你是高興過頭了吧！」瑪莉拉假裝責備地說，「趕緊坐到椅子上穩定一下情緒。你呀，一會兒哭一會兒笑的，情緒波動也太大了吧！我們已經決定收養你了，以後我們不但要撫養你，還要把你教育成一個有用的人。你必須去學校讀書，只是還要再等等，因為還有兩個星期就放暑假了，九月份才開學。到那時，我們再送你去學校。」

「那我以後怎麼稱呼你呀？是像以前一樣叫你卡斯伯特小姐，還是改口叫你卡斯伯特阿姨呢？」

「就叫瑪莉拉吧，免得我聽著彆扭。」

「瑪莉拉？我這樣稱呼你，很不禮貌吧？」安妮說。

「只要你語氣誠懇就行了。艾凡里的人都這麼稱呼我，只有牧師才叫我卡斯伯特小姐。」

「我可以叫你瑪莉拉阿姨嗎？我真的很想這麼叫，」安妮誠懇地說，「我一個親戚都沒有。如果我能叫你阿姨，我就會有一種歸屬感。我就叫你『瑪莉拉阿姨』，行嗎？」

「不行！『阿姨』這個稱謂跟我沒有關係，我不喜歡有人這麼叫我。」瑪莉拉嚴肅地說。

「可是，我已經幻想你就是我阿姨了。」

「那也不行！」瑪莉拉依然很嚴肅。

「難道你從來都不幻想？」安妮的眼睛睜得大大的。

「是的。」

「啊？」安妮驚訝地說，「如果真是這樣，卡斯伯——瑪莉拉，那麼你一定錯過了很多美好的事物！」

「幻想有什麼用呢？」瑪莉拉說，「上帝創造人類，可是並沒有讓人類一天到晚不切實際地幻想。噢，我想起來了，你現在就去起居室把壁爐台上的卡片拿過來，下午空閒時就把卡片上寫的《主的禱告》背下來。記得先把腳擦乾淨再進去，注意別把蒼蠅放進去。」

「嗯，我也認為昨天晚上的禱告不太完美，」安妮不好意思地說，「不過我是第一次做，所以難免會出一點差錯。我昨晚躺在床上時，想出一個又長又有詩意的禱告語，它就像牧師的禱告語一樣優秀，可是今天早上我一醒來，它就徹底從我腦子裡消失了，無論我怎麼想都沒有想起來。」

「安妮，我求求你，別再沒完沒了地說你的記憶了，只要按照我說的做就行了。好啦，現在就照我剛才的吩咐去做。」

安妮聽瑪莉拉說完，才急忙向正門對面的起居室跑去，沒想到這一去就不回來了。瑪莉拉等得實在不耐煩了，就停下針織活，板著臉向起居室走去，想弄清楚到底是怎麼一回事。這時候，安妮正背著雙手、仰著頭一動不動地站在那裡，睜著一雙大眼仰望著兩個窗戶中間掛著的一幅畫。窗外栽種著蘋果樹和常青藤，陽光透過樹縫照進來，折射出的金黃、墨綠等彩色光線把整個屋子裝點得絢爛多彩。這個灑滿陽光的午後美景，深深地吸引了安妮，令她再一次忘記了周圍的一切。

「安妮，你又在幻想？」瑪莉拉生氣地說。

安妮這才回到了現實中：「啊！那個……」安妮說著，用手指了指牆上的畫。瑪莉拉扭頭看了看，那是一幅石板畫，畫的名字叫作《基督為孩子們祝福》。

「那張畫裡有一群孩子，我幻想我就是角落裡那個穿著藍色衣服的落單女孩，因為她看上去既寂寞又悲傷。我看到她，就像看見我自己一樣。她雖然怯生生地跟在其他孩子後面，慢慢地向耶穌靠近，卻一樣得到了耶穌的祝福，好像也只有耶穌才注意到了她的存在。我很明白她當時的心情，因為我也曾有過類似的經歷。就在剛才，我還問你能不能讓我留下來，我當時應該就像她一樣吧。她的心撲通撲通地跳，兩隻手冰涼，一步一步地向耶穌靠近，生怕耶穌不注意她。最後，她總算站在了耶穌面前，耶穌就把手放在她的頭頂上。她忽然覺得全身流過一股暖流，心裡無比高興。

不過，如果這幅畫裡的耶穌不那樣悲傷該多好啊。在我見過的畫裡，耶穌都是很悲傷的，你注意到這一點了嗎？耶穌是不是總是這樣悲傷呀？我真不敢相信這一點！如果耶穌總是這樣悲傷的話，會把孩子們嚇跑的，你說是不是？」

「安妮！」瑪莉拉這才想起來要趕緊制止安妮繼續說下去，這一點令她自己都不敢相信，「你不能這麼說，這可是大不敬的話！」

安妮驚訝得瞪著大眼，急忙申辯說：「大不敬？我從來沒有想過這一點……我是非常尊重耶穌的，一直對他懷著一顆虔誠的心。」

「我想你也不會對耶穌不敬。安妮，你現在的語氣比剛才親切多了，你可以用現在這種語氣說話呀。另外，安妮，我再說一遍，以後我叫你做什麼你就立刻去做，不要再像今天這樣陷入幻想之中。記住了！現在趕緊拿著那張卡片去廚房裡背誦卡片上的禱告語。」

安妮順從地拿著卡片走進了廚房，馬上又走出去摘了一大把蘋果花，把花插在餐桌上的花瓶裡，又把卡片豎放在花瓶旁邊，這才坐到餐桌前，雙手托腮地認真背誦起來。當瑪莉拉發現安妮用蘋果花裝飾餐桌時，只是斜著眼睛瞪了安妮一下，卻沒有責備她。

「這些禱告語寫得真好！」安妮不由自主地大叫起來，「這麼好的禱告語，我以前只聽過一次。當時我正待在孤兒院的主日學校，是校長給我們讀的，不過我當時並不覺得它好，因為校長的聲音沙啞而且充滿了悲傷，讓我覺得禱告這件事令人很不舒服。現在我不這麼認為了，雖然這些禱告語不是詩，可是讀起來卻像詩一樣優美。就像這句『我們在天國……』，朗朗上口，很容易就記住了。瑪莉拉，你認為是這樣的嗎？」

「既然是這樣，那你就老老實實地坐在那裡背誦吧。」瑪莉拉冷漠地說。

安妮輕輕地吻了一下花瓶裡的一枝淡粉色的蘋果花，接著就繼續認真地背誦起來，可是剛過一會兒，她就又不安分了：「瑪莉拉，我在艾凡里村能找到一個好朋友嗎？」

「好朋友？什麼好朋友？」

「好朋友啊，就是好得能夠對你掏心掏肺的朋友！能夠擁有這樣的好朋友，一直都是我的夢想。這個夢想，我從來都沒有奢望過它會實現，不過現在我開始抱有奢望了，因為我這幾天已經實現了很多夢想，說不定這個夢想也能馬上實現呢！你說對吧？」

「附近有一個叫黛安娜・貝瑞的小女孩，她和你差不多大，是個很乖的孩子，不過她現在到卡莫迪拜訪親戚去了，你得等她回來之後才能見到她，也許你們將來會成為朋友。不過我要提醒你，你要注意自己的言行舉止才行，因為貝瑞太太很挑剔，她不會允許黛安娜跟言行粗野的孩子交朋友。」

安妮隔著蘋果花看著瑪莉拉，一雙亮晶晶的大眼睛裡閃耀著興奮的光芒。

「黛安娜長什麼樣？她的頭髮是紅色的嗎？希望不是！我已經為自己長著紅頭髮難過得要命了，要是我好朋友的頭髮也是紅色的，那我會更難受的。」

「黛安娜長得很漂亮，她的臉紅撲撲的，眼睛和頭髮都是黑色的，既聰慧又善良。不過，相對於漂亮的外貌而言，我更看重她的聰慧和善良。」

瑪莉拉一抓住機會就會教訓人，她認為要管教好一個孩子，就要時刻注意孩子的言行，隨時隨地對孩子進行道德教育。可是，安妮卻沒有領會瑪莉拉的用心，她根本沒意識到瑪莉拉正在對她進行道德教育，只關注了自己感興趣的話題。

「真的？她長得很漂亮呀？實在是太好了！雖然我不可能變成一個美人，但我一想到自己可能會有一個漂亮的朋友，我就覺得高興。湯瑪斯太太的起居室裡擺著一個書櫃，玻璃門裡擺著湯瑪斯太太心愛的瓷器，還有果醬之類的東西。一天晚上，湯瑪斯先生又喝醉了，就乘著酒勁打碎了其中一扇玻璃門。我對著另一扇沒破的玻璃門，把玻璃映出的影子當成了一個女孩，還給她取了凱蒂・莫里斯這樣好聽的名字。我和凱蒂的感情很好，我們經常一聊就會聊好幾個小時，尤其是星期天，我們就聊得更開心了，我有什麼煩心事都會告訴她，凱蒂則會耐心地安慰我、鼓勵我。我把書櫃幻想成一個中了魔法的房間，我只要說出打開書櫃的咒語，就能走進書櫃和凱蒂說話。凱蒂牽著我的手，帶著我去了幸福王國。幸福王國裡灑滿金色的陽光，盛開著五彩繽紛的鮮花，還有很多精靈。我們倆在那裡生活得可快樂了。

後來，我不得不去漢蒙太太家，只好跟凱蒂分手了。我倆都傷心得大哭起來，可是也只能無奈地隔著書櫃的玻璃門相互道別。漢蒙太太家沒有書櫃，不過她家附近有一個蔥翠的小山谷，那個小山谷就在一條小河的上游，在那裡可以聽到奇妙的回聲。如果你站在那裡說話，就會聽到回聲。即使你聲音很小，也會有回聲。於是，我就把那個山谷想像成一個女孩，我叫她薇奧麗塔，還跟她成了好朋友，我們經常在一起說心裡話。我對薇奧麗塔的愛，幾乎就像對愛凱蒂・莫里斯的愛一樣。就在我去孤兒院的前一天晚上，我還跑到了那個小山谷裡向薇奧麗塔告別。薇奧麗塔知道我要離開，難過極了，可她卻忍住悲傷，跟我說了一聲『再見』。到了孤兒院，我依然很想念薇奧麗塔。雖然我還是會幻想，可是我卻怎麼也沒有心思再想像出另外一個好朋友。」

「如果你能不再幻想該有多好！」瑪莉拉冷漠地說，「整天就喜歡胡思亂想，這一點我一點都不喜歡。如果你能在現實中認識一個朋友，不再沉浸在那些沒有意義的空想之中，我倒是很高興。關於凱蒂和薇奧麗塔的事，你最好不要在貝瑞太太面前提起，因為她會以為你在說謊。」

「我不會再向別人提起她們倆了，因為她們是我記憶裡最寶貴的一部分，我不應該隨便地跟別人提起她們。可是瑪莉拉，我願意跟你說起她們。啊，你瞧！有一隻大蜜蜂從蘋果花裡飛出來了！蘋果花裡一定非常迷人！如果我能躺在蘋果花裡，在微風的輕拂下慢慢睡著，那該多有詩意呀！如果我能變成一隻蜜蜂就好了，這樣我就能每天都在花叢裡飛來飛去。」

瑪莉拉不屑地說：「你昨天還說要變成一隻海鷗呢，怎麼今天又想變成蜜蜂了？真是反覆無常！我叫你趕緊背誦禱告語，你就好好聽話，別再胡言亂語了。你是不是一看身邊有人聽你說話，就忍不住要喋喋不休呀？我看你還是回到自己的房間，好好地背誦禱告語吧！」

「背完最後一行，我就全都會背了。我能把蘋果花也帶到我的房間裡去嗎？」安妮懇切地問。

「不行！免得你把房間搞得亂七八糟的。還有啊，以後不要再隨便摘花了。」

「嗯，我也是這麼想的。我是不應該隨便摘花，因為這樣就會縮短花的壽命。如果我是蘋果花，一定也不喜歡有人就這樣把我摘下枝頭。可是，我一看見花就忍不住想摘。如果你遇到了這種情況，你會怎麼做呢？」

「安妮！我早就叫你回自己的房間了，你是不是沒聽到我說的話？」

安妮深深地歎了一口氣，然後就走進自己的房間，在窗前的椅子上坐下來：「噢——總算會背了。其實我剛上二樓時就已經會背最後一行了。現在我要開始幻想了，嗯，就幻想我現在住的是這樣一個漂亮的房間吧：地板上鋪著繡滿淺粉色玫瑰花的白色天鵝絨地毯，窗戶上掛著粉紅色的細綢布窗簾，牆壁上掛著金色的絲織壁掛，窗前擺著桃花心木家具。雖然我還沒有見過桃花心木家具，不過聽說它非常豪華。要是這裡再放一張堆滿各色絲綢靠墊的沙發椅就更好了，我就可以姿態高雅地躺在上面休息。嗯，牆壁上最好再掛一面能夠照出我全身的大鏡子。我身材高挑，如果穿上一條鑲著白色蕾絲邊的長洋裝，胸前和頭髮上都鑲上珍珠，還有一頭亮麗的黑髮，膚色像象牙一樣潔白無瑕，那我看上去一定像女王一樣高雅脫俗。另外，人們都叫我寇黛麗亞·費茲傑拉德小姐。不過，這個名字聽起來根本不真實。」

安妮悄悄地踏著碎步走到鏡子前面，又偷偷地向鏡子裡看了看，只看見一張布滿了雀斑的小臉。這張小臉上還有一雙灰色的大眼睛，那雙大眼正認真嚴肅地盯著自己看。

「你只是綠山牆農舍的安妮罷了！」安妮喃喃自語地說，「你再怎麼幻想，都不可能變成寇黛麗亞小姐！不過，跟無家可歸的安妮相比，綠山牆農舍的安妮要幸福一百萬倍！」安妮把臉湊到鏡子跟前，深情地吻了吻鏡子裡的自己，然後又回到了窗前。

「尊貴的『白雪王后』，下午好！山谷裡的白樺樹、山丘上的灰色小屋，你們好啊！我馬上就能認識黛安娜了，我希望能夠跟她成為好朋友，我一定會好好愛她的。不過，我不會因此就忘記凱蒂和薇奧麗塔，因為這樣她們會傷心的。我不想讓任何人傷心。雖然書櫃裡的凱蒂和山谷裡的薇奧麗塔都是我想像出來的，可我也不想讓她們傷心。所以，我肯定不會忘記她們，而且每天都會送她們一個飛吻。」安妮說著，就用指尖輕撫嘴唇，然後又將雙手掠過鮮豔的花朵，向遠處撒了兩個飛吻，接著又雙手托腮沉浸在幻想之中。

# 第九章　林德太太受驚

安妮來到綠山牆農舍兩個星期之後，林德太太才再次來到綠山牆農舍。其實林德太太很早就想來看望安妮了，可她卻突然得了嚴重的流行性感冒，不得不整天待在家裡。這一點連她自己都沒有想到。唉，這場病生得真是太不是時候了。林德太太平時很少生病，所以她非常看不起那些老愛生病的人。這一回她自己也生病了，不過她認為得流行性感冒跟其他的病根本不一樣，其實算不上病。林德太太剛聽醫生說可以去戶外活動，就趕緊向綠山牆農舍跑去。在林德太太生病期間，艾凡里村到處都在盛傳馬修和瑪莉拉領養孩子的事。林德太太聽到了很多謠言，心裡的好奇早就按捺不住了。

安妮在這兩個星期裡，也一直沒有閒著，她每天早上醒來之後就去農場裡到處逛，已經熟悉了那裡的一切。此外，她發現蘋果園下面還有一條小路，沿著那條小路一直向前走，就可以走到山丘上那個狹長林帶的深處。安妮發現這條充滿了艱難險阻的小溪時，激動得都快說不出話了，以後就經常沿著這條小路去探險。總之，安妮的足跡幾乎踏遍了小木橋、樅樹林、櫻花拱門、蔥郁的羊齒類和苔蘚類植物，還有長著楓樹和花楸樹的小路。

此外，安妮還經常去山谷裡和清澈的泉水嬉戲。那一眼清泉的泉底鋪滿了被水流沖刷得很光滑的紅色鵝卵石，泉眼四周長滿了葉片寬闊的水生羊齒草，泉眼對面有一條小河，小河上架著一座小木橋。沿著小木橋走到對岸，可以看到山丘上有一座生長著粗壯的樅樹和赤蝦夷松的樹林。樹林底部長著茂盛的青草，所以樹林裡白天也很昏暗。此外，樹林裡還長滿了吊鐘水仙，散發著淡淡的芳香，看著就覺得舒服。樹枝上掛著一張張蜘蛛網，樅樹好像正在親熱地和蜘蛛網悄聲地交談著。

安妮每天都可以出門自由地玩半個小時，她就利用這半小時的時間去那條小路探險。安妮每次探險回來，都會繪聲繪色把她的最新發現講給馬修和瑪莉拉聽。可是在馬修和瑪莉拉聽來，安妮根本就是在胡說。不過馬修卻沒有發表任何異議，而是默默地傾聽著，嘴上還掛著笑意。瑪莉拉雖然會不時地嚴厲斥責安妮不要胡說，叫她只管安靜地待著，卻也經常會不由自主地被安妮的生動描述所吸引。

林德太太來到綠山牆農舍時，安妮正獨自在院子外面的果園裡自得其樂地玩著。火紅的太陽給茂盛的草地染上了一層緋紅的顏色，安妮就躺在草地上，馳騁在幻想的國度裡。於是林德太太有了單獨和瑪莉拉相處的絕佳機會，她把自己生病的經過全都詳細地告訴了瑪莉拉。她從感覺到渾身的關節都非常疼痛開始說起，一直說到她每一次脈搏的波動，說得瑪莉拉不得不明確地表示她這次感冒非常嚴重，這才切入了正題：「外面盛傳你和馬修最近做了一些出人意料的事，是真的嗎？」

「是的。其實我自己也非常驚訝，」瑪莉拉回答，「我現在正在努力適應呢。」

「這種差錯怎麼就讓你們遇上了呢？實在是太不幸了！」林德太太一臉同情地說，「你們就沒想過把孩子送回孤兒院？」

「想過了，不過後來我們就決定將錯就錯，領養這個孩子。其實馬修和我都挺喜歡這孩子的。這孩子雖然有些小毛病，卻不傷大雅。她既活潑又可愛，給我們家帶來了很多歡樂。自從她來了之後，我們家就不一樣了。」瑪莉拉看出林德太太很不贊同他們領養安妮，竟然不由自主地說起了安妮有多好。

「既然你們決定這麼做，就得做好背負重擔的準備！」林德太太憂愁地說，「你沒有撫育孩子的經驗，最重要的是，你根本不知道這個孩子的來歷、性格，也無法預料她將來會變成什麼樣。雖然我這麼說有些殘酷，但我說的都是大實話，絕對不是在潑你冷水。」

「你的這些顧慮，我都已經想過了。我不怕，」瑪莉拉若無其事地說，「我一旦決定做什麼事，就一定會盡力把它做好，絕對不會輕易放棄。你是不是想見見安妮？我去把她叫過來。」

不一會兒，安妮就從果園裡一路小跑過來。她的臉頰紅撲撲的，看到有客人在，一張小臉更紅了，一顆心緊張得怦怦直跳，手足無措地站在門口。

安妮身上還穿著剛來綠山牆農舍時穿的衣服，那件淡黃色的絨布罩衫現在顯得更短小了。她的雙腿看著就像短木棒似的，露在外面尤其扎眼，看著既寒酸又奇怪。她臉上的雀斑看得更清楚了。火紅的頭髮被風吹得亂蓬蓬的，顯得比以前更紅了。

「他們決定領養你時，肯定沒注意到你的外貌，」林德太太毫無顧忌地說，她一直都是這樣敢說敢做，而且性格直爽，她自己也以此為榮，「你長得真是又醜又瘦小。瑪莉拉，你說是不是？孩子，快過來，到我身邊來，讓我好好看看你。哎呀！你臉上長了這麼多雀斑呀？真是太難看了！還有啊，你的頭髮竟然像胡蘿蔔一樣紅，我還從來沒有見過這樣奇怪的頭髮呢！孩子，你再向我靠近一些。」

安妮順從地來到了林德太太身邊，可她接下來的舉動，卻大大超出了林德太太的預料。只見安妮大步走到林德太太面前，氣得小臉通紅、嘴唇發白，全身都忍不住地顫抖著。

「我討厭你！」安妮聲嘶力竭地大叫，雙腳用力地往地板上跺，「討厭！你討厭至極！你竟然嘲笑我的長相，說我瘦小、滿臉雀斑、滿頭紅髮，你實在是太沒有禮貌了！像你這樣粗野而且冷血的女人，我從來都沒有見過！」

「安妮！」瑪莉拉連忙厲聲制止安妮，生怕她說出更加過火的話。

可是，安妮卻置若罔聞，依然昂首挺胸、雙拳緊握地站在林德太太面前，抑制住滿腔的怒火死死地盯著林德太太看。她一點也不害怕林德太太，因為她已經被氣得全身的血液都要沸騰了。

「你竟然這樣嘲笑我？你就沒有想過我的感受嗎？如果別人說你『又矮又胖又愚蠢』，你會好受嗎？湯瑪斯先生酒醉時，也會用難聽的話挖苦我，可是你比他更過分！我是絕對不會原諒你的！不會！絕對不會！」安妮再一次用力地跺著地板，震得地板咚咚地響。

「你……這孩子……太過分了！」林德太太慌亂地說。

「安妮，進屋！快進去！」瑪莉拉厲聲說，她已經被眼前的場面攪得不知所措，好不容易才拼命穩住情緒。

安妮哇地痛哭起來，飛奔到正廳，隨手用力地關上了門，震得陽台上的空罐子呼啦一陣響。接著，安妮又像一陣風似地上了二樓，又使勁地關上了位於東山牆那個房間的門。

「哎呀，瑪莉拉，你竟然領養了這麼一個孩子，你怎麼受得了啊！」林德太太異常嚴肅地說。

瑪莉拉只是張口結舌地站著，不知道是該反駁，還是向林德太太賠罪。接著，她竟然不由自主地說：「可是……瑞秋，你也不該這樣嘲笑安妮的外貌！」就這麼一句話，令瑪莉拉事後一想起來就覺得不可思議，因為她根本不知道自己當時為什麼會有這樣的反應。

「瑪莉拉？難道你沒有聽到她的聲音有多可怕嗎？她那樣大叫著發脾氣，你竟然還袒護她？」林德太太氣憤地說。

「不，」瑪莉拉一字一句地說，「安妮這樣不禮貌，我一定會好好教訓她的。可是我們也應該站在她的立場上想一想，因為從來沒有人教過她怎麼區分對和錯。而且瑞秋，你剛才那樣傷害她的自尊，的確有點過分。」

林德太太站了起來，好像她的自尊也受到了傷害似的：「哎呀，看樣子我以後說話得小心了，以免傷到這個來歷不明的孤兒的自尊心。我沒有生氣，你不用擔心，也別覺得不好意思。可是以後那孩子有你受的！唉，我總共生了十個孩子，有兩個不幸夭折了。那八個孩子一不聽話我就拿樺樹枝伺候他們，懶得跟他們囉唆！對付安妮這樣的孩子，用這種方法是再適合不過了。這孩子的頭髮竟然是紅色的，這一點跟她的性格倒是很貼合。唉，希望你以後還像以前一樣去我家串門，我就盡量少來你這裡了，因為我擔心安妮這孩子又像今天這樣侮辱我。說實話，這次經歷對我來說還真少見。」林德太太說完就飛也似的離開了。

瑪莉拉步伐沉重地向東山牆的房間走去，一邊上樓梯一邊思考著她接下來要怎麼做。瑪莉拉對安妮的反應感到很意外。這個安妮，竟然敢這麼跟林德太太說話，實在是太不懂事了，真是令人萬分羞愧。直到這時，瑪莉拉才突然意識到安妮的粗野舉止帶給她的羞愧感，遠遠大於她對安妮沒機會接受教育的悲哀感。她想到自己竟然這樣在意自己的面子，心裡既不安又慚愧。該怎麼懲罰安妮呢？像林德太太那樣用樺樹枝抽打她？這種教育孩子的方法，瑪莉拉根本無法接受，也下不了手。不，這種方法根本不能讓安妮認識到自己的錯誤，一定還有更好的方法。

瑪莉拉走進安妮的房間，看見安妮正趴在床上大聲痛哭，乾淨的被子上還有一隻沾滿泥土的鞋子。瑪莉拉這時也沒心思顧及安妮不整潔了，溫柔地說：「安妮。」

安妮沒有任何反應。

「安妮！」瑪莉拉生氣了，「馬上從床上下來！我有話跟你說，你必須好好聽著。」

安妮慢慢地下了床，一動不動地坐在椅子上，小臉兒哭得都浮腫了，兩眼呆呆地盯著地板，什麼話也不說。

「安妮！你知道自己幹了什麼嗎？你不覺得慚愧嗎？」

「是她不對！她有什麼權利說我長得醜？還說我的頭髮像胡蘿蔔一樣……」安妮答非所問，努力地為自己辯護。

「就算她不對，你也不應該對她發脾氣。你用那麼粗野的語氣跟她說話，我都為你臉紅。你這樣做實在是太丟人了！我原本想讓你給林德太太留下一個好印象，讓她以為你是一個舉止文明的好孩子，可你竟然那麼沒禮貌，把我的臉都丟盡了。你為什麼要發那麼大的脾氣？就因為林德太太說你長得醜？我不相信這一點，因為你自己平時也是這麼說的呀。」

「那怎麼能一樣呢！我覺得我自己說說也沒什麼，可是別人一說就是兩碼事了！」安妮哭得更大聲了，「我自己知道這是事實，可我總會不由自主地希望別人不這麼想。我今天發這麼大的脾氣，你一定認為我壞透了。可是我聽到別人那樣嘲笑我，只覺得身上有什麼東西一直想湧出來，憋得我都快無法呼吸，所以我只好發脾氣了。」

「安妮，我告訴你，你馬上就要大出鋒頭了。林德太太一定會讓大家都知道剛才的事情，她會把你發脾氣時那副可怕的樣子繪聲繪色地講給別人聽。」

「如果有人當著你的面嘲笑你長得很醜，你心裡有什麼感覺？」安妮抽泣著說，眼眶裡還飽含著淚水。

瑪莉拉聽了安妮的話，突然想起她小時候的事情。當時她還是個小女孩，有兩位鄰居就當著她的面說：「這孩子長得又黑又醜，真是可憐哪。」這句話當時就深深地刺痛瑪莉拉的心，如今雖然已經事隔五十年，可是瑪莉拉每次想起來，胸口還是會有一種刺痛的感覺。

「安妮，林德太太的確不應該那樣說你，」瑪莉拉的語氣稍微放緩了一點，「可是，即使她心直口快而且有些過分，你也不應該隨便發脾氣呀。她既然來到我們家，就是我們的客人，另外，她對你來說還是一個陌生的長輩，所以你應該對她以禮相待。可你倒好，居然那麼粗魯地對待她，真是不像話！」瑪莉拉說到這裡，已經知道該怎麼處罰安妮了，「你一會兒就去林德太太家，當面向她道歉，就說自己不應該隨便發脾氣，請她原諒你。」

「不！我絕對不向她道歉！」安妮語氣堅定地說，「瑪莉拉，你可以隨便處罰我，就算把我關進陰冷潮濕的地窖，讓我每天都跟蛇和癩蛤蟆作伴，只給我水和麵包吃，我也願意。可是，我絕對不會向林德太太道歉，我不需要她的原諒！」

「對不起，我不習慣把人關進地窖，」瑪莉拉口氣冰冷地說，「而且這樣的地窖並不好找。無論你多麼有理，都得向林德太太道歉。從現在開始，你就好好地待在房間裡，哪兒也不能去，直到你願意向林德太太道歉！」

「這麼說，我得永遠待在這個房間裡了？」安妮傷心地說，「我認為自己說的話根本就沒錯，所以我怎麼能向林德太太說我為此而感到難過呢？就算我有些難過，也是因為我給你帶來了苦惱。其實，我一想到我剛才對林德太太說的那些話就覺得高興！我現在根本不難過，怎麼能硬說難過呢？」

「好，你就好好反省一下自己剛才所做的事情吧，也許明天早晨你就能再次幻想了，」瑪莉拉站起來說，「如果你想繼續待在綠山牆農舍，就得努力做個聽話的好孩子。不過你今天晚上的表現可不好，也許你根本不想留在綠山牆農舍。」

瑪莉拉說完這幾句話，就走到樓下去了。她心裡既煩躁又不安，很久都無法平靜下來。可是當她想起林德太太剛才那副慌亂的模樣時，卻忍不住想放聲大笑，雖然按道理她不應該這樣。

# 第十章　安妮向林德太太道歉

晚上，馬修回來了，瑪莉拉沒有向他透露白天發生的事。第二天早晨，安妮還是不肯去認錯，所以就無法下樓吃飯。瑪莉拉只好對馬修說出其中的原因，她把安妮向林德太太大發脾氣的經過原原本本地敘述了一遍，極力想要向馬修證明安妮的行為舉止是非常不禮貌的。

「林德太太就該被教訓！誰叫她總是那麼愛管閒事！」馬修說。

「馬修，你說的這叫什麼話！你明明知道安妮有錯，竟然還這樣袒護她。在你看來，我懲罰她反倒不對啦？」

「不，我不是那個意思……」馬修尷尬地說，「處罰她是應該的，但沒必要這麼嚴厲。瑪莉拉，她根本就分不清對和錯，因為從來沒人教過她。你……你能讓她吃點東西嗎？」

「我不會用飢餓來強迫安妮認錯的，」瑪莉拉生氣地說，「每一頓飯都少不了她的，我做好飯菜就會親自給她端到樓上去。不過我要她在樓上反省，她只有答應向林德太太道歉，才能走出她的房間。請你尊重我的決定。」

這一天三餐，就在沉寂的氣氛中結束了。安妮堅持不向林德太太道歉，所以瑪莉拉只好用碗碟盛好飯菜，再端到東山牆安妮的房間裡。可是安妮根本沒吃多少。馬修看見瑪莉拉把飯菜又幾乎原封不動地端下來，擔憂地問：「安妮一點都不吃？」

傍晚，瑪莉拉去牧場幹活了。馬修則在倉房四周散步，他看到瑪莉拉離開，就趕緊偷偷摸摸地溜回家，又悄悄地來到了二樓。馬修平時只在廚房或自己那間窄小的臥室裡活動，只有牧師來作客時，他才會勉強地走進客廳陪牧師喝茶聊天。至於二樓，他已經有四年沒上去過了。他上一次去二樓，還是因為要幫瑪莉拉換壁紙。

馬修躡手躡腳地走到安妮的房間門口，猶豫了好幾分鐘之後才鼓足勇氣去敲門，接著就推開門向屋裡看，只見安妮正傷心地坐在窗前的黃椅子上，一雙大眼睛呆呆地望著窗外。馬修看著安妮那瘦小的臉上充滿了悲傷，輕輕地關上房門，心疼地走到安妮身邊。

「安妮，」馬修輕聲說，「你還好吧？」

安妮苦笑著說：「唉！我正在用幻想打發時間呢。雖然有點寂寞，可是還能平心靜氣地待在這裡。」安妮努力地向馬修微笑了一下，好像已經做好了迎戰漫長而又寂寞的禁閉生活的準備。

馬修擔心瑪莉拉隨時會回來，就急忙簡要地說出自己的想法：「安妮……我認為你應該早點解決這件事，因為你早晚都要這麼做。你也知道瑪莉拉的脾氣，她一向很固執，絕對不會妥協的。安妮，你還是盡快了結這件事吧。」

「你是說，讓我向林德太太道歉？」

「是的，就是去道歉，」馬修急忙說，「只要能把林德太太敷衍過去就行，盡快了結這件事。」

「為了馬修，我可以考慮向她道歉，」安妮想了想說，「其實我也有不對的地方，現在想一想，我也有些後悔。可是我昨天晚上為什麼沒有一點悔意呢？就因為這件事，我昨天一整夜都沒有睡好，夜裡醒了三次，真是折騰死我了。不過今天早晨起床之後，我就不怎麼生氣了，反而覺得非常慚愧，因為我覺得事情已經糟得沒有挽回的餘地了。雖然如此，我還是不願意向林德太太道歉，因為這樣太丟人了。我寧可一輩子都待在這間屋子裡不出去，也不願意向林德太太認錯！可是馬修，要是你希望我向林德太太道歉……」

「我當然希望你去了！你要是一直待在樓上，家裡就老是沒有生氣。你快去解決這件事情吧！你只有這樣做，才是一個乖孩子。」

「好吧，我去道歉！」安妮總算下定了決心，「等瑪莉拉回來，我就立刻告訴她我願意認錯。」

「嗯，這麼做就對了，這真是太好了！不過安妮，你別跟瑪莉拉說我來過，否則她會說我愛管閒事，而且我向她承諾過，說我不會插手管這件事。」

「我保證不會跟瑪莉拉說的，這是我倆的秘密，我保證不會向第三個人提起。」安妮鄭重地發誓說，等她再回過頭來時，馬修已經離開了。

馬修害怕瑪莉拉發現自己上樓，早已急匆匆地下樓了，一直跑到了牧場的角落裡。

瑪莉拉剛走進屋裡，就聽見二樓樓梯口傳來一聲呼喚，她不抬頭也知道那是安妮的聲音，就站在廳堂裡問：「安妮，怎麼了？」

「瑪莉拉，我昨天那樣跟林德太太發火的確不太禮貌，現在我知道自己錯了，我決定向林德太太道歉。」

「好啊，」瑪莉拉不動聲色地說，其實她剛才心裡還亂得像一團麻呢，擔心安妮一直和她僵持著，這樣她還真不知道該如何收場，「等我擠完了牛奶，就帶你去林德太太家。」

瑪莉拉擠完牛奶，就帶著安妮出門了。瑪莉拉精神抖擻地走在前面，安妮則垂頭喪氣地跟在後面。可是安妮剛走出門沒多久，就突然不那麼垂頭喪氣了，而是昂頭望著滿天的紅霞，臉上的拘謹也迅速消失，取而代之的是掩飾不住的興奮，腳步也不由得輕快了很多。安妮的變化很快地就被瑪莉拉發現了，瑪莉拉看到安妮這個樣子，心裡很不高興，她認為安妮應該滿懷悔過之心、態度謙卑地走到林德太太家，可是安妮卻絲毫沒有表現出悔過的誠意。

「安妮，你現在在想什麼？」瑪莉拉嚴肅地問。

「想我待會兒怎麼向林德太太道歉。」安妮好像還沒有從夢境中醒來似的。

瑪莉拉聽完安妮的話，認為安妮就應該抱著這樣的態度，心裡多了一些安慰，可她還是有些不放心，好像她精心設計的懲罰計畫不知哪兒出了問題。嗯，問題就出在安妮身上，安妮不應該這麼興奮地去見林德太太。

瑪莉拉帶著安妮走進了林德太太家。這時，林德太太正坐在廚房的窗戶前織毛衣。安妮一看見林德太太，興奮的表情一下子就消失了，臉上充滿了悔恨，默默地跪在林德太太面前，態度誠懇地向林德太太伸出了小手。林德太太看到安妮這副架勢，驚訝得愣住了。

「噢……林德太太，我太對不起您了，我知道自己錯了，」安妮顫聲說，「就算我把字典裡的詞彙都用盡，也無法表達我對您的愧疚。雖然我是個女孩，卻幸運地被善良的馬修和瑪莉拉留在綠山牆農舍。可是我很不爭氣地和您大吵了一架，讓馬修和瑪莉拉丟臉了。我真是忘恩負義，簡直壞透了，所以理應受到處罰。我會被善良的您看不起，是我活該。其實林德太太您只是實話實說而已，可是我卻對您發了那麼大的脾氣，實在是罪該萬死。您說的沒錯，我的頭髮確實是紅色的，臉上還長滿雀斑，而且身材瘦小，整個人看著的確醜得要命。

我不應該那麼大聲地對您說話。雖然那些話都是我的心裡話，可是我也不應該那樣無禮地把它們說出來。噢，林德太太，我誠心地求您寬恕我，否則我會後悔一輩子的。雖然我脾氣壞透了，可是您也一定不忍心讓我後悔一輩子吧？因為我的命運已經夠悲慘了，經不起這樣的折磨！林德太太，請您一定要寬恕我！」安妮說完，就雙手緊握著低下了頭，誠懇地等待著林德太太的審判。

安妮的一席話裡飽含著真誠的悔恨，聽起來的確像是發自肺腑，所以瑪莉拉和林德太太都被她打動了。不過瑪莉拉有著敏銳的洞察力，她還是驚訝地發現了一些異樣。在瑪莉拉看來，安妮此時好像正在承受著忍受屈辱的痛苦，同時還在為自己能夠裝得如此謙卑而自得。想不到安妮竟然把這種懲罰當成了樂趣，那麼這種懲罰對教育安妮還有什麼意義？

不過，好心的林德太太卻沒有洞悉這一點，她還以為安妮是在誠心向她道歉呢，所以她之前對安妮的不滿和憤怒全都在一瞬間消失了。

「好了，好了，快起來吧，我已經寬恕你了！」林德太太親切地說，她雖然愛管閒事，卻也是一個熱心腸的人，「其實我也有不對的地方，我不應該那麼直白地說你，你就把那些話都忘了吧。雖然你長著紅頭髮，不過不要緊。我有一個同學，她的頭髮小時候也像火一樣紅，可是長大之後，她的頭髮顏色就慢慢地變成了茶褐色，看著可漂亮了。你的頭髮也可能會變成深色的，真的！」

「噢……好太太！」安妮順從地站了起來，先做了一個深呼吸，「您讓我看到了希望！以後您就是我的大恩人。我一想到我的頭髮以後有可能會變成茶褐色的，就什麼都願意忍受了。要是我的頭髮變漂亮，我就能夠更容易地做一個好人了！林德太太，現在請您和瑪莉拉說說話，我想到蘋果樹下面的那條長凳子上坐坐，盡情地幻想一會兒，可以嗎？」

「當然可以了，你想去就去吧！牆角有百合花，你要是喜歡的話，可以採一束回去。」

安妮得到允許之後，就跑到了院子裡。林德太太隨後就站了起來，手腳麻利地點亮了燈：「瑪莉拉，快坐到這邊來，你現在坐的地方是給幫忙幹活的男孩子坐的，不太舒服。唉，這孩子還真可愛！她雖然很古怪，卻總能給人帶來快樂。當初我聽說你和馬修領養了她，簡直都快嚇壞了；現在我才知道，你們家不會因為領養她而發生任何不幸，因為她既聰明又善良，還非常懂事。我真替你們感到高興！當然了，她有時會說一些令人捉摸不透的話，脾氣也有點倔，不過我相信在你們的影響下，她一定會慢慢改掉這些小毛病的。她的性子有些急躁，但是這種孩子很快就能恢復平靜，而且知錯就改，也不會撒謊。總而言之，我已經情不自禁地喜歡上這個孩子了。」

這時候，安妮正在瀰漫著芳香的果園裡玩耍，根本沒有注意到天色已經暗了下來，直到瑪莉拉叫她回家時，她才手握一束潔白的百合花從果園裡走出來。

「我剛才表現得好不好？」安妮得意洋洋地說，「我認為，既然要道歉，就要做得徹底一些。」

「你已經做得夠徹底了，」瑪莉拉說，她一邊回想著剛才的情景，一邊忍住笑意。可是，瑪莉拉接著就有些頭痛了，因為她不知道該怎麼評價安妮剛才的表現，也不能貿然地把安妮批評一頓，這麼做實在是太不明智了。最後瑪莉拉只是厲聲地斥責了安妮幾句：「安妮，我不允許再發生這樣的事，希望你以後安分一點，別再像小孩子一樣亂發脾氣！」

「只要別人不嘲笑我長得醜，我就不會再這樣亂發脾氣，」安妮唉聲歎氣地說，「其實我不介意別人說我長得醜，但是我很討厭別人說我滿頭紅髮。我一聽到有人這麼說，就會氣得火冒三丈。瑪莉拉，你說我的頭髮以後會慢慢變成漂亮的茶褐色嗎？」

「安妮，你不應該那麼在意你的長相，這樣會讓我覺得你很愛慕虛榮。」

「我知道自己長得醜，當然不會愛慕虛榮了，我只是喜歡美好的事物罷了。我一照鏡子，就不得不承認自己長得難看。每當這時，我就特別傷心，特別討厭自己的長相。」

「即使一個人外表很美，也不代表就是真美。只有心地善良、舉止端莊的人，才是真正美麗的。」瑪莉拉說。

「很久以前，也有人對我說過這樣的話，」安妮不確定地說，同時低頭嗅了嗅手裡的百合花，「真香！沒想到林德太太竟然會送花給我，她真是太大方啦，我現在已經不討厭她了。今天我竟然向林德太太道歉了，而且還得到了她的寬恕，所以我覺得特別開心。啊，天上的星星真漂亮！如果能夠到天上去住，你會選擇住在哪顆星星上呢？那座山的上空掛著一顆閃閃發光的大星星，我最喜歡它了——」

「安妮，我求求你，別再說了！」瑪莉拉覺得跟安妮聊天真累，這孩子整天就愛幻想，不然就是不停地嘮叨個沒完。

安妮一邊說一邊跟著瑪莉拉向前走，直到走上通往綠山牆農舍的那條狹長的山路才閉上了嘴巴。晚風吹來，沾滿露水的羊齒草散發出一陣陣沁人心脾的幽香。綠山牆農舍的廚房裡透出的燈光，在黑暗的樹叢裡閃爍著。

安妮突然緊緊地依偎著瑪莉拉，伸出小手去牽瑪莉拉那又瘦又乾的手：「一邊走，一邊想著馬上就到家了，這種感覺真好！我把綠山牆農舍當成自己的家，我已經深深地愛上它了。我以前還從來沒有把哪裡當成自己家呢，更別說愛上那裡了。噢！瑪莉拉，我覺得好幸福啊！我現在就可以毫不費力地做禱告。」

瑪莉拉被安妮瘦小的手一碰觸，全身頓時有一股暖流流過。這種感覺是瑪莉拉從來沒有感受過的，也許這就是母性吧。它有一種令人陶醉的甜蜜感，雖然這種感覺不太強烈，可是瑪莉拉已經激動得難以自持了，她為了穩定情緒，急忙轉移了注意力，教育起安妮來：「安妮，只要是好孩子就會感到幸福。還有啊，禱告時不可以亂說話，以後可要記住了。」

「好！」安妮回答，「現在，我正想像著我已經變成了風，我先輕輕地吹拂樹木，累了再吹拂樹下的小草，接著抓住林德太太家的花輕輕地搖晃幾下，然後再疾速飛過長滿三葉草的田野，最後再在『晶亮湖』上掀起一圈圈漣漪。風真是太奇妙了，總能令人產生種種幻想！瑪莉拉，我累了，不想再說什麼了。」

「哦，太好了！感謝上帝！」瑪莉拉虔誠地歎了一口長氣。

# 第十一章　安妮去上學

「安妮，你喜歡嗎？」瑪莉拉問。

安妮表情嚴肅地盯著床上的三件新衣服看。這三件衣服都是連衣裙，第一件是用結實的栗色花方格布做的，布料是瑪莉拉去年夏天從一個小販那裡買的；第二件是用打折的黑白方格棉絨布料做的；第三件是用瑪莉拉前不久才在卡莫迪的商店裡買的藍色印染布料做的，既堅硬又難看。這三件新連衣裙都是瑪莉拉親手縫製的，它們的款式都很單一，既沒有褶邊也沒有裝飾，袖子還是直筒的，針腳也不均勻。

「我可以幻想我非常喜歡。」安妮一點也高興不起來。

「我不需要你這樣幻想！」瑪莉拉不滿意地說，「我已經看出來了，你根本就不喜歡這三件衣服。它們哪裡不好了？難道不是新衣服？」

「是新衣服。」

「那你為什麼不喜歡它們？」

「因為……因為它們不好看。」安妮勉強地說。

「好看？」瑪莉拉不屑地說，「我可沒時間給你做好看的衣服，免得你更加虛榮。這些衣服雖然樣式簡單，可是很耐穿，今年夏天你就替換著穿吧。你要愛惜一點，別穿髒穿破了。我想它們總比你身上這件短小的舊絨布衣服要好得多，你應該知足了。」

「是的，我已經知足了。不過，如果你能把其中一件衣服的袖子縫成寬鬆的泡泡袖，我會非常感激你的。你也知道，那種袖子很時髦。如果我的衣服帶有那種袖子，那該多好啊！」

「縫那種袖子需要更多布料，而且那種袖子看著陰陽怪氣的，還沒有直筒的袖子好看。」

「可是，如果我跟大家穿一樣的衣服，就會顯得我很土氣。我寧願穿得陰陽怪氣。」安妮無奈地說。

「我只希望你能和其他女孩一樣正常，不希望你有離奇的舉止。好了，你先把衣服掛好，再坐下來好好預習一下主日學校的課程。我已經從貝爾老師那裡把課本給你拿來了，你明天就可以去主日學校上課了。」瑪莉拉說完這些話，就很不滿意地下了樓。

安妮雙手緊握著，失望地盯著新衣服說：「唉！如果我能有一件帶泡泡袖的白色連衣裙，那該多好啊！我以前就曾經向上帝祈禱過，希望上帝能夠賜我一件這樣的連衣裙，可是上帝卻沒能幫我實現這個願望。也許上帝根本沒時間關心一個孤兒吧，這樣看來，我也只好盼望瑪莉拉將來給我買了。」

第二天早晨，瑪莉拉覺得頭很痛，根本沒辦法陪安妮去主日學校，就吩咐安妮說：「安妮，你去找林德太太，請她帶你去主日學校，她會告訴你在哪個班級。還有你要注意自己的言行舉止，做個有禮貌的孩子。放學之後，還要去聽傳教，你就跟著林德太太，請她指點你坐在哪裡。拿上這些錢捐給教會。記住了，不要老是鬼鬼祟祟地死盯著別人！聽完傳教之後，還要把傳教的內容向我複述一遍，我也很想聽一聽呢。」

安妮穿著那件用黑白方格棉絨布料做的衣服，對著鏡子照了照，然後就一聲不響地走了。這件連衣裙的長短還比較合適，只是稍微有些寬。安妮本來就很瘦小，穿上這件衣服之後，看上去就更加瘦小了。安妮頭上戴著一頂平平的小水兵帽。在安妮看來，這頂水兵帽的樣式實在是太普通了。它雖然有光澤，可是根本不合安妮的心意。安妮曾經幻想過有一頂帶有絲帶和鮮花的公主帽，可是現在卻不得不失望地戴著這頂普通的水兵帽。

安妮走上了那條狹長的山路，可是剛走出一半的距離，就被路邊的鳳仙花和野玫瑰花吸引了，她乾脆悠然自得地摘起花來，然後編了一頂花冠，又把花冠戴在水兵帽上。之後，安妮才得意地邁著輕快的步伐，一蹦一跳地走到了艾凡里大街。她那一頭被粉色和黃色花朵裝飾的紅色頭髮，在空中隨風飄動著。

安妮來到林德太太家時，才得知林德太太早就已經走了，所以她只好獨自去了教會。當安妮來到教會的陽台上時，只見那裡聚集著很多女孩。她們一個個衣著光鮮亮麗，都好奇地盯著安妮這個頭戴怪異髮飾的陌生女孩看。其實，艾凡里村的女孩們早就聽說了安妮的故事。據林德太太說，安妮非常有個性，而且脾氣古怪。馬修家的雇工傑利‧伯特則認為安妮好像大腦不正常，她一天到晚不是自言自語，就是和花草樹木聊個沒完。女孩們都偷偷地望著安妮，掩著嘴小聲地議論她。做完禮拜之後，安妮來到了羅傑森小姐所帶的班級。在此期間，根本沒有人向安妮打招呼，甚至沒有人對安妮表現出一點熱情。

羅傑森小姐是一位中年婦女，她一直在主日學校教書，有二十年的教齡。她上課時總愛照本宣科。如果她決定向哪個學生提問，就會站在那個學生身後，用可怕的目光盯著那個學生看。羅傑森小姐看到安妮，表情嚴肅地把安妮全身上下打量了一遍，然後請安妮回答問題。幸虧瑪莉拉事先已經對安妮進行過嚴格的訓練，所以安妮才能對答如流。不過，安妮並沒有充分理解問題和答案的意思。

安妮第一次見到羅傑森小姐就不喜歡她。此外安妮還覺得自己很悲哀，因為其他女孩都穿著帶有泡泡袖的寬鬆衣服，只有她例外。安妮一想到這一點就覺得無法忍受，她甚至覺得只有穿上帶有泡泡袖的寬鬆衣服才算活得有意思。

安妮剛到家，瑪莉拉就問：「感覺怎麼樣？主日學校好不好？」這時候，安妮的頭上已經沒有花冠了。因為花冠已經被太陽晒蔫了，安妮嫌它不好看，就把它扔在了回家的路上。所以瑪莉拉根本不知道花冠的事。

「一點意思都沒有！簡直糟糕透頂。」

「安妮！」瑪莉拉斥責安妮說。

安妮唉聲歎氣地坐在搖椅上，然後一邊把玩著花草，一邊說：「我不在家時，你一定覺得很孤單吧？嗯，我按照你的吩咐，在學校表現得很好。我去林德太太家時，發現她已經走了，我就獨自去了教堂。我坐在窗戶旁邊的一個角落裡做完了禮拜。貝爾先生的禱告時間真長啊，我要是不坐在窗戶旁邊，恐怕早就坐不住了。如果坐在窗戶旁邊，我就能看到『晶亮湖』，可以一邊遙望著湖水一邊幻想。」

「你不應該又陷入幻想之中，應該認真地聽貝爾先生禱告。」

「可是，貝爾先生並沒有對著我說呀，」安妮抗議說，「他在跟上帝說話呢。我看他總是一副懶洋洋的樣子，讓人覺得上帝遙不可及，就算你聚精會神地聽他禱告也沒什麼用。其實，我自己也在悄悄地禱告。陽光穿透白樺樹的枝葉，一直照到『晶亮湖』湖底，那景色實在是太美了，令我激動至極，所以我就情不自禁地再三禱告：『主啊，謝謝！謝謝您！』」

「你有沒有發出聲音？」瑪莉拉追問。

「沒有，我的聲音很小的。後來貝爾先生總算結束了禱告，然後我就去羅傑森小姐帶的班級裡上課了。那個班除了我之外還有九個女孩，她們都穿著帶有泡泡袖的寬鬆衣服。我當時就試著幻想自己身上也穿著那樣的衣服，可是沒有成功，因為學校裡有很多人，幻想起來很困難。如果是我一個人待在東山牆的房間裡，還是很容易實現這個幻想的。」

「你雖然人在學校裡，可是腦子裡想的卻是衣服，一點都不專心聽講，這樣是不對的。你聽懂課堂上講的內容了嗎？」

「啊，不要緊的，羅傑森小姐提問過我，我都流利地回答她了。為什麼課堂上只有她一個人可以提問呢？這樣實在有點不公平。我還想向她提問呢，不過我覺得她可能無法理解我的意思，就沒有向她提問。另外，其他女孩都會背誦《聖經》裡的讚美詩。羅傑森小姐問我會背誦什麼，我只好說我什麼都不會背誦。其實像《為主人守墓的狗》這類文章，我還可以背誦。這是一首詩，在三年級的課本裡就有，雖然它的內容與宗教無關，可是讀起來卻令人很傷心。所以我覺得它和《聖經》裡的讚美詩差不多。可是羅傑森小姐卻不這麼認為，她希望我能在下個星期天之前背誦出第十九首讚美詩，再去教會裡誦讀。這首讚美詩寫得真好，尤其是其中的兩行，我讀到它們時非常激動。

雖然這首詩裡有些地方我不太懂，可是我的心靈依然受到了很大的震撼。現在，我都等不及要去背誦它了。放學之後，羅傑森小姐領著我，把我帶到了我應該坐的位子上。我對面就是林德太太，不過我沒去打擾她，一直安分地坐在自己的位子上。今天傳教的內容，包括

《啟示錄》第三章的第二、第三兩個小節。這兩小節實在是太長了，如果我是牧師，肯定不會選篇幅這麼長的文章來講。此外，傳教的題目也很長，簡直讓人煩透了，看來傳教真的需要有很大的耐心才行。牧師說的話很沒趣味，要是能夠增加一些想像的話，那該多好！在我看來，沒有想像的生活是糟糕的，所以我就沒有認真聽牧師講，只顧坐在位子上幻想了。」

瑪莉拉聽了安妮的這些話，真想狠狠地把安妮教訓一頓。可是瑪莉拉覺得安妮所說的事，其實也道出了自己的心聲。在這一點上，瑪莉拉長期以來都有著像安妮一樣的想法，尤其是有關牧師傳教和貝爾校長禱告的那部分，瑪莉拉也不太喜歡，卻沒有說出來。現在安妮只是說出了事實，所以瑪莉拉也就打消了教訓安妮的念頭。瑪莉拉心想：「這孩子真是不可小瞧啊，我長久以來對牧師和貝爾校長的不滿之情，現在都被她說出來。唉！」瑪莉拉想到這裡，隱隱覺得安妮好像同時也不留情面地斥責了她。

# 第十二章　安妮有了好朋友

安妮去主日學校上課的第一天，就用花冠裝飾帽子。瑪莉拉當時並不知情，直到第二個星期五才從林德太太那裡聽說了這件事。瑪莉拉剛從林德太太家回來，就叫來了安妮：「安妮，林德太太說你上個星期天是戴著一頂花冠去教會的，是不是？你竟然會在帽子上戴一頂花冠！你到底是怎麼想的呀？我光是想一想就覺得怪裡怪氣的，你倒好！可能還認為自己很漂亮呢。」

「沒有……我知道粉色和黃色搭配在一起不太好看。」安妮說。

「什麼好看不好看的，你別再胡說八道了！你不知道，隨便地在帽子上插一些花，讓人看著就覺得可笑。你呀，就愛生事！」

「可是也有人把花戴在衣服上呀！為什麼這麼做不可笑，我把花戴在帽子上就可笑了呢？」安妮反問，「我看到很多孩子的胸前都戴著花。把花戴在胸前和戴在帽子上，到底有什麼區別呢？」

「安妮！你不能這麼跟我頂嘴。總之，你這麼做很愚蠢，是不對的，我不希望你以後再這樣惡作劇。林德太太說，當她見到你打扮得那麼古怪時，她簡直都要羞死了，真想找個地洞鑽進去。她想過去阻止你的，可是大家已經開始議論你了。林德太太還說，大家都被你的打扮嚇壞了。唉，他們肯定以為是我老糊塗了，竟然把你打扮成這樣。」

「對不起，我沒想到這麼做是不對的。我看到那些花很漂亮，就想把它們戴在帽子上，這樣我也會很美。我在學校裡，看到好多女孩的帽子上都裝飾著假花。瑪莉拉，」安妮說著說著，一雙大眼睛裡就噙滿了淚珠，「我自從來到這裡之後，就給你添了很多麻煩。也許，我還是待在孤兒院比較好。雖然孤兒院裡的生活很難熬，再加上我身體瘦弱，很有可能會染上肺結核，可我還是想過要回那裡，免得我老給你添麻煩。」

「安妮，我不許你這樣胡說！」瑪莉拉看見安妮哭了，不由得慌亂起來，「我根本沒想過要把你送回孤兒院。你只要好好聽話，像其他孩子一樣老老實實的，不要做一些奇怪的事情就可以了。好了，別哭了，我有一個好消息要告訴你——黛安娜‧貝瑞回來了。我現在準備去貝瑞家，向貝瑞太太借一個剪裁紙樣，你願不願意跟我一起去？」

安妮雖早已淚流滿面，可聽到這裡卻不禁雙手緊握著站了起來：「瑪莉拉，我很害怕！我一想到要去見黛安娜就特別害怕，我怕她不喜歡我。如果她不喜歡我，我該有多傷心哪！」

「好了，沒什麼好怕的。還有你說的話太長了，像你這麼大的孩子，不應該說出這麼長的話。以後你可要注意了，不然會被人家笑話的。我想你不用擔心黛安娜，她一定會喜歡你的。主要是貝瑞太太，我擔心她會不喜歡你。如果她看不上你的話，就算黛安娜喜歡你也沒有用。你曾經對林德太太大發脾氣，還頭戴花冠去教會。如果這些事情讓貝瑞太太知道了，我真不知道她會怎麼看你。所以等一會兒到了她家，一定要懂禮貌，不要滔滔不絕地說個不停，免得貝瑞太太認為你沒有教養。安妮，怎麼了？你好像在發抖！」

安妮的確緊張得渾身發抖，那張小臉都白了：「噢，瑪莉拉，我太緊張了！你想想啊，我就要去見一個我非常想見的女孩了，可是我又擔心她媽媽不喜歡我，這樣我們就不能成為好朋友了，我能不緊張嗎？」安妮說完，就急忙去拿帽子。

瑪莉拉帶著安妮上了小橋，穿過了樅樹林，抄近路來到了貝瑞家。為她們開門的是貝瑞太太。貝瑞太太是個高個子、黑頭髮、黑眼睛的女人，看上去就很果敢、堅毅。她在大家的印象裡，一直是一個對孩子要求非常嚴格的人。

「瑪莉拉，你好！」貝瑞太太熱情地招呼她們，「快進來吧！這個小女孩，就是你領養的那個孩子吧？」

「是的。她叫安妮・雪利（Anne Shirley）。」瑪莉拉說。

「我的名字拼寫時還有『E』這個字母。」安妮急忙補充說，她實在是太興奮了，以至於渾身顫抖，就連呼吸都有些困難了。她認為她的名字拼寫是個重點，如果這一點被弄錯了，那就是一件大事，所以她也管不了那麼多了。

不知道貝瑞太太到底是沒聽見還是沒有明白安妮的意思，反正她沒有太大的反應，只是親熱地跟安妮握了握手，問：「你好嗎？」

「貝瑞太太，謝謝您！我身體很好，只是有點緊張！」安妮嚴肅地說，接著就對瑪莉拉喊，「我這幾句話沒說錯吧？」她以為自己的聲音很小，可是沒想到大家都聽到了她這句話。

黛安娜正捧著書坐在沙發裡，她看見瑪莉拉她們，就急忙把書放到了一邊。她像貝瑞太太一樣，有著黑頭髮、黑眼睛，臉頰紅撲撲的。總之她的外貌很漂亮，至於她的性格則像她父親一樣直爽而開朗。

「這就是我女兒黛安娜，」貝瑞太太向安妮介紹說，「黛安娜，一直看書很傷眼睛的，你帶安妮去院子裡賞花，最好在外面多玩一會兒。」

貝瑞太太和瑪莉拉見兩個孩子出去了，就聊起了家常。貝瑞太太說：「黛安娜這孩子很愛看書，甚至都有點過頭了。我說過這樣不好，可我的話根本不起作用，因為她爸爸很袒護她。她得到了她爸爸的支持，所以一看起書來就沒完沒了。我真希望她能有一個好朋友，這樣她也許能出去玩一會兒，不再看那麼多書了。」

花園籠罩在落日那柔和的餘暉之下。兩個女孩畢竟是初次見面，都有些不好意思，就那麼隔著美麗的虎皮百合面對面地站著。此時此刻，如果安妮不擔心自己能否和黛安娜成為好朋友，她肯定會陶醉在院子裡的美景之中。貝瑞家的庭院四面長著高大的樅樹和柳樹，茂密的樹蔭下有一條小路。這條小路邊緣鑲著貝殼，就像一條乾淨、柔潤的絲帶一樣精緻，把繽紛奪目的花叢都串聯到一起。院子裡種了開著紅色心形花朵的杜鵑、花朵豔麗的紅芍藥、潔白的百合、香氣馥郁的蘇格蘭玫瑰、花朵顏色繁多的樓斗菜、開著淺紫色花朵的朱欒草，另外還有苦艾蒿、薄荷、美洲蘭、漏斗水仙……夕陽依依不捨地觀賞著這美麗的風景，蜜蜂四處忙碌著，綠葉在晚風的吹拂下沙沙作響。

「你好……黛安娜！」安妮終於開口說話了，她的聲音微弱得幾乎連她自己都聽不到，她太緊張了，只好把兩隻小手緊緊地攥在一起，「你……你覺得我怎麼樣？我可以做你的好朋友嗎？」

黛安娜笑了，她在說話之前，總愛先笑一笑：「當然可以了。我想我們一定可以成為好朋友！」黛安娜爽快地說，「我知道你是從綠山牆農舍來的。你能來我家作客，令我非常高興。附近沒有一個女孩可以跟我一起玩，我妹妹又太小，我和她玩不到一塊。」

「我希望我們永遠都是好朋友，你能和我一起發誓嗎？」安妮追問。

「怎麼發誓？」

「你跟著我做。首先，我們要手牽手，」安妮嚴肅地說，「既然要發誓，就應該去流水奔騰的河邊，不過我們現在找不到這樣的地方，就暫時把這條小路當成奔騰的河流吧。我先發誓：『我鄭重起誓，只要天上還有太陽和月亮，我就一定竭盡全力對我的好朋友黛安娜・貝瑞保持忠誠。』好了，黛安娜，現在輪到你了，你只要把我們的名字互換就可以了。」

黛安娜照例笑了笑，然後才像安妮一樣發了誓，接著又笑了笑，然後對安妮說：「我聽說你有點古怪，現在看來還真是這樣。不過我很喜歡你。」

瑪莉拉和安妮要回家了。黛安娜出門送安妮，她們搭著肩膀向前走，一直走到小河邊。直到這時，黛安娜才不得不和安妮告別，她再三和安妮約定第二天下午一起去玩。

瑪莉拉帶著安妮回到了綠山牆農舍。她們剛走進院子，瑪莉拉就問：「安妮，怎麼樣？你們合得來嗎？」

「合得來！」安妮說完，就帶著幸福的表情深深地歎了一口氣。雖然安妮聽出瑪莉拉的話多少帶著諷刺的意味，可她根本不介意。

「噢！瑪莉拉，我現在好幸福呀！恐怕愛德華王子島上再也找不到比我更幸福的人了。今天晚上，我準備虔誠地向上帝禱告以感謝他對我的厚愛。我和黛安娜已經計畫好了，我們明天下午要去威廉・貝爾先生家的樺樹林，在那裡蓋一座房子，然後玩過家家遊戲。瑪莉拉，那間小木屋裡需要很多碎陶瓷，你能給我一點嗎？黛安娜是二月生的，我是三月生的，真是太巧了，你說是不是？黛安娜答應把她的書借給我看，我一想起來就高興！另外，她知道森林深處的某個地方有百合花，她還會告訴我這個地方在哪兒。我覺得黛安娜的眼睛好美呀，你認為呢？如果我的眼睛也像她的眼睛那樣美麗、有神，那該多好啊！黛安娜還說，她準備教我唱一首歌，並且送我一幅畫。那幅畫畫的是一位女子，她身穿淡藍色的絲綢衣服，長得好美呀。黛安娜說，這幅畫是一個縫紉機推銷員送給她的。如果我也能送黛安娜一件東西，那該多好呀。黛安娜沒有我高，卻比我胖。她希望自己再瘦一點，這樣看起來會更優雅。不過，我覺得她是為了安慰我才這麼說的。我還跟黛安娜約好要去海邊玩，順便撿一些貝殼回來。我們還給小木橋下的小河取了一個雅致的名字，就叫『樹精泡泡』，你覺得這個名字好聽嗎？『樹精泡泡』是故事書裡一汪泉水的名字，我覺得它美得就像仙女一樣。」

「你和黛安娜在一起時，是不是也這麼喋喋不休？你要是再這樣，黛安娜早晚會厭煩你的。而且，」瑪莉拉說，「無論你將來做什麼計畫都要先記住一點，就是不能老想著玩，因為你還有很多活要幹，你要完成我分派給你的活才能出去玩。」

這時馬修回來了。安妮正沉浸在幸福之中，她一看到馬修，興奮得簡直都要發狂了。馬修剛剛去了卡莫迪的商店，他先瞟一瞟瑪莉拉，然後膽怯地從衣兜裡掏出一個小包裹，把它遞給了安妮：「我給你買了你喜歡吃的巧克力糖。」

瑪莉拉「哼」了一聲，然後說：「吃巧克力糖會傷到肚子和牙齒。好了，安妮，別那麼嚴肅了！既然馬修大老遠地給你買了巧克力糖，你就安心地吃吧。如果下次再買，最好買薄荷糖，吃薄荷糖既不會損害健康又可以提神。」

「我不能一下子把它們全吃了，」安妮挺了挺胸說，「我今天只吃一點。瑪莉拉，我想把我的巧克力糖分一半給黛安娜，可以嗎？如果可以的話，這些巧克力糖吃起來就會更甜。我一想到我也可以送禮物給黛安娜就非常高興。」安妮說完，就一蹦一跳地回到了自己的房間。

瑪莉拉看著安妮的背影，感慨地說：「看樣子這孩子一點也不小氣。就這一點已經讓我非常滿足了。我最討厭人家小氣了。雖然安妮來咱們家還不到三個星期，可我卻覺得她好像在這裡生活很久了。如果沒有安妮，綠山牆農舍現在會是什麼樣子呢？這一點我真的無法想像。好了，馬修！看你那副樣子，好像早就已經預料到一切會是這樣的。你別這樣好不好？我不喜歡女人這樣，更討厭男人這樣。我承認當初是你堅持要留下安妮的，事實證明你是對的，現在連我也慢慢地喜歡她了。可是馬修，過去的事都已經過去了，請你以後不要再提了。」

# 第十三章　郊遊的誘惑

「這個時間，安妮應該回來做針線活了，」瑪莉拉一邊自言自語，一邊睏倦地看了看牆上的鐘，接著向窗外望去，「如果按照我規定的時間，她半個小時之前就應該回來了。我原本以為她去找黛安娜玩了，誰知她竟然在和馬修聊天！這孩子明知道這時間要回來做針線活的，卻和馬修說個沒完。馬修也是，就老老實實地坐在那裡聽這孩子嘮叨，看著就像傻了一樣，好像還聽上癮了。這個安妮呀，越說越來勁了，瞧她那副洋洋自得的樣子！安妮．雪利！回來，馬上回來！」瑪莉拉快速地敲了幾下玻璃窗。

安妮聽見瑪莉拉在叫她，急忙從院子裡跑了回來。她臉頰有些紅，紅頭髮散在肩頭，喘著粗氣對瑪莉拉說：「噢，瑪莉拉，主日學校安排下個星期去郊遊，郊遊地點離『晶亮湖』不遠，就在哈蒙．安德魯斯先生家的一片空地上。聽說，到時候貝爾太太和林德太太還要做霜淇淋給孩子們吃呢。瑪莉拉，我能參加嗎？」

「好了，安妮，你先看看現在幾點！我有沒有說過要你幾點回來？」

「說過，兩點——可是，瑪莉拉，我能去郊遊嗎？過去我曾經幻想過去郊遊，可是到現在為止，我都沒有郊遊過。」

「我叫你兩點回來，你也沒有按時回來呀。你看看，現在都已經兩點四十五分了。安妮，你就不能好好聽我的話嗎？」

「我已經盡可能早地回來了。可是郊遊的誘惑力實在是太大了，所以我就忍不住和馬修說了郊遊的事，不知不覺地就說多了。你也知道，我和馬修最能聊了。瑪莉拉，我能去郊遊嗎？求求你，快告訴我吧！」

「我叫你幾點回來，你就應該剛好幾點回來，不能超過那個時間。還有，萬一你在回來的路上遇到了談得來的人，也沒必要每次都和那個人聊個沒完。你是主日學校的學生，當然可以像其他孩子一樣去郊遊，而且我也沒說不讓你去。」

「可是……」安妮吞吞吐吐地說，「黛安娜說，每個人都要帶一籃子吃的，然後和大家一起分著吃。所以瑪莉拉，就算郊遊時不穿帶泡泡袖的寬鬆衣服我也不介意，可是如果不帶一籃子吃的，我會覺得很丟人的。我聽黛安娜說完這些之後，就開始發愁了。」

「好了，你不用發愁，我會給你準備一籃子吃的東西。」

「真的？瑪莉拉，你真疼我！我好感動，謝謝你！」安妮不停地感歎著，一頭撲進了瑪莉拉懷裡，接著又親了親瑪莉拉那張氣色欠佳的臉。瑪莉拉活了大半輩子，還是第一次被孩子親吻，忽然有種甜蜜的感覺竄流全身。也許是因為安妮衝動的舉止讓瑪莉拉感到甜蜜，為了隱藏心底的喜悅，瑪莉拉忽然變得冷漠起來，她語氣生硬地說：「好了，好了，安妮！你不應該親我，以後別再這麼做了。你應該做的是好好聽我的話。我原本打算教你烹飪的，可你卻總是心浮氣躁的。既然這樣，我就等你心氣平穩之後再教你。要想學烹飪就得集中注意力，不然根本不可能學好。要是你在烹調過程中也像現在這樣幻想的話，那情況就更糟了。好了，那裡有一些碎花布片，你去把它們拿過來，然後縫成一個四方形，喝下午茶之前得縫好。」

「縫碎花布片呀？我不喜歡。」安妮一邊不樂意地說，一邊拿出針線盒，然後坐在一堆方形的花布片跟前，「做針線活原本是一件令人高興的事，可是要我縫這些破布片，我卻怎麼也高興不起來，因為縫它們根本沒有想像的空間，縫完一個又要縫另一個，縫了很久都看不到明顯的成果。當然了，會做針線活總比貪玩好。做針線活時，時間過得很慢，但是和黛安娜一起玩時，時間卻過得很快。如果做針線活時，時間能過得快一點就好了。瑪莉拉，我最擅長幻想了。相比之下，黛安娜的幻想力就不如我了，不過她在其他方面卻做得很好。在我們家的農場和貝瑞先生農場之間有一條小河，小河對面的那片地是威廉・貝爾先生的。角落有一個地方長著幾棵白樺樹，看上去很有詩意，我和黛安娜就是在那裡蓋的房子。我給這個地方取名為『清幽坡』，這個名字很有詩意吧！你不知道，我為了給這個地方取一個好名字，絞盡腦汁地琢磨了整整一個晚上，總算在我快要入睡時想出了這麼個好名字。我把這個名字告訴了黛安娜，黛安娜高興得不得了。總而言之，這個名字好極了。

我和黛安娜蓋的房子可好了。瑪莉拉，你要是有空就過去參觀一下吧，可以嗎？就算是我求你了！我們找來一塊長滿地衣的大石頭，當它是椅子。我們還在樹枝上搭一塊木板，當它是放碗碟的架子；又找到一些破碟子，然後我就把它們想像成新碟子。對我來說，這是再簡單不過的事了。我們還找到了一些帶有常春藤圖案的碟子碎片。這些碟子碎片很漂亮，我們就把它們放在了客廳裡。另外黛安娜還在雞棚後面的樹林裡發現了仙女的鏡子。仙女的鏡子上有很多彩虹，真是太美了。不過那些彩虹都是小彩虹，以後才能長大。黛安娜說，仙女的鏡子是她媽媽以前用過的吊燈碎片。馬修給我們做了一張桌子。啊，還有啊，貝瑞家的田裡有一個圓形的小水池，我和黛安娜給它取了一個名字，叫作『柳池』。這個名字是我在書裡看到的，那本書是黛安娜借給我的，它真是一本好書，書裡的女主人公竟然有五個戀人！我看完了它之後，激動得不得了。我不需要那麼多戀人，有一個就足夠了。瑪莉拉，你說對嗎？女主人公是一位舉世無雙的美女，她一生經歷了許多磨難，真令人感慨！我雖然又瘦又小，骨頭卻非常結實，而且最近好像長胖了。瑪莉拉，你發現了沒有？我每天早晨一起床，就會看看自己的手臂有沒有多長一點肉。如果我的手臂能長出肉窩就好了。

如果下個星期三天氣好，黛安娜會穿著新衣服去郊遊。我不希望到時候會發生什麼意外，不然我就不能去郊遊了，這樣我一定會非常難過的。不過，就算這種壞事真的發生了，我也會努力活下去的，只是想起來就覺得悲哀。這一次郊遊意義很大，今後即使郊遊一百次，也比不上這一次。我們要划船去『晶亮湖』，還要吃霜淇淋。霜淇淋長什麼樣？我還從來沒有見過呢，雖然黛安娜向我描述過它，可我還是想像不出它的樣子。」

「安妮，十分鐘過去了！你又喋喋不休地說了十分鐘！真是奇怪，你就不能閉上嘴巴安安靜靜地待十分鐘？」瑪莉拉忍無可忍地插嘴說。安妮順從地把嘴巴閉上了。在此後的幾天裡，她整天魂牽夢縈的都是郊遊。

「星期六下雨了，雨會不會一直持續到下個星期三呢？如果真是那樣，該怎麼辦呢？」安妮一想到無法去郊遊，心裡就慌得幾乎要發瘋。瑪莉拉為了讓安妮安靜，就讓她去縫碎花布片，而且加大了工作量。

星期天，瑪莉拉和安妮一起去教會。回來的路上，安妮向瑪莉拉袒露了心事。安妮說，當牧師在講台上大聲通知大家去郊遊時，她興奮得全身都顫抖起來了。

「瑪莉拉，我以前總擔心郊遊的事是假的。雖然我努力幻想它就是真的，可我還是很擔心。今天牧師宣布了去郊遊的通知，我這才相信。」

「你呀！別看你還是個孩子，心事重著呢，」瑪莉拉歎了一口氣，「你今後的路還長著呢，將來還會遇到很多令人灰心、失望的事。」

「瑪莉拉，是不是人只要有了希望，就可以獲得一半的快樂呢？」安妮大聲說，「林德太太說，無欲無求的人是最幸福的，因為他們不會懷抱希望，自然也就不會失望。可是在我看來，無欲無求比失望更令人難以忍受。」

這一天，瑪莉拉像往常一樣戴著紫色的水晶胸針去教會。在瑪莉拉看來，戴胸針就像帶《聖經》和捐款一樣重要。如果她忘了戴胸針就會覺得不安，好像馬上就會遭到報應似的。瑪莉拉最心愛的飾品，就是這個紫色的水晶胸針了。這胸針原本是瑪莉拉的伯父送給她母親的，母親又把它送給了瑪莉拉。這個胸針外形古樸，橢圓形的針體裡裝著瑪莉拉母親的一縷頭髮，針體四周鑲著極品紫水晶。瑪莉拉對珠寶知識一無所知，所以根本不知道胸針上的紫水晶有多珍貴，但她認為這枚胸針是世界上最美的東西。她把這枚胸針別在外出時才穿的栗色緞子衣服上。雖然她看不到自己戴著它的樣子，可是她一想到它在領口處閃爍著紫色光芒的情景，心裡就很舒服。

安妮第一次看到這枚紫色的水晶胸針時，既羨慕又高興，然後就不停地誇它漂亮：「呀，這胸針實在是太漂亮了！瑪莉拉，你平時為什麼不戴呢？不一定非要等到做禱告或聽傳教時才戴呀。這上面的紫水晶，看著就像鑽石一樣漂亮。我以前讀過一本書，裡面就有對鑽石的描述，那時我還沒有見過鑽石，曾經苦苦地幻想過它的樣子。這些閃亮的紫水晶一定就是鑽石吧？有一天，我碰巧看見一個戴著戒指的女人，可是當我看到她手上的戒指時卻失望地哭了，因為那上面的鑽石跟我想像的根本不一樣，雖然它也非常漂亮。瑪莉拉，你能讓我拿一會兒你的紫水晶嗎？你說，這麼高貴的紫水晶，會不會是紫羅蘭變的呢？」

# 第十四章　紫水晶胸針風波

郊遊的前一天晚上，瑪莉拉從自己的房間裡走了出來，看得出她的神情很焦慮。這時候安妮正老老實實地坐在乾淨的桌子旁邊，一邊剝豌豆一邊興奮高昂地大聲唱著歌。她唱的是《榛樹谷裡的奈莉》，由於受到了黛安娜的指導，她唱歌時的表情比以前豐富多了。

「安妮，你有沒有看見我的紫水晶胸針？昨晚我們從教會回來之後，我就把它插在針插上了，可現在它卻不見了，我到處找都沒有找到。」

「怎麼會呢？你下午去婦女協會時，它還在呢，」安妮不緊不慢地說，「那時候，我正好經過你的房間門口，看見它插在針插上，覺得很好奇，就走進去看了一下。」

「你動了它？」瑪莉拉問。

「嗯，」安妮誠實地說，「我把它拿起來，放在胸前看了看，想看看這樣好不好看。」

「你不應該這樣做！你年紀這麼小，就隨便動別人的東西，這是不對的。你聽好了，第一，你不應該未經允許就隨便進我的房間；第二，你不應該隨便動別人的東西。安妮，你告訴我，胸針現在在哪兒？」

「放在衣櫃上。瑪莉拉，我沒有把它帶出去，也沒有隨便動你的東西，我沒騙你。如果我知道我不應該進你的房間去試戴胸針，我就不會這樣做了。」

「可是，現在胸針不見了，我翻遍了衣櫃也沒有找到。你確定你沒有把它拿出去？」

「我確定，我真的把它放回去了！」安妮不耐煩地說，「我好像是把它插在針插上了，又好像是放在盤子裡了。哎呀，我現在記不清了，但是我敢肯定我把它放回去了。」

「難道這胸針會憑空消失？如果你把它放回去了，它就應該還在原處；如果沒有，就是你沒有把它放回去，對嗎？」瑪莉拉看見安妮一副不耐煩的態度，覺得這孩子太無禮了。

瑪莉拉回到自己的房間，又到處尋找，翻遍所有能放胸針的地方，可是仍然一無所獲，只好失望地回到了廚房：「安妮，還是沒有！你剛才也說過了，你是最後動過胸針的人。你快告訴我，你到底把胸針弄到哪兒去了？你是不是拿它出去玩，然後又把它弄丟了？」

「沒有！」安妮一邊認真地說，一邊看著瑪莉拉，「我敢肯定我沒有把它拿出去。就算是要我死，我也會這麼說，雖然我想像不出死有多難受。」安妮極力為自己辯護，表情中流露出對瑪莉拉的不滿。

「我總覺得你沒有說實話，」瑪莉拉板著臉說，「好吧，既然你不打算告訴我實情，那就去你的房間裡待著吧。等你想出來玩了，再向我坦白。」

「我可以把豌豆一起帶上去嗎？」安妮問。

「不可以！豌豆我自己剝就行了，你現在就上樓去！」

安妮順從地上了樓。瑪莉拉一個人在廚房裡剝豌豆，心裡想著念著她那個珍貴的紫水晶胸針：「胸針會不會被安妮弄丟了呢？如果真是這樣，我該怎麼辦？安妮會不會認為，只要沒有人看見，她就可以隨便說謊？她會是這樣的嗎？如果她真是這樣的孩子，而且竟然還能在我面前裝天真，那她就太可惡、太可怕了！」瑪莉拉心神不寧地想著，「沒想到事情會是這樣，當然了，安妮一定沒想到要偷胸針，只是覺得它好玩就隨手拿出來了，也許胸針也是她幻想中的一部分吧。不管怎麼說，胸針是被安妮拿去了。今天下午我出門之前，只有安妮進過我的房間。這一點安妮也承認了。我想胸針肯定是被安妮弄丟了，只是安妮擔心因此會被處罰，所以不承認是自己拿的。這個安妮，竟然還會說謊！這個缺點跟脾氣暴躁相比，更加令人難以忍受！我竟然會領養一個無法令人信任的孩子，這樣看來，我的責任真是重大呀。安妮這孩子，說謊竟然不露痕跡，真是很會演戲。說實話，就算她弄丟了胸針，可是只要她說實話，我也不會這麼生氣。」

當天晚上，瑪莉拉又把家裡翻了好幾遍，可是仍舊沒有找到胸針，就在臨睡前去了安妮的房間，希望可以從安妮那裡套出幾句話。可是無論瑪莉拉怎麼盤問，安妮還是說自己沒把胸針拿出去。瑪莉拉看見安妮態度如此堅決，更加確信安妮和這件事情有關了。

第二天早晨，瑪莉拉把這件事情告訴了馬修。馬修也不知道該怎麼辦，他以前雖然一直非常相信安妮，但這一回也認為安妮有點可疑。

「有沒有掉到衣櫃後面？」馬修說著就站了起來向衣櫃走去。現在他也只能這麼做了。

「我把衣櫃都挪出來了，還一個個地翻查了抽屜，又找遍了屋裡的各個角落，可還是沒有找到。這一回安妮明顯說了謊。馬修，我們只能遺憾地承認這個事實。」

「那你接下來打算怎麼辦？」馬修灰心喪氣地問。

「把她關在房間裡，直到她承認錯誤！」瑪莉拉板著臉說，她之前使用這種方法就取得了效果，「到那時，我們就能知道她把胸針弄哪兒去了，說不定胸針還沒丟呢。但是不管怎麼樣，我都會嚴厲地處罰她一頓。」

「你看著辦吧，」馬修一邊說一邊扯了扯帽子，「我什麼也不管，因為我們已經商定好了，是你叫我不要插手教育孩子。」

此時此刻，瑪莉拉感覺自己好像被拋棄了似的，可是她又不能找林德太太去商量這件事，所以只好懷著沉重的心情再次來到安妮的房間。安妮仍然堅持說自己沒拿胸針，而且看樣子她還哭了好幾次。於是瑪莉拉又板著臉出來了，她心裡其實已經開始可憐安妮了，可她立刻又提醒自己別被安妮打動。當天晚上，瑪莉拉已經被折騰得一點力氣也沒有了，但她依然堅持讓安妮承認錯誤：「安妮，你必須坦白，不然你就得老老實實地待在房間裡！」

「可是，瑪莉拉，明天就要去郊遊了，」安妮大叫著說，「我很想去！明天下午你能讓我出去一會兒嗎？等我郊遊回來，你再把我關起來，關多久都可以，我會老老實實地待在房間裡的！瑪莉拉，行嗎？我真的很想去郊遊。」

「除非你向我坦白，否則休想參加任何活動！」

「瑪莉拉！」安妮失望至極。可是瑪莉拉根本不理會安妮的請求，說完這句話就關上房門離開了。

星期三早晨，窗外陽光燦爛，非常適合郊遊。綠山牆農舍周圍有一群小鳥在嘰嘰喳喳地唱著。一陣微風吹來，把庭院裡盛開的百合花香氣吹到了屋裡，使得屋裡、走廊裡、房間裡都充滿了馥郁的芳香。山谷裡的樺樹在微風的吹拂下，輕輕地搖曳著，好像在向安妮打招呼。也許樺樹們也希望安妮能夠像平常一樣向它們打招呼吧。

可是安妮卻沒有像平常一樣站在窗戶旁邊。瑪莉拉去給安妮送早飯時，看見安妮正坐在床上。安妮雙唇緊閉，一雙大眼忽閃著，表情冷漠得好像已經艱難地做出了什麼重大決定似的。

「瑪莉拉，我認錯。」

「好，安妮，」瑪莉拉一邊說，一邊把飯菜放在桌子上。這一次，瑪莉拉又勝利了，可她心裡卻有一種莫名的酸楚，「你就把事情的經過都告訴我吧。」

「我把紫水晶胸針拿到了外面，」安妮膽怯而又機械地說，「我出門時，學著瑪莉拉的樣子把胸針戴在了身上。我剛見到這枚胸針時，還沒有想過要把它戴出去；可是當我試著把它戴在胸前時，卻發現它實在很漂亮，於是我就情不自禁地戴著它走了出去。我當時想，如果我戴上這枚紫水晶胸針，就可以變成真正的寇黛麗亞・費茲傑拉德侯爵太太了。在這之前，我和黛安娜曾經採了很多鮮紅色的漿果，把它們做成了一串項鍊。可是漿果項鍊怎麼可能有紫水晶胸針漂亮呢？所以我就拿著胸針走到了外面，準備先好好地幻想一下，然後試圖在你回來之前把它放回原處。我想我只要幻想一會兒就趕緊回來，但事實上我幻想了很久。我戴著胸針從大街上走過，到外面轉了一圈就回來了。可是就在我經過『晶亮湖』上的小木橋時，卻突然想再欣賞一下胸針，所以我就把它從衣服上摘了下來，放在手心裡好好欣賞。胸針被陽光照得閃爍著耀眼的光芒，我忍不住呆呆地站在橋上看著它。就在這時候，胸針一下子從我手上滑落，在空中劃過一道紫色的光芒之後就掉進水裡，慢慢地沉到了『晶亮湖』湖底。瑪莉拉，這就是整件事情的經過。」

瑪莉拉聽完安妮的坦白，氣得都快說不出話來了。這個安妮，不但擅自把她最珍貴的胸針拿出去，還弄丟了它！更令人生氣的是，安妮居然絲毫都不覺得後悔，而且還能若無其事地把弄丟胸針的經過繪聲繪色地敘述一遍。

「安妮，你闖下了大禍，居然還能這樣若無其事。我還從來沒有見過像你這樣的壞孩子！」

「我知道，反正我遲早都得受處罰，所以我就坦白了。你快點處罰我吧，這樣我才能去郊遊。」安妮不緊不慢地說。

「郊遊？你現在還想著郊遊？休想！就算我不准你去郊遊，我心裡的憤怒也無法平息！」

「什麼？不能去郊遊！」安妮驚訝得直跺腳，然後猛地抓住了瑪莉拉的手，「我們不是商量好了嗎？如果我認錯，你就讓我出去。我就是為了出去才認錯的。噢，瑪莉拉，我求求你，你就讓我去郊遊吧，以後隨便你怎麼處罰我都可以。瑪莉拉，求你了，你就讓我去吧，我擔心以後就吃不到霜淇淋了。」

瑪莉拉一把甩開安妮的手，冷漠地說：「安妮，你怎麼求我都沒有用，我就是不准你出去！聽明白了嗎？現在立刻給我閉嘴！」

安妮知道，瑪莉拉一旦決定了要做什麼事情，根本沒有人能夠阻止。安妮想到這裡，絕望地緊握著雙手，尖叫著撲到床上，一邊肆無忌憚地在床上扭來扭去，一邊大聲痛哭。瑪莉拉一看安妮這副架勢，根本無法忍受，急忙離開了。

「安妮這孩子一定精神不正常，不然她絕對不可能做出那樣的事情，要不就是她實在太壞了。唉！現在我該怎麼辦呢？也許瑞秋是對的。現在我真是騎虎難下呀。可是事情已經這樣了，我再後悔也於事無補，只能硬著頭皮撐下去了。」

瑪莉拉為了轉移注意力拼命地幹活，最後實在沒活可做了就去刷走廊和牛奶櫥。其實，走廊和牛奶櫥根本就不用刷，可是瑪莉拉卻不願意閒著。中午，瑪莉拉把飯菜準備好，就來到二樓樓梯口叫安妮吃飯。不一會兒，安妮淚流滿面地從房間裡走出來，站在二樓樓梯扶手處看著瑪莉拉。

「安妮，快下來吃飯。」瑪莉拉催促說。

「瑪莉拉，我不想吃，」安妮抽泣著說，「也不能吃。現在，我胸口堵得難受極了。人痛苦時，根本吃不進東西。你這樣處罰我，你會後悔嗎？如果你會，我就不把這件事情放在心上了。現在我真的不想吃東西，尤其是燉肉和青菜這種東西。如果一個人處於極度痛苦之中，那麼對他來說，燉肉和青菜都沒有吸引力。」

瑪莉拉聽完，氣得只好回到廚房衝馬修發火，弄得馬修不知該怎麼辦才好了。無論如何，馬修都是同情安妮的，可他又不能明著幫安妮說話，還得被迫站在瑪莉拉這一邊，真是令他左右為難。

「這件事肯定是安妮不對。她擅自拿走胸針就已經大錯特錯了，竟然還謊稱她沒有拿，更是不應該！」馬修說，可是當他看到桌子上那些沒有吸引力的燉肉和青菜時，又覺得安妮很可憐，「瑪莉拉，安妮畢竟還是個不懂事的孩子，她一直盼著能去郊遊，可你卻堅決不讓她去，這樣做會不會太殘忍了？」

「馬修，別再袒護她了！我想，我這樣處罰她並不為過。你也看到了，這孩子好像一點都沒有意識到事態的嚴重性，這一點才是我最擔心的。如果安妮認真悔過也許還有救，可是連你都看出來了，這孩子根本就沒有誠心悔過！」

「你這樣說有些不公平，安妮畢竟還小，」馬修底氣不足地再三為安妮辯解，「而且從小就沒有受過什麼教育。」

「我現在不是正在教育她嗎？」瑪莉拉說。

馬修雖然不同意瑪莉拉的觀點，卻沒再繼續和瑪莉拉爭論下去。午餐是在安靜的氣氛中結束的，除了雇工傑利・伯特之外，其他人都沒有胃口。瑪莉拉看見傑利吃得津津有味，不禁非常生氣。

吃完午飯，瑪莉拉先把廚房收拾了一下，然後用發酵粉和了一些麵，接著又給雞餵了食，這才想起她有一件披肩需要補一補。這個星期一，瑪莉拉就是穿著這件披肩去婦女協會的，回來時才發現披肩上有一處開了線。於是，瑪莉拉喃喃自語地說：「嗯，我現在就把它補好。」

瑪莉拉打開皮箱，從皮箱中的一個盒子裡拿出了披肩。這時候，陽光從窗邊的葡萄藤中間射進屋裡，照得披肩上有一處閃閃發光。難道披肩上有什麼東西？果然有，而且正是那枚丟失的紫水晶胸針！此時此刻，它正在陽光下閃爍著紫色的光芒呢。原來胸針纏住了披肩上的一條線，然後又被披肩裹住了。

「怎麼會這樣？胸針不是已經掉進貝瑞家的池塘裡了嗎？」瑪莉拉喃喃自語地說，「怎麼會在這裡呢？安妮這孩子，胸針明明沒丟，可她卻說胸針被她弄丟了。難道綠山牆農舍中了邪？我想胸針一定是我弄到披肩上的。我星期一從婦女協會回來時，隨手把披肩放在衣櫃上，而胸針剛好掛在了披肩上，然後我又把披肩放進了皮箱。難怪我到處找都找不到胸針呢。」瑪莉拉拿起胸針就向安妮的房間走去，只見安妮正愁眉苦臉地坐在窗戶旁邊，兩眼凝視著窗外。

「安妮，我找到胸針了！原來它掛在我的披肩上，」瑪莉拉冷靜地說，「我剛才打算縫披肩才發現了胸針。今天早上，你為什麼說胸針被你弄丟了呢？」

「你跟我說過，如果我承認錯誤就讓我去郊遊，」安妮疲倦地說，「我為了能夠去郊遊就決定認錯，還打算等郊遊回來再跟你說實話。於是我昨晚睡覺前就開始考慮怎麼認錯。我想既然認錯就要徹底一些，所以我就盡量把認錯的話編得有趣一些。編完認錯的話之後，我又反覆練習了幾遍，免得我到時候忘記該怎麼說。可是到頭來我還是沒機會去郊遊，我的一切努力都白費了。」

瑪莉拉聽了安妮的解釋，不由得想大笑，但覺得自己冤枉了安妮，最後還是忍住了，她說：「安妮，看來我還是不了解你。不過現在證實了你沒有說謊，我之前應該相信你才對。當然了，你瞎編了那些認錯的話也是不對的，不過這件事畢竟是因我而引起的，主要責任在我。安妮，讓我們相互原諒好嗎？從今以後，我們要重新認識彼此。快！快去準備一下，馬上去郊遊。」

安妮聽到可以去郊遊，高興得大跳起來：「瑪莉拉，會不會來不及呀？」

「不會的，現在是兩點鐘，其他小朋友也才剛剛集合，而且還有一個小時才到喝下午茶的時間呢。快去洗臉、梳頭，然後穿上那件方格花布裙。我已經把蛋糕做好了，現在我就去準備其他吃的東西。另外，我會讓傑利用馬車送你去。」

「太好了！瑪莉拉！」安妮高興得大叫起來，然後立刻去洗漱。就在五分鐘之前，安妮還悲痛欲絕呢，甚至後悔來到這個世界上。可是現在，她卻高興得不知道該怎麼辦才好。

那天晚上，安妮帶著一臉的滿足，筋疲力竭地回到了綠山牆農舍：「噢，瑪莉拉，我的生活實在是太美滿了！『美滿』這個詞，是我今天剛跟瑪莉・愛麗絲・貝爾學的，它把我心裡的感受全都表達出來了。這一切實在是太完美了。我先喝了清香可口的茶水，然後和另外五個女孩乘著哈蒙・安德魯斯先生為我們準備的小船，在『晶亮湖』裡繞了一圈。珍妮・安德魯斯真是太冒失了，她總是毛手毛腳的，所以差點就掉進了水裡，幸虧安德魯斯先生及時發現並迅速地拉住了她，不然她一定會被水淹死的。如果差點落水的人是我，那該多好啊！

差點被淹死，說起來應該很有詩意吧？而且以後在別人面前說起這種經驗，一定非常有意思！還有，我吃到霜淇淋了。呵！那味道好得連言語都形容不出來。」

當天晚上，瑪莉拉縫補衣服，馬修坐在旁邊。瑪莉拉把找到胸針的經過原原本本地告訴了馬修。

「這事是我錯了，對我來說，這是個很好的教訓，」瑪莉拉坦誠地說，「不過我一想到安妮當時認錯的情形就忍不住想笑。安妮這孩子，有時候的確令人難以理解，可是我想她將來一定不會讓我們失望的，你說呢？自從這孩子來到綠山牆農舍以後，我們就不像以前那樣寂寞了。」

# 第十五章　安妮被老師處罰

「真是美好的一天！」安妮做了一個深呼吸，「這樣的生活實在是太幸福了！我一想到那些還沒有出生的人就為他們感到可惜。當然了，這樣美好的日子將來也許還有，可是今天已經過去，他們再也沒有機會體驗今天的幸福了。這條路真美，能夠走這條路去學校，實在是太富有詩意了。」

「嗯，走這條路的確比走大街要好，因為大街上布滿了灰塵和陽光。」黛安娜一邊附和地說，一邊看了看自己手中那個裝有三份美味的野莓醬餡餅的籃子，心裡想著一會兒要怎麼和十個女孩一起分吃它們。如果是十個女孩一起分吃的話，每個人只能吃一點。

在艾凡里學校，女生們都習慣讓大家一起分吃自己的午飯。如果有人獨吞了自己的飯菜，或者只是把自己的飯菜分給少數人，那麼其他人就會認為她非常小氣。可是現在黛安娜只有三張餡餅，如果把它們分給十個人，那麼每個人都只能吃幾口。

安妮和黛安娜每天上學所走的那條路，景色美得超出了安妮的想像。這條小路從綠山牆農舍的果園向下伸展，一直延伸到卡斯伯特家農場的盡頭，然後穿過一座樹林，是去牧場的必經之地，也是冬季運輸柴草的唯一一條路。這條小路有一個新名字，叫「情人小路」，這是安妮到綠山牆農舍還不足一個月時取的。安妮曾經特意向瑪莉拉解釋過這個名字：「那條路雖然叫『情人小路』，可是並沒有情人在那裡散步。其實這個名字來自我和黛安娜正在讀的一本書。這是一本有趣的故事書，令我和黛安娜都著迷了，於是我倆就想藉著這個富有詩意的名字，重溫一下那個故事。在那條小路上，你可以幻想有一對情人在那裡散步或者說悄悄話……總之你既可以隨便幻想，又可以大喊大叫，還可以很久都沉默不語，而不必擔心有人說你是瘋子。我實在太喜歡那條小路了。」

安妮每天早上從家裡出來，就會順著這條「情人小路」走到小河邊，先和黛安娜在那裡會合，然後和黛安娜結伴走過枝繁葉茂的楓樹林。安妮每次經過楓樹林時，都會高興地喃喃自語：「楓樹一定是個交際天才！因為它總是沙沙沙地嘮叨個不停。」「情人小路」的盡頭是小木橋，過了小木橋再經過貝瑞家後面的旱田，就可以到「紫羅蘭溪谷」了。這個「紫羅蘭溪谷」，位於安德魯・貝爾家樹林中一個名叫「綠色酒窩」的林蔭帶。

「現在，紫羅蘭花還沒有盛開，」安妮對瑪莉拉說，「等到春天來臨時，到處都可以看到紫羅蘭花，從遠處望過去，美得簡直令人無法想像。這美景是黛安娜跟我說的。瑪莉拉，這種美景你能想像出來嗎？我一想到這麼多花，就會興奮得幾乎無法呼吸。黛安娜說，像我這樣會取名字的人，她以前從來沒有見過，她好希望自己也能像我一樣有本事，哪怕只會一種本事也行。黛安娜說，她思考了半天也想出了一個名字，於是我就把取名權讓給了她，所以才有了『白樺小徑』這個名字。不過，如果是我的話，我絕對不會取『白樺小徑』這種不夠詩意的名字。說實話，『白樺小徑』這個名字實在是太常見了，根本沒有任何新意。但是，『白樺小徑』本身，在我眼裡卻美得舉世無雙。」

安妮說得並不誇張，任何一個去過「白樺小徑」的人都會認同安妮的觀點。一個坡度平緩的長坡上，蜿蜒盤旋著一條羊腸小徑。這條羊腸小徑貫穿貝爾家的樹林，把長坡和樹林串聯在一起。樹林裡長著茂盛的樹木，陽光從斑駁的樹蔭裡投射下來，把樹林照射得乾淨透亮。羊腸小徑兩邊長著一排排白樺樹，白樺樹林裡長著鬱鬱蔥蔥的羊齒草和野生鈴蘭等植物。這些花草散發出的味道，把空氣浸潤得充滿了清新、馥郁的香味，簡直都要令人陶醉了。樹林中到處可以聽到婉轉的鳥鳴聲。遠處有人在歡聲笑語，歡笑聲隨著微風從樹林裡飄然而過。樹林裡偶爾還會有野兔出現。這些野兔蹦蹦跳跳地在樹林裡穿行，如果稍不留意，也許就注意不到它們的身影。總而言之，很少有一個地方能夠讓安妮和黛安娜老老實實地待一會兒。

沿著羊腸小徑一直走到山谷地帶，然後走過一條大街，再翻過一座長滿樅樹的丘陵，就到艾凡里學校了。艾凡里學校的校舍是白色的，有著低低的屋簷和大大的窗戶，教室裡放滿了老舊的書桌。這些書桌看上去既結實又寬敞，桌面是一個可以活動的蓋子，上面被學生們刻滿了各種符號。這些符號有的是學生姓名的首字母，有的是令人費解的符號。學校位於一個遠離鬧市的角落，後面有一片不太醒目的樅樹林，旁邊還有一條小河流過。每天早上，學生們就把牛奶放進這條小河裡浸泡。到了中午，牛奶就會被河水浸泡得清涼爽口，比沒有浸泡的牛奶好喝多了。

九月一日開學，瑪莉拉就把安妮送到了學校，可她卻有些擔心：「安妮是個性情古怪的孩子，她能和同學們打成一片嗎？她平時就好動而且貪玩，上課時能夠安安靜靜地聽講嗎？」

不過事實證明，瑪莉拉有些多慮。傍晚，安妮洋洋自得地從學校回來了。

「這所學校真好，我好像已經開始喜歡它了。」安妮剛放下書包，就趕緊把學校裡的情況向瑪莉拉報告了一遍，「不過，我不太喜歡菲利浦斯老師，因為他總是愛用指尖梳理自己的鬍子，還經常和一個女生眉目傳情。這個女生名叫普莉西•安德魯斯，今年十六歲，按說已經算是成年人了。據說普莉西明年準備報考夏綠蒂鎮的一所學校，嗯，那所學校名字叫作女王學院。現在，普莉西正在努力學習呢。聽蒂麗•伯爾特說，菲利浦斯老師已經被普莉西迷住了。普莉西皮膚白皙，梳著一頭高高的髮髻。她的頭髮是栗色的還帶著捲，真漂亮！她的座位在教室的後排，她上課時就坐在一條長椅子上。菲利浦斯老師總愛坐在她旁邊，他說這是為了督促普莉西，以便她能夠更好地學習。可是，露比．吉利斯卻不這麼認為。露比說，有一次，她親眼看見老師在普莉西的手寫板上寫了一些字，普莉西看過這些字之後，臉一下子就漲得通紅，還不停地偷笑。露比還說，菲利浦斯老師寫的肯定不是學習方面的字。」

「安妮．雪利，你怎麼能這麼沒禮貌地評論老師呢？這麼做是不對的！」瑪莉拉嚴肅地說，「我送你去學校是讓你學習知識，不是讓你去隨便評論老師。老師再怎麼不濟，總是比你懂得多，你應該努力向他學習知識，而不應該放學回家就評論他。以後我不允許你再這樣背地裡說老師的閒話，記住了嗎？做這種事情實在太惡劣，我絕對不允許！你要做的就是成為一名品學兼優的好學生。」

「我當然很乖了！」安妮自豪地說，「絕對不像你想像的那樣糟糕。我和黛安娜坐前後位，我坐在窗戶旁邊，一扭頭就能看到美麗的『晶亮湖』。在學校裡，我跟很多女孩都談得來，我們中午休息時還一塊玩耍，每次都玩得很開心。我好喜歡和這麼多小朋友一塊玩。不過我和黛安娜依然還是最好的朋友，我們的感情永遠都不會變。我對黛安娜充滿了崇拜的感情。學習上我遠遠地落在別人後面。現在其他同學都在學第五冊課本，只有我還要學習第四冊課本。我一想起這個，就覺得面子有些掛不住。不過明顯地，我們班還沒有一位同學能夠像我這樣充滿想像力。我們今天上的課有文學、地理、歷史和聽寫。菲利浦斯老師說，我的聽寫簡直糟透了。聽寫完之後，他批閱我們的作業，然後把我的手寫板舉得高高的，就是為了讓所有人都看見我的成績有多差勁。我當時羞得滿臉通紅，簡直都快無地自容了。我畢竟是一個新生，老師不應該這麼不顧我的感覺。瑪莉拉，你說是不是？

另外，我收到了露比送的蘋果，還有查理・史隆送的卡片。那是一張做工精緻的粉紅色卡片，上面寫著『我能送你回家嗎？』，我已經跟他說過了，明天就把卡片還給他。還有啊，蒂麗・伯爾特把她的玻璃珠戒指借給了我，我玩了整整一個下午才還給她。瑪莉拉，我看到閣樓裡的舊針插上有一串珍珠，你能給我幾顆嗎？我想用它做一枚戒指。我想在手上戴一枚珍珠戒指一定很漂亮。啊，對了，瑪莉拉，普莉西說我的鼻子長得很漂亮。這是珍妮・安德魯斯告訴我的，珍妮說明妮・麥克佛生也聽到這句話了。瑪莉拉，我長這麼大，還是第一次聽到有人誇我長得好看呢，我受寵若驚得都不知道該怎麼辦才好了。瑪莉拉，我的鼻子長得真的很漂亮嗎？我要聽到你也這麼說，才能確定這一點，因為我只相信你的話。」

「是的。」瑪莉拉板著臉說。其實瑪莉拉早就發現安妮的鼻子長得很漂亮，卻一直沒有告訴安妮。

接下來的三個星期，一切都進展得非常順利。九月末的一天早晨，安妮和黛安娜乘著涼爽的晨風，像平常一樣快樂地走上了「白樺小徑」。

「我想今天吉伯特・布萊斯可能會來學校，」黛安娜說，「每到夏天，他都會去新布藍茲維住在他堂兄家裡，只有每個星期六才會來學校一趟。他長得帥極了，還特別愛欺負女同學。我們學校裡的女孩，幾乎都被他欺負過。」聽黛安娜的口氣，好像寧願被吉伯特欺負似的。

「吉伯特・布萊斯？我在走廊的牆壁上見過這個名字，它和『茱莉亞・貝爾』這幾個字並列在一起。」

「沒錯。不過，我敢肯定吉伯特不喜歡茱莉亞，」黛安娜信心十足地說，「我聽說，吉伯特曾經一邊數著茱莉亞臉上的雀斑，一邊背誦九九乘法表。」

「不要在我面前提起雀斑！」安妮低聲央求說，看上去非常窘迫，「我臉上也長滿了雀斑。黛安娜，這些雀斑看著是不是很醜呀？還有，怎麼會有那麼無聊的人呢？竟然會把男生和女生的名字並排寫在牆上！如果誰敢把我的名字和男生的名字寫在一起，我是絕對不會輕易放過他的。當然了，也沒有人會對我這樣做。」安妮感歎地說，她現在很矛盾，既不希望自己的名字被人寫出來，又希望自己能夠遇到這種驚險、刺激的事。

「不會的！」黛安娜不贊同地說。黛安娜有一雙烏黑發亮的眼睛，還有一頭亮麗的秀髮，早就吸引了學校裡很多男同學的目光，所以她的名字已經在牆上出現過七八次了，「牆上的名字基本上都是同學們寫下來逗樂的。安妮，你怎麼就敢肯定自己的名字不會被寫在牆上呢？我知道查理・史隆很喜歡你。查理曾經跟他母親說過，學校裡的女孩就數安妮最聰明，聰明的女孩比漂亮的女孩更好。」

「那是查理在胡說八道！」安妮也像其他女孩一樣愛美，「黛安娜，我認為漂亮比聰明好，難道你不這麼認為嗎？而且我不喜歡查理，因為他長著鼓鼓的眼球，實在是太難看了。如果哪個人敢把我和查理的名字並排著寫在牆上，我是永遠都不會原諒他的。當然了，如果我的學習成績能在班裡排第一，那麼我會非常高興的。」

「安妮，從今天起，我們和吉伯特就是同班同學了。吉伯特以前就一直是班裡的資優生，我敢肯定他以後還會爭取名列前茅。吉伯特馬上就滿十四歲了，可他還在學習第四冊課本，因為他家裡出了變故。四年前，吉伯特的父親生了一場大病，需要去亞伯達省療養，所以吉伯特就跟著父親去了亞伯達省，在那裡生活了整整三年。在這三年裡，吉伯特幾乎沒有去過學校，所以他今後要想繼續保持第一名，並不是一件輕而易舉的事情。」

「這樣最好！」安妮急忙說，「吉伯特已經快十四歲了，而他的同學都還只有十來歲，就算他拿了第一，也沒什麼好炫耀的！昨天聽寫時，我拼寫出了『沸騰（ebullition）』這個單詞，所以取得了第一名。裘西・派伊雖然也取得了第一名，但那並不是她自己寫的，因為她之前偷看了課本。不過這一點菲利浦斯老師卻不知道，因為他當時正在盯著普莉西呢。我清清楚楚地看到這一幕，不禁輕蔑地多看了她一眼。如果知道我那樣蔑視她，一定會窘得滿臉通紅。」

「派伊姐妹倆都很狡猾！」黛安娜氣憤地說，同時從街道的圍欄上翻了過去，「昨天，我平時放牛奶瓶的地方被人佔用了，那個人就是裘西的姐姐嘉蒂。她們姐妹倆實在是太過分了。」

菲利浦斯老師走到教室後面，開始指導普莉西學習拉丁語。這時，黛安娜向安妮耳語說：「安妮，坐在走廊正對面的那個人就是吉伯特。他是不是很帥？」

安妮向黛安娜所指的方向望去，只見那個傳說中的人物吉伯特正在幹壞事。吉伯特坐在露比的後面，他一臉若無其事的表情，手裡卻拿著一枚大頭針，悄悄地把露比的金色長辮釘在椅背上。吉伯特個子很高，一頭栗色的捲髮，兩隻淺褐色的眼睛裡透出狡黠的光芒，臉上總是浮現著笑意，好像時刻都在琢磨著該怎麼捉弄人似的。

不一會兒，菲利浦斯老師叫露比去黑板上演算。露比剛站起來，就痛得發出一聲慘叫，她的椅子也應聲倒在地上。安妮猜想，說不定露比的頭髮有一部分已經被連根拔掉了。大家聽到慘叫聲，都把目光轉向了露比。菲利浦斯老師氣得馬上板起一張臉，瞪大了眼睛。他的眼睛裡透著懾人的光芒，嚇得露比哇地大哭起來。這時候吉伯特急忙藏起大頭針，然後假裝認真地看著課本。接著騷動就這樣不明不白地逐漸平息了。過了一會兒，吉伯特又變得不安分起來。這一回，他把目光轉向了安妮，不停地對著安妮做出各種滑稽可笑的動作，還拼命地對安妮拋媚眼。

「吉伯特長得的確很帥。但是，」安妮悄聲對黛安娜說，「他實在很不要臉。他居然能夠對一個陌生女孩暗送秋波，這樣做實在太沒禮貌了。」

可是，這還只是鬧劇的開始，更糟糕的事情還沒有上演呢。

那天下午，菲利浦斯老師坐在教室後面，專心地指導普莉西如何解代數題。其他同學大多數都沒有問題要問，只好做一些自己喜歡的事：啃青蘋果、和同學竊竊私語、在手寫板上畫畫……還有人把一根拴著蟋蟀的細繩放在過道上，看著蟋蟀在過道上跳來跳去。吉伯特一直在拼命對安妮做各種動作，希望安妮能夠注意自己，可是他的努力都沒有發揮作用。因為安妮這時候正沉浸在幻想之中，早就已經把教室裡的一切都拋在了腦後。安妮雙手托腮地坐在窗戶旁邊，兩隻大眼睛癡癡地望著窗外那片藍色的「晶亮湖」。對安妮來說，「晶亮湖」就像仙境一樣，美得令人浮想聯翩，令她沉醉在其中不能自拔。

吉伯特以前也玩過各種吸引女孩注意力的把戲，可是從來沒有失敗過，現在遇到了安妮，誰知安妮竟然不買他的帳，所以他惱羞成怒，發誓無論如何都要讓安妮把頭扭向他。他看著安妮這個長著尖下巴、大眼睛、紅頭髮的女孩，覺得她與其他女孩截然不同，所以更加堅定了自己征服安妮的信念。於是他把手伸向過道這一邊，一把抓住了安妮的辮梢，用嘲笑的聲音低聲說：「胡蘿蔔！」

在安妮聽來，吉伯特的聲音討厭至極，一下子吵醒了她正在幻想的美夢。安妮氣得猛地跳了起來，火冒三丈地瞪著吉伯特，眼裡倏地就落下了淚珠，她一邊哭一邊大喊：「你說什麼？你怎麼可以這樣欺負人？你實在是太過分了！」安妮說著，就拿起手寫板狠狠地朝吉伯特的腦袋上砸去，手寫板被震得當場就斷成兩半。

學生們都喜歡看熱鬧，他們看到安妮哭了，馬上興致勃勃地在一旁觀看。可是當他們看到安妮朝吉伯特腦袋上摔手寫板的那一幕時，都驚訝得大叫起來，好在事情有驚無險。可是黛安娜在看到這一幕時，嚇得幾乎都快停止呼吸了。露比平時就有些神經質，看到這一幕乾脆放聲大哭起來。湯米・史隆看到這一幕，嚇得目瞪口呆，根本無暇顧及他費了好大的勁才捉住的蟋蟀，致使蟋蟀趁機逃走。

菲利浦斯老師迅速從教室後面走到了安妮跟前，用力地抓住了安妮的肩膀，他的指甲好像要刺穿安妮的皮膚似的。

「安妮・雪利！你為什麼要這麼做？」老師生氣地大吼。

安妮一聲不吭地站在座位上，無論如何都不肯說出事情的緣由。她寧願死，也不願意告訴大家她被人叫作「胡蘿蔔」。

可是吉伯特卻一點也不在乎，他開口說：「老師，都是我不好。我剛才嘲笑了安妮，這麼做實在不應該。」

不過，菲利浦斯老師好像沒聽到吉伯特的話似的。

「我沒想到我的學生會這樣隨便發脾氣，而且報復心理這麼強，這真是太令人遺憾了！」菲利浦斯老師嚴肅地說，「安妮，馬上給我站到講台上去，一直站到放學才能下來！」

對安妮來說，被老師罰站比被鞭打還丟臉。安妮本來就是一個敏感的孩子，現在受到了這樣的打擊，心靈就像被鞭子毒打一樣更加脆弱了，可她最終還是服從老師的話，滿臉蒼白、動作機械地走上了講台。

菲利浦斯老師拿起粉筆，在安妮身後的黑板上寫了一行字：「安妮・雪利的脾氣實在太暴躁了，請安妮・雪利務必改正這個壞毛病！」老師寫完，還大聲地念出了黑板上的字。這麼一來，即使是一年級那些還不識字的學生，也都知道了那一行字的意思。

安妮就這樣背對著這一行字站在講台上，一直站到下午放學。在這期間，她既沒有哭也沒有害羞地低下頭，只是滿腔怒火地望著講台下的同學們。幸虧她整個身心都被憤怒充滿了，不然她根本無法忍受這種天大的羞辱。講台下，黛安娜用充滿同情的目光看著安妮，查理・史隆憤慨地搖著腦袋，裘西・派伊幸災樂禍地對著安妮微笑……安妮用憤怒的目光看著講台下的一切。她的小臉，因為情緒太過激動而漲得通紅。至於吉伯特，安妮對他根本不屑一顧。安妮發誓，以後她絕對不會再看吉伯特一眼，更不可能跟他說一句話！

剛放學，安妮就昂頭衝出了教室，吉伯特急忙跑到走廊的出口處想要攔住安妮跟她說幾句話。

「喂，安妮！我不該取笑你的頭髮，實在非常抱歉！」吉伯特誠懇地向安妮道歉，他的聲音很小，好像正在努力反省自己的過錯似的，「非常抱歉，請你原諒我吧！」

安妮視若無睹地從吉伯特身邊走了過去，她一臉輕蔑的表情，好像既沒有看到吉伯特，也沒有聽到他說話似的。

黛安娜好不容易才追上安妮，她一邊喘著粗氣，一邊責備安妮說：「安妮，你怎麼能這樣對待吉伯特呢？」其實黛安娜也很佩服安妮。她想如果吉伯特這樣哀求她，她一定無法像安妮那樣視若無睹。

「我絕對不會原諒吉伯特！」安妮堅定地說。

「安妮，你千萬別這樣。吉伯特只是在跟你開玩笑而已，」黛安娜說，「他跟所有女孩都開過玩笑。當然了，他也曾經嘲笑過我，說我像烏鴉，因為我的頭髮太黑。在此之前，我從來沒有聽過他向任何人道歉，你是第一個讓他主動道歉的人。」

「他說你是烏鴉，說我是胡蘿蔔，性質是完全不同的！」安妮努力地維持著自尊，「吉伯特實在是太殘忍了，他狠狠地傷害了我的自尊。黛安娜，我心裡很難受，我感覺我簡直快要窒息了。」如果事情到此為止，也就不會再發生類似的不幸事件了，可事實卻往往是禍不單行。

山丘上有一座樅樹林，還有一片寬廣的草地，這些都是貝爾家的私有財產。艾凡里村的學生們經常會在午休時來這裡玩。而且站在山丘上，可以眺望到菲利浦斯老師住宿的地方。菲利浦斯老師借住在埃本・萊特家。每當學生們看到老師從埃本家裡向學校走去時，就會一溜小跑地回到學校。不過由於山丘與學校的距離，是埃本家與學校距離的三倍多，所以無論學生們再怎麼跑，都會比老師晚到學校。

這一天，菲利浦斯老師突然決定整頓一下紀律，就在午休之前宣布了這個消息。他說，等他從埃本家裡回來時，所有的同學都得老老實實地坐在自己的位子上，誰回來晚了就處罰誰。

這天中午，學生們都像往常一樣來到貝爾家的樅樹林。學生們去那裡，大部分都是為了撿一些雲杉果。雲杉果是雲杉樹結的黃色堅果，樣子很討人喜歡。學生們在樹林裡來回走著，一邊走一邊尋找雲杉果，時間就這樣悄悄地流逝了。吉米・格洛弗像往常一樣爬到一棵老松樹上，他第一個注意到老師從埃本家向學校走去，於是趕緊對著同學們大叫：「老師出門了！」

女孩子們大多都在地面上，她們聽到叫喊聲就先跑開了。男孩子們則多數都在樹上，他們聽到叫喊聲就急忙從樹上滑了下來，跟在女孩子們身後跑。安妮沒有去撿雲杉果，而是戴著一頂花冠在齊腰深的蕨草叢裡散步。她一邊散步一邊輕聲哼著歌，看著就像夢幻王國裡的仙子一樣快樂。她雖然落在其他人後面，可是她一點都不怕，因為她跑得很快，不一會兒就迅速地跑到了學校門口。男同學們也剛跑到學校門口，安妮和同學們一起朝教室裡擠。這時候菲利浦斯老師已經在教室裡了，正取下帽子往牆上掛呢。

菲利浦斯老師原本打算好好整頓紀律的，沒想到違紀的學生竟然有那麼多，所以他一下子沒有了整頓紀律的熱情，因為他根本不知道該怎麼處罰這十幾個違紀學生。可是他之前已經說過要整頓紀律，現在他也不得不應付性地採取一些措施，免得同學們說他言而無信。為了把這件事搪塞過去，他決定抓一個學生來當替罪羊。他把那十幾個違紀學生都掃視了一遍，最後把目光落在了安妮身上。這時候安妮剛剛坐到自己的位子上，她累得直喘著粗氣，連頭上的花冠都忘記取下來。花冠歪到一邊，斜掛在安妮的一隻耳朵上，使得安妮看上去非常狼狽。

「安妮・雪利，你是不是很喜歡和男同學一起玩？好吧，我今天就好好滿足你這個願望！」老師嘲諷地說，「摘掉你頭上的那頂花冠，然後坐到吉伯特旁邊。」其他男同學聽老師這麼說，都坐在座位上偷笑。安妮聽完老師的話，則氣得臉色一會兒青一會兒白。黛安娜的臉色變得蒼白，她同情地看著安妮，接著急忙從安妮頭上摘下花冠。安妮雙手緊握著站在那裡一動不動，絕望地盯著老師看。

「安妮！你沒聽到我說的話嗎？」老師嚴厲地說。

「我不去……老師……」安妮支支吾吾地說，「老師，我想你只是這麼說說罷了，並不是真心想要處罰我。」

「我沒跟你開玩笑，馬上照著我說的去做！」老師說，他的語氣裡依然充滿了嘲諷的味道，這種語氣令所有同學都厭惡至極，安妮就更不用說了。

安妮真想站起來向老師表示抗議，可是她馬上就打消了這個念頭，因為她知道抗議根本沒有用。於是安妮就一百個不樂意地站起來，從過道這邊走到了那邊，在吉伯特身邊坐了下來，先把兩隻胳膊往桌子上一放，然後把臉埋進了臂彎裡。露比一直在注意著安妮的一舉一動，這時她急忙回過頭，悄悄地對身邊的同學說：「安妮這副樣子，我還從來沒有見過呢。你們看她的臉色蒼白，臉上還長滿了小紅斑，看上去真可怕。」

安妮覺得好委屈，因為遲到的人那麼多，可是老師卻只處罰她一個人，還強迫她和男同學坐一塊。最令人無法接受的是，老師竟然讓她和那個討厭的吉伯特坐一塊！安妮心裡充滿了羞辱和憤怒，她沒想到老師會這樣打擊她，只覺得自己都快撐不下去了。

剛開始時，還有很多同學一邊盯著安妮一邊竊竊私語，還不時地指指點點，同時發出一陣低笑。可是安妮一直都沒有抬頭。後來連吉伯特都低下頭開始學習了，大家也逐漸沒了興致，開始忙著各自喜歡做的事。安妮受處罰的事就這樣慢慢地被大家忘記了。

菲利浦斯老師開始上歷史課，安妮本來應該和同學們一塊去聽的，可是她卻繼續一動不動地坐在位子上。吉伯特趁人不注意時，從書桌裡掏出一個心形的糖塊。這塊糖是用粉紅色糖紙包裝的，上面還寫著「你好可愛」四個金色的大字。吉伯特把這塊糖放在安妮的胳膊上，這塊糖就順著安妮的胳膊慢慢地滑到了桌子上。安妮抬起頭，抓起糖塊就往地板上扔，接著又把糖塊踩得粉碎，最後重新趴在了桌子上。在這個過程中，她沒有瞧過吉伯特一眼。

等到同學們都離開了教室，安妮才走到自己的書桌跟前，動作幅度極大地從裡面取出了教科書、筆記本、鋼筆、墨水和《聖經》等，先把它們都收拾得整整齊齊的，再把它們堆在已經破碎的手寫板上。

「安妮，你為什麼要把這些東西都拿回家呢？」黛安娜和安妮走在回家的路上，她直到這時才敢問安妮為什麼要這樣做。其實，黛安娜很早就想這麼問安妮了，可她之前害怕安妮傷心，所以根本不敢問。

「我以後不去上學了。」安妮生氣地回答。

黛安娜目不轉睛地盯著安妮，想從安妮的表情中看出她說的到底是真是假：「瑪莉拉會同意你的決定嗎？」

「我還沒有想過這個問題，反正我以後都不想看到菲利浦斯老師，我堅決不去學校。」

「安妮，你真倔強！」黛安娜急得都快哭了，「事情沒有那麼嚴重！現在你需要我幫什麼忙？我可以為你做，但我求你一定要去上學！」

「黛安娜，我願意為你赴湯蹈火，可是唯獨這件事我不能答應你。這件事實在令我很為難，你就不要勉強我了。」安妮傷心地說。

「我們還有很多有趣的事情沒有做呢！」黛安娜深深地歎了一口氣，「我們之前已經商量好了，將來我們要在小河邊蓋一座漂亮的房子，難道你不記得了？下個星期就開棒球課了，難道你不想好好玩一次嗎？除了玩棒球之外，我們還有很多有趣的事情可以做呢！比如，我們可以唱新歌，珍妮·安德魯斯現在就在全心全意地練唱。此外，『三色紫羅蘭叢書』已經出了最新版，愛麗絲·安德魯斯說她下個星期就可以把它們帶到學校。我們已經約好了，到時候大家就坐在小河邊輪流著朗讀。安妮，我知道你最喜歡大聲朗讀了，難道你現在連這個也不在乎了嗎？」

無論黛安娜怎麼勸安妮，安妮的決心都沒有動搖。安妮已經鐵了心，只要學校裡有菲利浦斯老師在，她就絕對不會回去上課。安妮剛回到家，就把整件事情的經過向瑪莉拉敘述了一遍。

「你真蠢！」瑪莉拉嚴厲地訓斥安妮說。

「我不蠢！瑪莉拉，難道你不理解我的心情嗎？我遭受了奇恥大辱！」

「我不想再聽你做任何解釋，總之你明天還得像以往一樣去上學！」瑪莉拉態度堅決地說。

「不！我不去！」安妮倔強地搖了搖頭，「我一千個一萬個不想去學校！瑪莉拉，我在家裡也可以學習，我還會力爭做一個好孩子。如果你嫌我聒噪，我可以把嘴巴牢牢地閉上。總之，我是絕對不會去學校的！」

瑪莉拉看到安妮反應這麼激烈，都不知道該怎麼辦才好了。安妮的表情那麼堅決，已經下定了和瑪莉拉抗爭到底的決心。瑪莉拉看出了這一點，她知道現在無論說什麼，安妮都不會聽，所以她決定暫時不採取任何行動，晚上先去林德太太那裡走一趟再說：「現在無論我怎麼勸安妮，都是白費力氣。如果我強迫安妮聽我的話，只會把事情弄得更糟，說不定還會逼得安妮更加暴躁呢。如果安妮說的都是真的，那麼這位菲利浦斯老師也一定好不到哪裡去。虧他還是一位老師呢，怎麼會做出這麼荒唐的事情呢！安妮就算再不對，他也不該這麼處罰她呀！總而言之，我要去找林德太太好好地商量一下這件事，她畢竟有過十個孩子，一定有一些教育孩子的經驗。我想她現在說不定已經知道這件事了。」

瑪莉拉來到林德太太家時，林德太太正在像平時一樣認真地做被子。

「瑞秋，我找你有事商量，我想你已經知道是什麼事情了。」瑪莉拉難為情地說。

林德太太會心地點了點頭：「是不是因為學校裡的那件事？事情的詳細經過，我已經聽蒂麗・伯爾特說過了。」

「安妮的態度很堅決，她怎麼都不願意再去上學。我現在都不知道該怎麼辦了。如果我強迫她去學校，我又怕她會出什麼意外。這孩子雖然容易激動，可是她以前在學校裡還是好好的，這一次一定是受到很大的刺激。瑞秋，你說我該怎麼辦呢？」

「嗯，我的看法是……」林德太太高興地說，每當有人向她徵求意見時，她都是這個樣子，「如果我是你，我會尊重安妮的意思，讓她按自己的想法去做。在這件事情上，我也認為是菲利浦斯老師做得不對，他不應該那樣對孩子說話。昨天安妮亂發脾氣，因此擾亂了紀律，這是安妮不對，所以他處罰安妮是對的。可是今天的情況不同，很多同學都遲到了，可他卻只處罰安妮一個人，而且讓安妮和男同學坐在一起，這種做法的確很不恰當。他這樣做有什麼用呢？蒂麗·伯爾特也很不服氣，她從一開始就站在安妮這邊，其他同學也認為老師的做法不對。安妮好像很受同學們歡迎呢！我真沒想到她和其他孩子會相處得這麼好。」

「你是說，不讓安妮去上學？」瑪莉拉驚訝地問。

「是的。你現在最好順著安妮的心意，別跟她提上學的事。放心吧，不出一個星期，安妮就會改變心意，到時事情自然會平息的。如果你硬逼她去上學，她心裡一定不樂意，到時說不定又會惹出什麼事來，到時候情況就會越變越糟糕。我認為，現在最好別強迫安妮去上學。你不用擔心安妮的學習成績，她可以跟得上。安妮不願意上學，主要是因為菲利浦斯老師不稱職。現在班級紀律渙散，菲利浦斯老師卻沒有採取有力的措施，對低年級的同學不管不問，倒是對報考女王學院的高年級學生很熱心。他能擔任班主任這個職務，完全是因為他叔叔是學校的理事。在愛德華王子島，教育問題真是令人擔憂啊。」林德太太說，同時憂心地搖了搖頭。

瑪莉拉採納了林德太太的意見，她在安妮面前絲毫沒有提起上學的事。就這樣，安妮待在了家裡。她白天不是自己學習，就是幫瑪莉拉幹活。到了黃昏，她就和黛安娜一起在涼爽的晚風中玩耍。有時候，她們會在路上或主日學校裡碰到吉伯特。每當這時，安妮就一臉輕蔑的表情，冷漠地從吉伯特身邊走過。吉伯特想盡了各種辦法來取悅安妮，可是安妮都無動於衷。黛安娜努力幫他們和解，可是安妮還是看都不看吉伯特一眼。總而言之，安妮已經鐵了心，決定一輩子都不原諒吉伯特，更不可能與他交往了。

安妮厭惡吉伯特，卻非常喜歡黛安娜，她把自己全部的友愛都給了黛安娜。

一天晚上，瑪莉拉從果園裡摘了一筐蘋果，她剛走到家門口，就看見安妮正獨自坐在窗前低聲痛哭。

「安妮，你怎麼哭了？」瑪莉拉急忙問。

「因為黛安娜！」安妮抽泣著說，「瑪莉拉，我實在很喜歡黛安娜。如果我失去了黛安娜，那我也不想活了。可是黛安娜總有一天會長大的，到時她會結婚就顧不上我了，那我該怎麼辦呢？誰會是黛安娜未來的丈夫呢？我好討厭他！非常討厭！我幻想過黛安娜的結婚典禮，還有其他一些相關的事情。黛安娜在這個過程中，一直穿著帶有面紗的雪白婚紗。我是她的伴娘，我也打扮了一番，我穿著帶有泡泡袖的寬鬆長裙，看上去就像一個漂亮、高貴的女王。我的臉上一直掛著微笑，可是我心裡卻非常難受，我默默地向黛安娜道別。黛安娜，再見！再見了！」安妮說著，終於忍不住放聲大哭起來。

瑪莉拉看到安妮這副樣子，差點就笑出聲來，於是她急忙扭過頭，不讓安妮看見自己的表情。可是她最終還是沒有忍住，一屁股就坐在旁邊的椅子上放聲大笑起來。瑪莉拉笑得那樣盡興，好像把周圍的一切都拋到了腦後。正在這時，馬修從院子裡經過，他看到瑪莉拉這麼反常，不禁吃了一驚。要知道瑪莉拉以前從來沒有像現在這樣笑過。

「哈哈……太有趣了，真是個孩子……」瑪莉拉說，她好不容易才忍住了不笑，「你可真是自尋煩惱！如果你非要這樣，就幻想一下眼前的事情吧，不用想那麼遠。唉，你的想像力可真豐富！」

# 第十六章　黛安娜喝醉了

每年十月，綠山牆農舍都會變得魅力四射。山谷裡的白樺樹披上了一身金裝，在秋日驕陽的照射下發出令人賞心悅目的光芒。果樹園後面的楓樹，葉片被染得紅紅的。長在狹長山路兩邊的櫻花樹，也換下暗紅色的衣服，穿上紅、黃色相間的彩色衣裙。第二次收割已經結束，田野沐浴在秋天的驕陽下，就像安度晚年的老人一樣悠閒。安妮癡癡地欣賞著眼前的美景，簡直都要沉醉在其中了。

這天是星期六。安妮一大早就跑了出去，回來時抱著一大把漂亮的楓樹枝。她飛快地跑到屋裡，一邊喘著粗氣一邊高興地大叫：「瑪莉拉，十月的景色實在太美了！你瞧瞧這些樹枝，它們好漂亮啊！看到它們，難道你一點都不動心嗎？我採了一些回來，準備用它們來裝飾我的房間。」

「漂亮？我覺得它們很髒！」瑪莉拉不屑一顧地說，她幾乎不懂得審美，「安妮，你總喜歡從外面帶一些亂七八糟的東西回家。你的房間可是用來睡覺的！」

「噢，我這麼做也是為了能夠多做一些美夢。瑪莉拉，在一個美麗的房間裡入睡，就能做美夢！家裡不是有一個舊的藍色花瓶嗎？我打算用它來裝這些樹枝，然後把它們擺在我的桌子上。」

「你插好樹枝之後，最好收拾一下，別弄得整個樓梯都是樹葉。我下午要去卡莫迪，去參加婦女協會在那裡舉辦的聚會，大概要天黑之後才能回來，所以晚飯就交給你了。安妮，記住做事的順序。之前有一天，你是把桌子擺好之後才想起來去沏茶的，今天可別再弄錯了。」

「那天我的確忘記沏茶了，我承認是我不對。不過那時我正在考慮為『紫羅蘭溪谷』取名字，腦子裡裝不下別的，就把沏茶的事給忘了。馬修知道這事之後，並沒有責怪我，他說沏茶很快的，他不介意等一會兒再吃飯。於是我一邊沏茶，一邊給馬修講故事，讓他沒有機會感到無聊。那個故事非常動聽，可我當時卻忘記了它的結局，只好當場瞎編了一個。」

「好了。你今天最好別再出錯。另外，要是你願意，可以邀請黛安娜來家裡作客。」

「真的？你太好了，瑪莉拉！」安妮興奮地說，兩隻小手攥成了兩個小拳頭，「事情真是太完美了！瑪莉拉，還是你最明白我的心思！我早就想請黛安娜來家裡了，整天都想！請朋友來家裡作客，這事想起來就令人高興，讓我覺得我一下子變成了大人，你說對吧？瑪莉拉，你放心好了！有客人在，我是不會忘記沏茶的。噢，瑪莉拉，我看見家裡有一套帶玫瑰花圖案的茶具，我可以用它來招待客人嗎？」

「不行。那套茶具是我專門用來招待牧師先生，或是婦女協會會員的，平時根本不拿出來用。你明白我的意思嗎？我們平時用的那套咖啡色的舊茶具不是挺好的嗎？另外，家裡還有櫻桃果醬、水果蛋糕、小甜餅，你就用它們來招待你的客人吧。」

「以主人的身分給客人沏茶的情景，到底是什麼樣子呢？我現在就開始想像！」安妮一邊說，一邊閉上了眼睛，「就像這樣，先問黛安娜要不要加糖。雖然我明知黛安娜喝茶不加糖，可我還是要假裝不知道，故意這樣問她以示禮貌。接著我會問她要不要吃水果蛋糕或櫻桃果醬。噢，瑪莉拉，我一想像到這些場景就會激動不已！如果黛安娜真的來了，我想讓她先去客廳，再去會客室，你同意嗎？」

「我認為沒這個必要。不過，你可以把你的朋友帶到你的房間裡。在起居室壁櫥的第二個格子裡，有一瓶前幾天去教堂聚會時剩下的葡萄露。如果你們倆能喝的話，可以就著小甜餅喝一點。馬修正在往船上裝馬鈴薯呢，不會那麼快回來喝茶——」瑪莉拉還有一些事要叮囑，可是安妮早就已經聽不下去了，急不可耐地向黛安娜家跑去，然後又急匆匆地跑了回來。結果瑪莉拉剛出門，黛安娜就獨自來到了綠山牆農舍。黛安娜穿得既正式又漂亮，一看就是應邀來作客的。如果在平時，黛安娜肯定會毫無顧慮地直接跳到台階上，可是今天她卻一本正經地敲了敲門。這時候安妮已經打扮得體體面面的，正坐在屋裡等著黛安娜呢，她一聽到敲門聲就急忙地開門。接著這兩個好朋友就像初次見面似的，鄭重地握了握手。

安妮把黛安娜帶到了自己的房間。黛安娜摘下帽子，然後又跟著安妮來到了起居室。兩個人相互寒暄著，十分鐘後還在那裡相互謙讓。安妮早上去找黛安娜時，已經見過貝瑞太太了。貝瑞太太當時正在果園裡摘蘋果，看上去精神可好了。可是安妮依然禮貌地問黛安娜：「你母親還好嗎？」

「多謝關心！我母親很好。卡斯伯特先生不在家呀？他是不是去船上搬運馬鈴薯了？」黛安娜也問候起安妮來。其實她今天早上去哈蒙・安德魯斯家時就已經見過馬修，還順便搭乘了馬修的運貨馬車。

「是啊，今年馬鈴薯的收成不錯。你家的馬鈴薯也豐收了吧？」

「是的，謝謝！你家有沒有開始摘蘋果？」

「有，還摘了不少呢。」安妮說著，竟然不由自主地大跳著說，「黛安娜，你想不想去果園裡摘蘋果？樹上還剩下一些甜蘋果，瑪莉拉讓我隨便摘。瑪莉拉真夠大方的，她不但讓我們喝茶，還讓我們隨便享用櫻桃果醬、水果蛋糕、小甜餅和飲料。你喜歡喝哪種飲料？我喜歡喝紅色的飲料，因為紅色比其他顏色更能勾起人的食欲。」

蘋果園裡，沉沉的果子把枝頭都壓彎了。安妮和黛安娜說不出有多高興，她們在這裡度過大半個下午。她們坐在茂密的草叢裡沐浴著秋日午後的暖陽，一邊吃蘋果一邊快樂地談心。

黛安娜把最近學校裡發生的事告訴了安妮。黛安娜說：「我現在的同桌變成了嘉蒂・派伊，我很討厭老師這麼安排，因為嘉蒂寫字時老愛讓鉛筆發出響聲。露比得到了一塊魔法石，據說能夠搓掉皮膚上的疣。這塊魔法石是露比從小溪村的老瑪莉・喬的那裡得到的，不知道有沒有大家說的那麼神奇。艾瑪・懷特看見自己的名字和查理・史隆的名字被並排寫在走廊邊的牆上，氣得火冒三丈。山姆・伯爾特在課堂上目中無人，被菲利浦斯老師抽了一頓鞭子。山姆的父親聽到消息之後，特地趕到學校對老師提出了警告。他說如果老師以後再敢動手打他兒子，他絕對不會善罷甘休。還有瑪蒂・安德魯斯有了一條新披肩，那是條帶有流蘇的披肩，瑪蒂得意洋洋地戴著它來到學校，自我感覺好極了。其實她不知道自己那個樣子有多糟糕。梅米・威爾斯和莉茲・萊特成了仇人，原因好像是梅米的姐姐把莉茲的準姐夫給搶走了。另外，學校裡自從少了安妮之後，大家就覺得很無聊，都希望安妮能夠早點兒回學校。再說了，吉伯特……」

安妮一直耐心地聽著，偶爾也會插上幾句。可是，當她聽到吉伯特的名字時，卻突然站了起來，邀請黛安娜去屋裡喝葡萄露。

安妮來到起居室，去壁櫥的第二個格子裡找葡萄露，卻沒有找到。她又仔細地看了看壁櫥，才發現葡萄露放在壁櫥最上面的架子上。安妮把那瓶葡萄露拿下來，又找出杯子，用托盤把它們端到了桌子上。

「來，黛安娜，你別跟我客氣，多喝一點！」安妮殷勤地說，「我好像喝不下去了，早知道就不吃那麼多蘋果了。」

黛安娜端起酒杯，先對著鮮紅色的液體欣賞了一番，然後才姿態優雅地抿了一小口，接著就一點一點地喝光了整杯葡萄露：「啊——安妮，這飲料真好喝！」

「你喜歡喝呀？真是太好了！你自己先喝啊，想喝多少就喝多少！我去廚房裡添點兒木柴。你也知道，我一個人在家有很多事情要做，真夠操心的！」安妮回來時，黛安娜已經喝完了第二杯。安妮勸黛安娜繼續喝，黛安娜也不推辭，喝下了第三杯，接著又喝了一杯。黛安娜沒想到這葡萄露竟然這麼可口，她說：「這葡萄露口感真好，我以前還從來沒有喝過這麼美味的飲料呢。林德太太也會釀造飲料，可是她釀造的飲料跟你家的葡萄露根本沒法比。林德太太很滿意自己的釀造手藝，可是你家的葡萄露味道更好。」

「是啊，我也認為瑪莉拉釀造的飲料更好喝。」安妮說，她一貫都跟瑪莉拉站在同一條戰線上，現在更是如此了，「此外，瑪莉拉還是出名的烹飪高手呢！她曾經教過我，可是我沒有認真學習，因為學烹飪實在太難了，根本沒有幻想的餘地，一切都得按照程序走，不能弄錯一道工序，不然就會前功盡棄。前幾天我跟瑪莉拉學做蛋糕，可我連麵粉都忘記放了。當時我正在幻想一個悲劇呢，主人公就是我倆，劇情是你不幸得了天花，病得非常嚴重，卻沒有人敢靠近你，只有我冒著生命危險照顧你，最終把你從死神那裡搶了回來，不幸的是我也染上了天花，最後因病死亡，死後被埋在幾棵白楊樹下，你在我的墳前種下了美麗的玫瑰花，又用自己的淚水去澆灌它們，並發誓會永遠記住我，因為我們是生死之交。當時我正在攪拌做蛋糕的材料，明知道要加麵粉的，可是當我幻想到這裡就不知不覺地流下眼淚，把加麵粉的事忘得一乾二淨。做蛋糕必不可少的材料就是麵粉，可我竟然忘記加麵粉了。唉，第一次做蛋糕就砸鍋了。不過瑪莉拉並沒有因此而責怪我。

自從我來到綠山牆農舍，給瑪莉拉添了很多麻煩。上個星期二，我還因為布丁壽司的事鬧出了一個大笑話。那天我們午餐吃的是葡萄乾布丁，不過沒有吃完。瑪莉拉讓我把剩下的布丁和醬汁送到貯藏室去用蓋子蓋好，等下次做午餐時再用。我當時滿口答應了，可是走到半路上時，我卻開始幻想起來。我幻想自己失戀了，為了忘記失戀的痛苦而去做了修女，整天在修道院裡閉門不出。想著想著，我就把蓋蓋子的事給忘了。直到第二天早上，我才突然想起我忘記蓋蓋子了，就急忙跑到了貯藏室，發現醬汁裡竟然躺著一隻死老鼠！我想那隻老鼠一定是被醬汁淹死的。我簡直快要嚇壞了！噢，當時的情景你應該可以想像出來。接著我用勺子撈出那隻死老鼠，把它扔到了後院，然後又把勺子清洗了好幾遍，剩下的問題就是怎麼處理醬汁了。

我原本想問問瑪莉拉的，可她當時去擠牛奶了。我想那就等她回來再說吧，由她決定是把醬汁餵豬還是直接扔掉。可是等到瑪莉拉回來時，我卻把這件事情給忘了，因為我當時正在想著別的事。接著瑪莉拉又讓我去摘蘋果，我就把這件事徹底地忘了。又過了幾天，家裡來了客人，他們就是查斯特・羅斯夫婦。你也許已經聽說過了，他們夫婦倆都很講究穿著，尤其是那位羅斯太太裝扮得很時髦。瑪莉拉把午飯準備好之後，就叫我過去吃飯。大家都圍著桌子坐下了，我盡量讓自己舉止得體，以便給那位太太留下一個好印象，免得她嫌我既長得醜又沒有教養。剛開始時，一切都進展得非常順利。可是不一會我就看見瑪莉拉端著熱騰騰的醬汁向飯桌走來！這時我才想起了那隻死老鼠。黛安娜，你知道我當時有多害怕嗎？我嚇得都不知道該怎麼辦才好了，只覺得渾身發燙，然後就不顧一切地尖叫著說：『瑪莉拉，那個醬汁不能吃！之前有一隻老鼠掉進去淹死了。我把死老鼠撈出來扔掉了，卻忘了把這事告訴你。』

噢，黛安娜，接下來的一瞬間實在是太可怕了！我就是活到一百歲，也不會忘記那一瞬間。我剛說完，羅斯太太就一聲不吭地死盯著我看，嚇得我恨不得馬上挖一個地洞鑽進去。羅斯太太是一位端莊而又高貴的漂亮女人，可我卻做出了那樣的糗事，她會怎麼看我們家呢……當時，瑪莉拉的臉唰地就紅了，可她卻什麼也沒有說，只是立刻把醬汁端走了，接著又端上了草莓果醬，還勸我快吃。可是我卻怎麼也吃不下，一直想著剛才的糗事，都不知道該怎麼面對瑪莉拉了。羅斯夫婦回去之後，瑪莉拉把我狠狠地訓斥了一頓——黛安娜，你怎麼了？」

黛安娜的身子搖搖晃晃的，她努力地想站起來，卻怎麼也站不穩，只好兩手抱著頭坐了下來。「安妮，我，我……我好難受……」黛安娜覺得她的舌頭都打結了，好像喝醉了似的，「我……我現在……能……能回家嗎？」

「不行，你還沒有喝茶呢！」安妮急忙說，「我現在就去沏茶。」

「不……我要回家……回家。」黛安娜再三說要回家，雖然她吐字有些不清楚，可是態度卻非常堅決。

「那就先吃一些蛋糕再回去吧？」安妮懇切地說，「或者吃點兒水果蛋糕、櫻桃果醬？你不舒服嗎？先在沙發上躺一會兒，一會兒就好了。」

「我要回家……」黛安娜再三重複著這幾個字，無論安妮怎麼挽留她，她都不肯留下。

「你還沒有喝茶呢。哪有客人不喝茶就回去的呀？」安妮傷心地說，「黛安娜，你不會是真的得了天花吧？如果真是這樣的話，就得趕快去看病。放心吧，我不會不管你的。不過我想你有必要喝了茶再去看病，這樣也許會好受一些。你哪裡不舒服呀？」

「我頭暈，什麼東西都看不清了。」黛安娜說，她坐在椅子上，一會兒向左邊歪，一會兒又向右邊歪，看樣子的確很不舒服。

安妮失望極了，含著眼淚取來黛安娜的帽子，然後攙著黛安娜出了門，一直把黛安娜送到貝瑞家的柵欄門外，又含淚走回綠山牆農舍，百無聊賴地把葡萄露放回壁櫥，然後開始沏茶。她的腦子裡空空的，什麼都幻想不出來。

第二天是星期天，一整天都下著大雨，所以安妮就待在家裡沒有出去。

星期一下午，瑪莉拉叫安妮去林德太太家幫她辦一件事，安妮就去了。誰知沒過多久，安妮就沿著那條狹長的山路跑回來，大哭著撲到了廚房裡的沙發上。

「安妮，你怎麼了？」瑪莉拉不知所措地問，她以前還沒見過安妮這樣呢，「是不是你又跟林德太太發脾氣了？」

安妮聽瑪莉拉這樣問，不但不答話，反而越哭越凶。

「安妮・雪利，我在問你話呢，請你立刻回答我！馬上把頭抬起來，告訴我到底是怎麼回事。」

安妮滿臉淚痕地站起來，抽泣著說：「林德太太說，她今天去了貝瑞太太家，看見貝瑞太太正在生氣。貝瑞太太跟她說，星期六那天，是我灌醉了黛安娜，把黛安娜折磨得死去活來。貝瑞太太還說我是個壞心眼的孩子，她以後不會再讓黛安娜和我一起玩了。噢，瑪莉拉，我聽到這個消息，傷心得都快死了。」

「你灌醉了黛安娜？怎麼會呢？」瑪莉拉說，她被安妮的話搞糊塗了，「安妮，這到底是怎麼回事？到底是你錯了，還是貝瑞太太在說瘋話？你給黛安娜喝了什麼？」

「葡萄露呀！」安妮抽泣著說，「黛安娜喝了三大杯。沒想到葡萄露能把人醉倒。如果我知道葡萄露會這樣，就不會勸她多喝了。瑪莉拉，我沒打算把黛安娜灌醉。」

「那她怎麼會醉呢？」瑪莉拉說著就向起居室跑去，想去看看她們喝的到底是什麼，這才發現她們喝的根本就不是葡萄露，而是她三四年前釀造的葡萄酒。在艾凡里村，瑪莉拉釀造葡萄酒的技術是出名的。就連貝瑞太太這麼挑剔的人，都稱讚瑪莉拉釀造的葡萄酒美味可口。這時瑪莉拉才突然想起來，她之前並沒有把葡萄露放進壁櫥，而是放進了地下室。

瑪莉拉拿著葡萄酒瓶回到廚房，笑著對安妮說：「安妮，你這孩子真是個天才！淨給我惹事！你知道嗎？你給黛安娜喝的根本就是不葡萄露，而是葡萄酒！」

「啊？我一點都沒喝，就認定它是葡萄露。我當時為了招待好黛安娜，真是費盡心思。後來黛安娜說她很難受，我就只好送她回去了。貝瑞太太還說，黛安娜回家時，醉得像一灘爛泥似的，根本沒辦法好好回答她的問話，只是嘿嘿地傻笑，不一會兒就昏昏沉沉地睡著了，一睡就是好幾個小時，一喘氣就滿嘴酒味。他們家的人這才知道黛安娜喝醉了。昨天黛安娜的頭痛了一整天。貝瑞太太氣得不得了，認定是我故意把黛安娜灌醉的。」

「黛安娜也是，一喝就喝了三杯，」瑪莉拉不客氣地說，「杯子那麼大，就算喝的是葡萄露也夠人受的。本來就有人詆毀我的葡萄酒不好，如果他們知道了這件事情，一定會乘機數落我的。三年以前，牧師說他不贊成我們自己釀酒，所以我以後就沒再釀酒。這一瓶葡萄酒是我在三年多以前釀造的，打算留著治病用。好了，安妮，別哭了！這件事不能怪你。」

「不行，我心裡憋得難受，哭出來才會好過一些。瑪莉拉，我生來就是個苦命的人，現在黛安娜又要跟我分手。我們倆是那麼的親密無間，沒想到今天卻要分開。」

「安妮，快別說傻話了，這件事情錯不在你。如果貝瑞太太知道事情的真相，一定會改變她對你的看法。你今天晚上就去黛安娜家裡走一趟，把真相告訴貝瑞太太。」

「可是，我一想到黛安娜的母親正在生我的氣，我就沒力氣走路了！」安妮感歎著說，「如果瑪莉拉可以替我去說，那該多好啊！瑪莉拉，你說的話比我的話更可信，也更容易讓人接受。」

「好吧，我去替你說。」瑪莉拉說，她也認為還是自己去解釋一下比較好，「好了，快別哭了，這又不是什麼大事。」

瑪莉拉一個人去了貝瑞太太家，她回來時的表情和臨走時的表情相比，簡直有天壤之別。這時候安妮正站在陽台上，焦急地看著大門口，希望能夠早點看到瑪莉拉的身影。

「瑪莉拉，我一看你的表情就知道結果很糟糕。是不是貝瑞太太不肯原諒我？」

「貝瑞太太實在太過分了！」瑪莉拉氣憤地說，「她真不講理！像她這樣的人，我以前還從來沒有見過。我好好地向她解釋，說這件事責任在我，可她根本不相信我，還狠狠地貶損了我釀的葡萄酒，怪我之前總說那酒喝不醉人。我跟她說，葡萄酒根本不可以連著喝三大杯，不然肯定會醉的；另外，我還說她沒有好好管教孩子，否則黛安娜就不會這麼貪杯。」

瑪莉拉說完，就逕直走進了廚房。安妮聽得心裡更亂了，只好傻愣愣地站在陽台上。突然，安妮連帽子也沒戴就向外面跑去，很快就隱沒在傍晚那濃濃的霧氣之中。安妮步伐堅定地向黛安娜家走去。她走過了原野、小木橋和樅樹林。這時候樹梢上掛著一輪初升的月亮，一切都籠罩在朦朧的月光之中。

安妮站在貝瑞太太家門口，先盡力穩了穩心神，然後膽戰心驚地伸手敲門。貝瑞太太出來開門，她一看到站在門前的是面無血色、兩眼含淚的安妮，氣就不打一處來，臉色也立刻變了。貝瑞太太是個既偏激又挑剔的人，她一旦生起氣來是不會輕易消氣的。黛安娜喝醉酒這件事情，貝瑞太太確實以為是安妮故意的。她認為安妮是個壞孩子，有意對黛安娜使壞；如果自己的寶貝女兒和這樣的孩子交往，一定會變壞，所以她堅決要制止她們交往。

「你來幹什麼？」貝瑞太太冷漠地說。

安妮兩隻小手緊握著，怯生生地說：「噢，貝瑞太太，我誠心地請求你的原諒！我沒打算把黛安娜灌醉，這種事情也不應該發生。貝瑞太太，請你想像一下我的處境。我是一個可憐的孤兒，很幸運地被好心的瑪莉拉收養。在這個世界上，我只有黛安娜這麼一個好朋友，你覺得我會故意灌醉她嗎？我不知道黛安娜喝的竟然是葡萄酒，否則我絕對不會勸她多喝的。貝瑞太太，我請求你不要阻止我和黛安娜一起玩，否則我就太可憐了。」

安妮說的話情真意切。如果好心的林德太太聽到這番話，或許馬上就心軟了。可是貝瑞太太畢竟和林德太太不一樣，她不但沒有被安妮說動，反而更加氣憤。在貝瑞太太看來，安妮的措辭過於誇張，態度一點都不誠懇，姿態假得像演戲。所以貝瑞太太一點都不相信安妮，反倒覺得安妮在編瞎話愚弄她，她口氣堅決地說：「我覺得黛安娜不太適合跟你這樣的孩子打交道，你還是回去吧！以後最好老實一點！」

安妮失望得嘴唇直哆嗦，苦苦地哀求著說：「我就看黛安娜一眼，和她告個別。」

「黛安娜跟她父親一起去卡莫迪了。」貝瑞太太說完，就「砰」的一聲關上了院門。安妮絕望極了，她慢慢地穩定了一下情緒，然後萬念俱灰地走回綠山牆農舍。

「沒有希望了。」安妮對瑪莉拉說，「我剛才去了黛安娜家，去請求貝瑞太太原諒我，可是貝瑞太太仍然無動於衷。我很生氣！在我看來，貝瑞太太既無禮又固執。像她這種人，恐怕連上帝都不知道該拿她怎麼辦吧？所以我想，就算我向上帝禱告也於事無補。」

「安妮，你不可以這麼說話！」瑪莉拉嚴肅地說，可她心裡卻忍不住想笑。

當天晚上，瑪莉拉向馬修詳細地說明了事情的經過，又在臨睡前來到安妮的房間，想看看安妮怎麼樣了。安妮睡著了，緋紅的臉上還帶著淚痕。瑪莉拉看著安妮，心裡不由自主地充滿了憐惜之情。

「可憐的孩子！」瑪莉拉輕聲地嘟囔著說，輕輕地撥了撥散在安妮臉上的一綹捲髮，然後彎腰親了親安妮那張熟睡的小臉。

# 第十七章　新的生活樂趣

第二天下午，安妮無精打采地坐在廚房的窗邊，手中做著針線活。她偶爾抬頭望一下外面，不經意間看到了黛安娜，她正在跟自己招手呢。安妮扔下手中的針線，一轉眼就竄出家門，朝著黛安娜跑去。希望與驚喜在安妮的眼睛中閃爍著，可是當她跑到黛安娜身邊，發現黛安娜臉上滿是痛苦和憂鬱的時候，自己的熱情瞬間就熄滅了。

「你母親還是不肯原諒我？」安妮大口喘著氣問道。

黛安娜搖了搖頭，一副悲傷的樣子說：「是的，她還不允許我以後跟你在一起。我哭了幾次，也鬧了幾次，極力跟她說這事不怪你，結果還是不行。我好不容易從媽媽那裡爭取來十分鐘時間與你道別，現在她肯定正在看著錶計時呢。」

「十分鐘！這也太短了。」安妮忍不住流下了眼淚，「黛安娜，你發誓永遠不會把我忘記，好嗎？從今往後，你都不要忘了有我這樣一位朋友。」

「當然不會忘記你。」說著黛安娜也哭了起來，「我想從今往後，再也交不到你這樣的知心朋友，我也不想再去交朋友了。像愛你一樣去愛別人，我做不到。」

「黛安娜，你真的愛我？」安妮激動地兩隻手緊緊攥住。

「這還用說嗎？這不是很明顯的事情嗎？難道你不知道？」

「我今天才知道，」安妮調整了一下呼吸，「原本我以為你只是喜歡我，沒想到你會愛我，這是我第一次聽到有人這樣說，黛安娜，你能不能再說一遍？」

「我打心底裡愛著你，並且保證永遠都愛你！」

「我也一樣，黛安娜。從今往後的日日夜夜，每當想起你就像是看到黑夜裡的星星，告訴我自己並不孤單，我們的友誼永不熄滅。黛安娜，你還記不記得我們一起看過的最後一本故事書？我想學裡面的一句話，你能不能剪下一縷頭髮送給我，我將當作紀念永遠保存。」

「我們用什麼剪？」黛安娜問道，邊說著眼淚又落了下來。

「剛好我把剪刀放到圍裙的口袋裡。」說完安妮鄭重地從黛安娜頭上剪下一縷頭髮。

「親愛的朋友，今天我們在這裡分別，但是我的心永遠都在你那裡，多多保重。」說完之後，黛安娜走了。安妮一動不動，一直看著黛安娜回到家門口。黛安娜在門口站住，回過頭來看安妮，安妮朝她招了招手，然後轉身跑回綠山牆農舍。這場告別儀式很浪漫，但是安妮收穫的卻是傷心和難過。

「什麼都完了，」安妮向瑪莉拉抱怨，「真是糟透了！我以後再也不交朋友了！凱蒂・

莫里斯和薇奧麗塔也都不在，現實中的朋友離我而去，幻想中的朋友更不可能了解我。我想和黛安娜告別的那一幕將會永生難忘。我要將黛安娜送給我的那一縷頭髮裝進一個小布袋裡，隨時帶在身上，如果哪天我死了，也要這縷頭髮跟我一起下葬。我覺得自己好像快要死了，要是我死了貝瑞太太可能會感到一絲愧疚，可能會允許黛安娜來參加我的葬禮。」

瑪莉拉對安妮的傷心沒有一絲同情，「只要你這樣繼續說個不停，你就不必擔心自己會死。」

星期一，安妮從樓上下來走到瑪莉拉面前，她手上提著籃子，裡面裝的是教科書，看樣子是下了很大決心。她咬著嘴唇對瑪莉拉說：「我決定從今天開始去上學。我的朋友一個個離我而去，只剩下我自己孤苦伶仃。所以我只能回到學校，那樣我就會每天見到黛安娜了，也就會想起以前的那些美好時光。」

安妮正經八百的聲明讓瑪莉拉吃了一驚，但是她心裡卻很高興，沒想到事情出人意料地發生了轉變。雖然心裡這樣想，但是她的嘴裡還是以一種教訓的口吻說：「你還是多想想上課和上學的事情吧。再去學校的話，千萬不能打人了，要聽老師的話，做一個有禮貌、有教養的好孩子。」

安妮對這套教導有些不耐煩，趕忙插話道：「好了，好了，我要做個模範生。我想這將是一件非常有趣的事情。菲利浦斯老師認為明妮・安德魯斯那樣的就是模範生，可在我眼中，無論是想像力還是動手能力，她都是一個廢物，簡直不值一提。不過，在功課方面我這段時間肯定是落後了，所以當模範生會有點困難。以後上學要走大街，走『白樺小徑』的話我會忍不住哭出來的。」

回到學校，安妮受到同學們的熱烈歡迎。沒有安妮在的日子裡，大家無論是出去玩的時候，唱歌的時候，還是中午休息時間朗讀的時候，都會感覺缺點什麼，彷彿一切都因為安妮不在而變得乏味和失去興致。

老師在上面講解《聖經》，露比・吉利斯悄悄地塞給安妮三個李子。艾拉・梅・麥克佛生送給了安妮一朵三色紫羅蘭，那是她從一本花卉目錄的封面上剪下來的，可以把它貼在桌子上起到裝飾作用，這種做法最近在艾凡里學校很流行。蘇菲亞・史隆的禮物是教安妮在圍裙邊上編織花邊，這種花邊十分精緻。還有凱蒂・伯爾特，她送給安妮一個空香水瓶，可以用它裝上清水擦黑板。茱莉亞・貝爾則送給了安妮一張信紙，這張淡紅色、有扇形花邊的信紙上寫有這樣的詩句：

寫給安妮：

夜幕降臨的時候，

天空中群星閃爍，
記得妳有位知己，
儘管她流浪遠方。

那天晚上，安妮忍不住對瑪莉拉感歎道：「沒想到大家這樣喜歡我，我太高興了。」喜歡安妮的不僅僅有女生，還有男同學。安妮現在的同桌是明妮・安德魯斯，就是那個老師眼中的模範生。午休結束之後，安妮回到座位上，發現桌子上放著一個「草莓蘋果」。這個大大的蘋果看上去是那麼香甜，安妮忍不住拿到了手裡。蘋果剛送到嘴邊，安妮突然想起來，這種蘋果在艾凡里地區只有布萊斯果園有。想到這裡，她趕忙將這個蘋果扔下了，彷彿這是一個燙手的火炭。就這樣，這個蘋果被一直擱到第二天早上，最後被小提摩西・安德魯斯拿走了。他是學校的勤雜工，蘋果是他打掃暖爐時發現的，他看到四下無人就偷偷拿走了。

午休後查理・史隆送給安妮一支鉛筆，普通鉛筆也就一分錢，但是這支鉛筆有紅色和黃色的裝飾，需要兩分錢。安妮接受了這份禮物，並高興地給了他一個微笑。這個微笑把查理搞得顛三倒四、暈頭轉向，彷彿跌落進了夢裡。得意忘形使他在聽寫的時候錯字連篇，最後老師罰他放學後留下來重寫。讓安妮感到出乎意料的是，黛安娜居然沒有送自己任何歡迎禮物，甚至連一個微笑也沒有，安妮對此有些失望，心生煩惱。

到了晚上，她忍不住朝瑪莉拉抱怨道：「哪怕衝我笑一下也行啊。」第二天早上，安妮收到了一張被折疊過的紙和一個小紙包，原來是黛安娜寫給自己的信。信上寫道：

親愛的安妮：

我媽媽不允許我在學校裡跟你一起玩，說話也不行。所以請你原諒我，不是我不願意跟你玩。你要知道，我一直都在愛著你，沒有你傾訴心腸，我感到無比的空虛和寂寞。那個嘉蒂．派伊，我根本就看不上她。

我用紅色的薄紙為你做了一個書籤，這種新樣式的書籤現在非常流行，而且據我所知，全學校裡只有三個人會做這種書籤。以後你想我的時候看一看書籤就行了。

你的密友：黛安娜．貝瑞

安妮讀完這封短信，吻了一下書籤，然後立即著筆給教室另一端的黛安娜回信。

親愛的黛安娜：

你也是迫不得已，所以我不會生你的氣。只要有這種心與心之間的溝通，我就很滿足了。你送我的禮物很漂亮，我會把它帶在身邊，一生一世。明妮．安德魯斯這個同學還算不錯，儘管想像力匱乏，但是距離成為你那樣的知心朋友還有很大的差距。請原諒我信中的字詞和語法錯誤，儘管稍有進步，但還是不太讓人滿意。

愛你一生一世，至死不渝。

你的安妮或寇黛麗亞・雪利

另外：今晚我要將這封信放到枕頭底下睡覺。

安妮回到學校之後，瑪莉拉一直很擔心，總怕再出什麼亂子，好在這種事一直沒有發生。或許是因為安妮受到了明妮・安德魯斯的啟發。她與老師們相處得也不錯，尤其是菲利浦斯老師。而且，學習上無論哪門功課她都不甘落後，成績也有明顯的進步。

她與吉伯特・布萊斯之間的競爭越來越激烈，她不允許自己在任何一門功課上輸給對方。吉伯特對安妮已經沒有敵意，但是安妮卻不這樣想，安妮的性格是無論什麼時候都不會忘記對方給她帶來的屈辱。不過，學習上的這種競爭安妮從來不承認，如果承認的話就意味著自己還在乎吉伯特，她要讓人感覺她根本不把對方放在眼裡。不承認不能改變競爭存在的事實，榮譽在兩人之間來回傳遞，也可以說是你爭我奪。今天吉伯特聽寫得了第一名，下一次安妮一定會想辦法超越他。吉伯特在算術考試中得了滿分，名字被寫在黑板上的榮譽榜裡，安妮當晚肯定會徹夜練習，第二天自己的名字又會代替吉伯特出現在榮譽榜裡。有一次，兩個人居然取得了相同的分數，名字被一起寫在榮譽榜上。於是就使得大家將兩人聯繫到一起，安妮一想到自己的屈辱和對方的滿足，就感到一陣悔恨。每個月月末的考試，兩人之間便會產生一番較量。第一個月吉伯特以三分的優勢戰勝安妮，第二個月安妮便以五分的優勢回擊了對方。不過，吉伯特當眾向安妮表示了真誠的祝賀，這讓她感到不高興。因為只有吉伯特內心痛苦她才會感到高興。

菲利浦斯可能不是一位好老師，但是對於安妮這種努力不懈的學生來說，無論有什麼樣的老師都會取得好成績。這一學期結束了，安妮與吉伯特都升入五年級，開始了新的課程。新課程主要是「學科基礎」，包括拉丁語、幾何、法語和代數。這其中最讓安妮感到挫敗的就是幾何了。

「瑪莉拉，這玩意兒真是太難了。」安妮忍不住向瑪莉拉抱怨，「這玩意兒沒有一點想像的餘地，不論我下多大的功夫都理解不了。菲利浦斯老師說，在幾何方面像我這樣笨的學生，他還是第一次見。可是有的學生在這方面非常聰明，比如吉伯……這簡直是一種恥辱。就連黛安娜都比我學得好，不過我不會生黛安娜的氣。儘管我們之間像陌生人一樣互不來往，但是我們之間的感情是彼此知道的。想起與黛安娜之間的這種關係，我就感到悲傷。可是話說回來，世界這樣精彩、這樣豐富，我不能總是活在悲傷中不是？」

# 第十八章　安妮挺身而出

所有的大事與小事之間都有密切的關係。加拿大總理要來愛德華王子島做競選演講，乍一看這件事與綠山牆農舍，與安妮・雪利的命運都沒有關係，可事實並非如此。

一月份，總理來到愛德華王子島。他準備在夏綠蒂鎮召開大型集會，並在集會上向自己的支持者和反對派進行演講。在政治立場上，大多數的艾凡里居民都是站在總理一邊的。所以在集會當天晚上，很多艾凡里居民都趕到三十英里以外的小鎮上。其中便包括瑞秋・林德，她對政治也很熱心，不過她支持的是總理的對手。在她眼中如果沒有自己的參與，這場夏綠蒂鎮政治集會將會進行不下去。林德太太興致勃勃地帶著丈夫湯瑪斯和瑪莉拉去了鎮上，不過她並沒有認同丈夫對這場集會的重要性，只是打算讓他看一下馬車而已。瑪莉拉有幸被林德太太邀請同去，她對政治也有點興趣，再說這是她唯一有幸見到總理本人的機會，一定要好好把握。於是她把家裡的事情交給了安妮和馬修，自己第二天才能回來。

瑪莉拉跟著林德太太走了，晚上馬修和安妮都待在廚房裡。廚房的窗戶上結了一層厚厚的冰霜，老式的爐子裡爐火很旺。窗戶上的冰霜映著火苗的光，看上去閃閃發亮。馬修沉陷在沙發中，一邊看《農業倡議》雜誌，一邊打瞌睡。安妮在一邊的桌子上認真學習，偶爾抬起頭來看一眼放著時鐘的櫃子。

珍妮‧安德魯斯借給安妮一本書，並保證這本書會使安妮愛不釋手。安妮拿到這本書之後，恨不得一口氣讀完，可是她知道，如果那樣的話，第二天自己在學習上就會被吉伯特‧布萊斯打敗。這本書現在就放在櫃子上，為了讓自己忘了這本書的存在，安妮故意背對著櫃子，只當那裡什麼也沒有。

「馬修，當年你上學的時候也學幾何嗎？」

「這個嘛，沒學過。」馬修從沙發上站了起來。

安妮對這個回答有些失望，「唉！要是學過就好了。」說完之後又歎了一口氣，「沒學過幾何，你就體會不到我現在的痛苦。要是學過的話，你就能領略了。馬修，幾何把我徹底毀了，我的人生將從此暗淡。」

「不要這樣說，肯定不會的。」馬修勸導安妮說，「無論做什麼，安妮都會做得有模有樣。上星期我碰到菲利浦斯老師，他把你在學校的情況都告訴了我，還一個勁誇你上進、成績好。對，他就是這麼說的。有些人認為菲利浦斯不適合當老師，還在背後說他壞話，不過，我覺得他是個大好人。」

「我原本能看懂一點，定理也背下來了，可是老師總在變換符號，他在黑板上寫字和畫圖用的符號跟書上的完全不一樣。一下子問題就成了一團亂麻，我絞盡腦汁還是搞不明白。你說老師這樣做是不是在使壞？我們還學農業知識，現在我終於弄明白為什麼道路呈紅色，這個問題不再使我操心了。不知道瑪莉拉現在怎麼樣了，她和林德太太在一起是否愉快。林德太太說看看渥太華的情況，就知道加拿大難逃衰落的下場。如果給予婦女參政權的話，可能會挽救這種情況。她還說自己要給政府提出一些警告。你支持哪一方？哪個政黨？馬修。」

「保守黨。」馬修毫不猶豫地回答。

「既然這樣，那我也支持保守黨。」安妮說，「可我知道有一些人支持自由黨，比如學校中的一些男生，其中便有吉伯特。還有菲利浦斯老師和普莉西・安德魯斯的父親。露比・吉利斯曾經說，處於熱戀中的男人要保持與岳母一樣的宗教信仰，同時還不能違背岳父的政治信仰。不知道是不是真的，你知道嗎？馬修。」

「不知道。」馬修回答道。

「那你有沒有對別人表白過？」

「也沒有。」馬修從沒想過自己還能戀愛。

馬修的回答讓安妮陷入了沉思，她兩隻手托著腮，說道：「沒想到是這樣，難道你不覺得寂寞嗎？露比・吉利斯說，等她長大以後，最少要和兩打人談戀愛，大家對此都嗤之以鼻。我覺得沒必要和這麼多人談戀愛，兩人真心喜歡的話一個就夠了。露比・吉利斯的幾個姐姐都很漂亮，這是林德太太說的。還有，為什麼菲利浦斯老師每天晚上都去給普莉西・安德魯斯補課，而不是米蘭達・史隆呢？米蘭達也報考了女王學院，並且她的成績比普莉西差多了，菲利浦斯老師應該去給她補課才對呀，可是他從來沒有去過。馬修，世界上為什麼有這麼多我不能理解的事。」

「這個嘛，其實我也不知道。」

「終於快要做完功課了！不把學習上的事情處理完，就不能看珍妮借給我的那本書。這是一本非常吸引人的書，即使放在我的背後，我都能感覺到那種誘惑。珍妮還告訴我，無論是誰，看完這本書都會忍不住落下眼淚。說實話，我就喜歡這種讓人傷感的故事。現在它是如此讓我分心，這樣吧，把它鎖進臥室裡面裝果醬的櫥櫃裡，你替我保管鑰匙。馬修，如果我沒做完功課就跟你要鑰匙，你千萬不能給我，就算是我跪下來求你也不行。光憑嘴上說很難控制自己，但是有了一把鑰匙就好辦了。對了，我想去地下室拿點蘋果吃，你想吃嗎？」

「好吧，吃一點吧。」馬修答應得很痛快，其實他不喜歡吃冬天儲藏的蘋果，但是他知道安妮喜歡吃。

安妮從地下室盛了滿滿一盤子蘋果，剛走出地下室，就聽到一陣急促的腳步聲從遠處傳來，並且越來越近。這時廚房門被從外面猛地一下子推開了，一個人闖了進來。原來是黛安娜‧貝瑞，她喘著粗氣，頭髮亂成一團，頭上還胡亂圍著一塊圍巾。她的闖入讓安妮嚇了一跳，盤子和蠟燭都掉進了地下室。第二天瑪莉拉來到地下室打掃的時候，才發現蘋果滾了一地，並慶幸蠟燭沒引起火災。

「什麼事這麼著急？」安妮喊道，「黛安娜，是不是你母親原諒我了？」

「安妮，跟我走一趟吧，求求你啦！」黛安娜非常激動，「是明妮‧梅，她得了喉炎，病得很厲害，這是瑪莉‧喬告訴我的，我父母都去城裡了，現在連去找醫生的人都沒有。為什麼明妮‧梅病得這麼重，而瑪莉‧喬卻一點事也沒有，真是讓人想不明白。安妮，我好怕啊！」

馬修趕忙拿起大衣和帽子，快步衝出大門，消失在漆黑的夜色中。「馬修肯定是去套馬車了，他要去卡莫迪請大夫。」說著安妮也迅速穿上大衣，圍上圍巾，「馬修總是知道我在想什麼，我們不說一句話也能猜透對方的心事。」

「卡莫迪的大夫肯定也沒在家。布萊爾先生進城了，史賓賽先生應該也去了。瑪莉‧喬從沒見過有人得這種病，林德太太也不在，這可怎麼辦？」黛安娜急得眼淚都出來了。

「黛安娜，不要哭。」安妮顯得很鎮靜，「漢蒙太太當年連續生了三對雙胞胎，我照顧過那麼多的孩子，難道你忘了嗎？聽說很多小孩子都得過喉炎，如果真是這種病的話，就看我的好了。來吧，走，噢，等一下，讓我帶一瓶吐根糖漿，你那邊可能沒有。好了，走吧，快點！」

兩個人拉著手在夜裡奔跑，先是穿過「情人小路」，又跑過一片田地，因為夜裡太冷，田地都被凍住了。樹林裡有一條近路，可惜雪太深過不去，這讓兩人心急如焚。剛開始安妮心中想的全是明妮，但是跑著跑著又為自己能和黛安娜在一起而感到高興。

今晚的夜景很美，彷彿萬物都被凍住了一樣。月光下的影子如同黑檀樹一般黝黑黝黑。月光和星光沐浴著大地，這些光投在一些積雪上又被反射了回去。面前的樅樹被雪花裝飾著，枝頭掠過呼呼的風聲。在這樣一個美麗的夜晚，跟好久沒有一起親密的好朋友一同奔跑，真是一件美妙的事情。

三歲的明妮・梅看上去非常可憐，此時她正躺在廚房的沙發上，一副非常痛苦的樣子，高燒令她煩躁不安，喉嚨裡傳出渾濁的喘息聲，像是一個舊風箱。瑪莉・喬是一位法國女孩，貝瑞太太請她幫忙看家。這個胖乎乎、圓臉蛋的女孩此刻正守在明妮面前哭個不停，不知道該如何是好。看她手忙腳亂的樣子，即使知道該怎麼辦也無濟於事。

安妮剛踏進這個廚房，便手腳不停地忙了起來。「她得的確實是喉炎，而且非常嚴重。不過請放心，比這嚴重的病人我都見過，不會有事的。壺裡怎麼只有這麼一點水？瑪莉・喬，快去燒水。不是我說你，哪怕你有那麼一點點想像力，也知道自己該準備好熱水。我們把明妮的衣服脫下來，把她放到床上去。黛安娜，去找一些柔軟一點的絨布來，我要給她服用一點吐根糖漿。」

明妮‧梅怎麼也不肯吃藥，安妮一遍遍耐心地勸說，最終讓她服下了吐根糖漿。這一夜顯得格外漫長，令人焦慮不安。安妮和黛安娜同心協力，並肩戰鬥，一起照顧可憐的明妮‧梅和她一起與病魔作戰。還有瑪莉‧喬，她把爐火燒旺，燒開的熱水供整個醫院的病人用都足夠了。

凌晨三點，馬修終於找來了大夫。這位大夫是他費了好大力氣才從史賓賽谷找到的。當他們趕來時，明妮的病情已經有所好轉，正睡得香甜。安妮和黛安娜採取了一切必要的救護措施。

「我本來絕望到快放棄了。」安妮對趕來的大夫說，「當時明妮的病情越來越嚴重，漢蒙太太的雙胞胎生病的時候都沒有這麼嚴重過，我甚至在想，明妮是不是已經被憋死了。當最後一滴吐根糖漿用完的時候，我在心裡祈禱，這可是最後的希望了，若是不管用的話，那一切都完了。不過這些話我沒有說出來，我怕黛安娜和瑪莉‧喬擔心。謝天謝地，兩三分鐘之後，明妮‧梅開始咳嗽，並將痰一點點咳出來，病一下子就好多了。提著的心終於放下了，心中的激動簡直無以言表。不知道我的這種心情你能理解嗎？」

「當然能理解，」醫生忙點頭，眼睛直直地看著安妮，似乎想說什麼，又什麼都沒說。

後來他對貝瑞太太說：「那個紅頭髮的女孩，就是卡斯伯特家的那個，真是了不起。是她救了明妮·梅一命。如果等到我來了之後再搶救，肯定來不及，這一次多虧了她。要不是親眼所見，我真不敢相信，這麼小的年紀居然這麼厲害。」

冬天的早晨，白霜裝扮著大地，戶外格外美麗。安妮和馬修走在回家的路上，先是穿過廣闊的田野，後來又進入「情人小路」。小徑上面被交叉的楓樹枝葉遮蔽著，枝葉上還閃著點點亮光。安妮累得幾乎睜不開眼睛了，但是她依舊在朝著馬修不停地說。

「冬日的清晨多麼美麗呀！你看那棵樹，我使勁吹口氣說不定就能把它吹跑。我真為自己生活在這樣一個雪白的世界裡感到幸福！要不是漢蒙太太生了三對雙胞胎，我還真不知道該怎麼照顧明妮·梅，照顧孩子的經驗對我來說太寶貴了。可惜以前我不了解漢蒙太太，還一個勁地抱怨。現在看來是我錯了。我太睏了，感覺眼皮一直在打架，今天肯定去不了學校，就算是去了也是昏昏沉沉的。可是吉伯特或者其他人肯定會趁我不去把第一名搶走。我不願意這樣，因為一旦落後便很難追上。不過在逆境中爭取來的第一名才更有意義，更令人滿足，對不對？」

「你說得對，安妮，你肯定能再奪回第一的位置。現在你需要做的就是到床上去好好睡一覺，剩下的事情交給我來做吧。」馬修對安妮憐愛地說道。安妮因為一夜的忙碌，臉色蒼白，眼窩凹陷。她聽了馬修的話上床去睡覺，一會兒就進入了夢鄉。

安妮一覺睡到午後，當她下樓來到廚房的時候，看到瑪莉拉正坐在那裡織毛線。安妮看見她之後，脫口而出：

「你見到總理了嗎？他長什麼樣？」

「這個嘛，怎麼說呢，他當上總理和自己的長相沒有一點關係。他不是那種相貌堂堂的人，尤其是他的鼻子，不過他的演講很精彩。他處處表現出對自由黨的熱愛，並以自由黨為傲。安妮，先吃點東西吧，我從櫥櫃裡給你拿了點李子果醬，我想你應該餓了。馬修已經將昨天晚上的事情告訴我，如果沒有你在，昨晚就要出大亂子了。這種病連我都沒聽過，就算是我在場也束手無策。好了，先吃飯，吃完飯再說話。我知道你肯定憋了一大堆話要說，那就先憋在肚子裡吧。」

其實瑪莉拉也有一些事情要對安妮講，但是她怕一旦勾起了安妮的說話欲望，安妮就會興奮地一直說下去，所以她沒有說。看到安妮快把李子果醬吃完了，她才慢慢說道：

「安妮，我要告訴你一個消息。下午貝瑞太太來找你，當時你正在睡覺，所以就沒喊你。她是來向你致謝的，是你救了明妮•梅一命。她承認自己冤枉了你，她知道事情不是你的錯，並希望你能夠原諒她。她還說希望你和黛安娜繼續做好朋友。如果願意的話，希望你傍晚去她們家一趟，黛安娜昨晚感冒了不能出門。事先說好，我說完這些話之後你千萬別高興得發狂。」

最後這句話算是白說了，安妮聽完之後激動得一下子跳了起來，興奮之情溢於言表：「瑪莉拉，我可以現在就去嗎？盤子等我回來再刷，我現在的心情怎麼會耐下心思刷盤子呢？」

「好吧，不過……」瑪莉拉還沒說完，安妮就披頭散髮地衝了出去，朝著果園那邊黛安娜的家中跑去。瑪莉拉在後面喊道：「你瘋了嗎？帽子沒戴，大衣也不穿，可千萬別感冒！」安妮早已跑得老遠，沒有聽到瑪莉拉的這些話。

冬日的黃昏，大地被夕陽染成了紫紅色。安妮蹦蹦跳跳地回來了，看上去很快樂。遠處的天邊呈淡淡的金黃色，下面是白茫茫的原野和黝黑的樅樹林。西南方的那顆星星散發出珍珠般的光芒，看上去比平時大了許多。冷風徐徐，帶來了山那邊雪橇上的鈴聲，像是精靈們在演奏編鐘一樣。不過再優美的旋律此時也比不上安妮口中的話動聽：

「瑪莉拉，站在你面前的這個人是世界上最幸福的人。」安妮向瑪莉拉宣布道，「儘管我現在還長著紅頭髮，不過這都沒關係，世界上最幸福的人怎麼會為了頭髮這種小事情而煩惱呢？貝瑞太太一邊流淚一邊吻我，還向我道歉，說欠我一份無法償還的恩情。我有點手足無措，不知道該說什麼，最後謙虛地說：『這件事情我確實有錯，不小心讓黛安娜喝醉了，我在這裡再次向您道歉，希望這件事就這樣過去了，以後誰也不再提。』怎麼樣？瑪莉拉，我這樣說還行吧。我和黛安娜痛痛快快玩了一下午，她從卡莫迪伯母那裡學了一種最新的編織方法並教給了我。現在除了我倆，艾凡里再也找不出第三個懂這種織法的人。我倆還發誓永遠不告訴第三個人。黛安娜送給我一張精美的卡片，上面有玫瑰花的裝飾，還有一首詩：

如果你愛我，就像我愛你，
只有死亡能將我們分離。

這首詩簡直說出了我們的心裡話。我要去跟菲利浦斯老師說，讓他再將我倆調到一起，繼續坐同桌，至於嘉蒂・派伊和明妮・安德魯斯，讓她倆同桌就行了。貝瑞太太甚至找出了茶壺，沏上了一壺上好的茶葉，她把我當成正式的客人來看待，這還是我生平第一次。不僅僅是這樣，她還做了幾種口味的蛋糕和炸麵包圈，並拿出兩種口味的果醬來給我吃。她問我對菜色滿不滿意，還吩咐丈夫為我拿餅乾。這種成年人的待遇我第一次享受到。看來長大真不是一件壞事情，我現在想盡快長大。」

「為什麼呢？」瑪莉拉聽完安妮一口氣說了這麼多之後，歎了一口氣問道。

「如果我長大了，絕不會用高高在上的語氣與孩子們說話。」安妮說這些話的時候，神情堅定，「再來就是不會笑別人說長句子，無論是多長的句子我都不會笑，因為被別人嘲笑很痛苦。我體驗過，而且不止一次。下午的時候，我還和黛安娜一起做了一次奶糖。這種糖不好做，我倆忙了大半天，結果並不好吃。但這是我們第一次做，最終只剩下了一個，另外一個實在慘不忍睹，迫不得已扔了。回想起來，製作的過程還是很好玩的。當我準備走的時候，貝瑞太太把我送出門口，並囑咐我以後再去玩。黛安娜站在臥室的窗戶邊上，一直目送我遠去，時而還會給我一個飛吻。噢！今天發生的事情實在是太特別了，我要向上帝祈禱，感謝他為我做的這一切。」

# 第十九章　音樂會後的樂極生悲

「瑪莉拉，我能去找一下黛安娜嗎？一會兒就回來。」二月的一個晚上，安妮從東山牆的房間裡跑下來，喘著粗氣說。

「現在非去不行嗎？有什麼事這麼急，難道你沒看見太陽快要落山了嗎？」瑪莉拉說道，「你們不是一起從學校回來的嗎？剛才兩人還在外面的雪中沒完沒了地說了半個小時，我看今天就到此為止吧，沒必要再見面了。」

「可是黛安娜有要緊事要找我。」安妮的語氣中帶著一絲懇求，「她要見我。」

「你怎麼知道她想見你？」

「我看到她發來的信號了，我們商定好了一種傳遞信號的方式，就是把蠟燭放在窗邊，然後用一塊厚紙板來回晃動，這樣蠟燭光就會一閃一閃的，閃的次數不同表示的意思就不同。這都是我想出來的。我看見黛安娜傳來的信號了，所以我要去找她，瑪莉拉。」

「還有這種事，」瑪莉拉對此很吃驚，「兩個笨蛋，早晚得把窗簾點著了。」

「請放心，瑪莉拉，我們一定會小心的。這件事非常有趣，我告訴你其中的規則，蠟燭閃兩次就代表『在嗎？』，三次代表『在』，四次則代表『事情緊急，請立刻過來』。剛才黛安娜就閃了四次，所以我得去看一下她找我有什麼急事。」

「好吧，」瑪莉拉無奈地對安妮說，「不過你得保證十分鐘之內必須回來。」

這一次安妮沒有拖拖拉拉，十分鐘就回來了。就剛才蠟燭閃了四次來說，彷彿有天大的事情等著這兩位女孩去辦，可是短短十分鐘她們就搞定了。具體是什麼事情沒人知道，但她確實是十分鐘之內就回來了。

「瑪莉拉，你猜怎麼著，明天居然是黛安娜的生日。貝瑞太太邀請我明天放學後去他們家作客，如果願意的話，我還可以在那裡住一晚上。明天黛安娜的堂兄妹也會從新橋趕來，他們要參加明晚在公民會堂舉辦的音樂會，這場音樂會是由辯論俱樂部舉辦的。他們也邀請了我和黛安娜，當然這得經過你的許可，不過我相信你一定會答應的。我的心啊，現在就開始激動了。」

「不要再激動了，因為我不同意你去參加這個什麼音樂會，你要做的就是按時上床睡覺。那個俱樂部辦的音樂節我知道，非常無聊，一點意思都沒有，根本就不適合小孩子去。」

「可是我覺得俱樂部的音樂會是很正規的。」安妮顯得十分委屈。

「我並沒有說這個音樂會不正規，只是說它不適合小孩子參加。我可不能讓你整晚上都在外面，不管是參加音樂會還是做別的什麼事情。貝瑞太太也真是的，居然放心讓黛安娜去。」

「明天可不是普通的一天啊。」安妮委屈得幾乎哭了出來，「生日一年只有一次，更何況是黛安娜的生日。明天音樂會上普莉西‧安德魯斯要朗誦《今夜宵禁鐘聲不響》，這首詩是歌頌道德的，聽一聽很有好處。還有合唱團要唱四首類似讚美詩的歌。聽說牧師也會去參加，不是騙你，他會上台致詞，就跟布道一樣意思，瑪莉拉，求你了，就讓我去吧。」

「我不想把剛才的話再說一遍，現在快八點了，立刻脫靴子上床睡覺！」

但是安妮並不死心：「瑪莉拉，貝瑞太太讓我跟黛安娜一起睡在客房的床上，想一想，睡在客房的床上是多麼榮耀的一件事啊！」

「你的生活不會因為這份榮耀而改變，安妮，快點睡覺！別在那裡嘮叨個沒完。」

此時安妮已經淚流滿面，扭頭跑上了二樓。馬修躺在一邊的長椅上，不知道是不是真的睡著了。他睜開眼睛，語氣緩慢但是非常堅定地說：「瑪莉拉，我看應該讓安妮去。」

「不行，」瑪莉拉的回答也很堅定，「到底是我管孩子，還是你管孩子？」

「這個，當然是你。」馬修喃喃道。

「既然這樣，這件事不用你管。」

「瑪莉拉，不要誤會，我不是在干預你的事情，我只是覺得讓安妮去是個更好的決定。」

「馬修，按照你的意思，安妮想上月亮去，你也會答應啦？」瑪莉拉的語氣中帶著嘲諷，「安妮去黛安娜家裡睡覺我倒是沒有意見，不過去參加音樂會，那可不行。這女孩興奮過了頭，說不定會得傷風感冒，那樣的話一個星期也不能讓她安靜下來。我比你更了解她，也知道該怎麼對付她。」

馬修的性格就是不善爭辯，但如果他認為是正確的事情就會堅持到底，不會被別人左右。所以他把自己的想法又重複了一遍：「我覺得讓安妮去是個更好的決定。」瑪莉拉沒有再說什麼，只是歎了一口氣陷入沉思。

第二天早晨吃完早飯，安妮在廚房裡收拾桌子，馬修準備去倉庫幹活，出門前他又對瑪莉拉重複了一遍自己的觀點：「我覺得還是讓安妮去比較好。」

瑪莉拉一時語塞，呆呆立在那裡，腦子裡各種念頭飛來飛去，最後她知道自己不得不屈服，沒好氣地衝著馬修喊：「好吧，好吧，看來只有這樣才會讓你高興，那就讓她去吧！」

話音剛落，安妮就從廚房裡衝出來，手中的抹布還滴著水。她幸福地說道：「瑪莉拉，你能再說一遍嗎？這是真的嗎？」

「難道你沒聽到嗎？一遍就夠了！如果再這樣，以後我就不管你了。到別人家睡覺也就算了，還要去會堂參加什麼音樂會。這大半夜的，會堂裡那麼暖和，外面這麼冷，不感冒才怪呢！你要是得了肺炎可別怪我，要怪就怪馬修。安妮，你看你毛手毛腳的，把污水都弄到地板上了。」

「噢，對不起，瑪莉拉，我又給你添麻煩了。不過不用擔心，我會在上學前打掃好的。瑪莉拉，你知道嗎？我太想去聽音樂會了，我從來沒有聽過，當別人談論音樂會的時候我只能在一邊聽著，一句話也插不上。每當那個時候，我就會感到是一種屈辱。這種感覺你能理解嗎？瑪莉拉，我想你是理解我的。」

可以想像，安妮已經完全興奮過了頭，一想到晚上要去參加音樂會，她就無法安心學習。結果抄寫和心算測試中，安妮都輸給了吉伯特一大截。可是一想到晚上的音樂會和要睡在黛安娜家的客房裡，她又忘記了輸給吉伯特的煩惱。安妮和黛安娜一整天都在討論晚上的事情，幸虧菲利浦斯不是那種很嚴厲的老師。

艾凡里的辯論俱樂部經常舉辦聚會，一般是兩週一次。他們以前舉辦過免費的活動，但是這一次不同，今晚的音樂會是為贊助圖書館而舉辦的，每張入場券十分錢。艾凡里的青年非常重視這場音樂會，他們精心準備了好長時間。其中很多人的弟弟妹妹都是學生，為了支持自己的哥哥姐姐，學生們幾乎全部出動，九歲以上的孩子幾乎都來到了會堂。不過也有例外，嘉莉・史隆的父親不允許嘉莉參加音樂會，理由跟當初瑪莉拉一樣。為此嘉莉在課上放聲哭過好幾次，並認為活著已經失去了意義。

放學鈴一響，安妮的興奮到了最高點。兩人回到黛安娜的家中，先是美美地享受了一頓精緻的點心，然後到二樓黛安娜的房間去為自己梳妝打扮。黛安娜為安妮梳了最流行的髮型，把瀏海向上梳得高高的，安妮呢，則幫黛安娜繫了一個特殊的蝴蝶結。之後兩人又相互幫對方梳了後面的頭髮。兩人很難抑制住自己的興奮，忙了半天總算是收拾好了。看著對方紅紅的臉蛋，兩人都笑了。

安妮頭戴一頂黑帽子，穿了一件灰色的大衣，這件大衣是手工縫製的，穿在身上有些不太合身。黛安娜頭上的毛皮帽子是當下流行的款式，身上的那件小夾克衫也很漂亮。安妮總覺得自己比黛安娜要寒酸，所以她慶幸自己懂得想像。想像可以改變一切。

安妮陷入想像中的時候，黛安娜的堂兄妹莫瑞一家來了。他們是從新橋乘坐廂式雪橇來的，現在大家都登上雪橇，向會堂方向進發。雪橇裡面鋪著麥秸和毛毯防寒，雪橇壓在積雪上發出咔嚓咔嚓的聲音。安妮朝窗外望去，天邊的晚霞絢麗迷人，遠處的山丘和深藍色的海面都被太陽的餘暉鑲上了金邊，像是一隻藍色的玉製大碗中倒入了葡萄酒和火焰。大家的歡笑聲摻著雪橇上鈴鐺發出的聲音，像是一群無處不在的小精靈在玩鬧時發出的聲音。安妮為美麗的風景所陶醉，她一邊感歎大自然的神奇，一邊問黛安娜：「黛安娜，我怎麼總覺得自己是在做夢，我和以前有什麼不一樣嗎？你看看我的臉。」

「果然是這樣，你今天看上去漂亮多了。」黛安娜誇獎安妮說。黛安娜今天心情也非常好，剛剛堂兄妹輪番誇獎她，她覺得有必要把這種高興讓安妮也分享一下。

當天晚上的音樂會舉辦得非常成功，每一位到場的觀眾都被征服了，其中也包括安妮和黛安娜。普莉西・安德魯斯打扮得很漂亮，一襲粉紅色絲綢長裙，戴一條珍珠項鍊，幾枝康乃馨插在頭髮上，聽說這都是菲利浦斯專門為她從城裡訂購的。

首先登台的是普莉西，她朗誦了一首《爬上漆黑無光的泥濘階梯》。朗誦非常精彩，安妮感覺自己被徹底打動了，甚至忍不住顫抖、落淚。接下來登台表演的是合唱隊，他們合唱的曲目是《在溫柔的雛菊上》。安妮不禁抬起頭，盯著會堂的天花板，彷彿那裡有天使飛翔的壁畫。山姆・史隆表演的是《薩克利如何讓母雞孵蛋》，即使是在艾凡里這樣鄉下的地方這個作品也過時了。但是安妮的大笑感染了周圍的人，最後台下還是笑聲一片。菲利浦斯老師上台表演了一段演說，是當年馬克・安東尼面對著凱撒的遺體時的那番演說，菲利浦斯的表演非常投入，安妮彷彿被帶回到了古羅馬。

不過，也不是所有的節目都讓安妮感興趣，比如吉伯特的朗誦。吉伯特要朗誦的是《萊茵河畔的賓根》，當吉伯特一登台，安妮就高高舉起了羅妲・莫瑞從圖書館借來的一本書開始閱讀。直至吉伯特下台，她才放下這本書。吉伯特的表演非常精彩，黛安娜把手都快拍紅了，安妮則毫無反應。

夜裡十一點兩人才回到家中，雖然疲憊不堪，但是感覺心裡非常充實、滿足，並依舊保持著興奮。兩人還忍不住暢想了一番未來的美好時光。房間裡非常安靜，穿過狹長的客廳就是客房。爐火還在燃燒，隱隱約約能看見一些快要熄滅的炭火。客廳裡非常暖和，尤其是對剛從外面進來的人而言。

「我們在這裡脫衣服吧，暖烘烘的，挺舒服。」黛安娜提議。

「啊！今天晚上的音樂會簡直太棒了，不知道站到舞台上表演是一種什麼樣的感覺，肯定很棒。你說我能上去表演嗎，黛安娜？」

「你當然可以，那一天遲早會到來的，能上台表演的都是高年級的學生，比如吉伯特・布萊斯他們。吉伯特比我們大兩歲而已，安妮，我真不明白，你為什麼總是鄙視吉伯特呢？吉伯特在台上朗誦的時候還看著你，就是說到那句『還需要一個人，但不是妹妹』的時候。」

「黛安娜，我知道我們是無話不談的好朋友，但是關於他，我真的不想多說什麼。」安妮表現出一臉鄙視，「這樣吧，咱們比賽誰先蹦到床上去。」

黛安娜認為這個提議不錯，於是兩人穿著白色的睡衣穿過客廳，推開客房的門，幾乎同時蹦到了客房的床上。兩人感覺床上有個什麼東西動了一下，彷彿壓到了一個人，緊接著一聲尖叫從兩人身子底下傳來。然後是一陣急促的喘息，伴隨著一句：「噢！我的老天啊！」

黛安娜和安妮嚇得跳下床跑到了客廳裡，兩人不知道發生了什麼事情。沉默了一會兒，她倆覺得有點冷，便哆嗦著上了二樓。

「剛才……剛才床上是誰呀？」安妮小聲問道，由於晚上太冷，加上剛才被嚇了一下，她說話的時候牙齒在打顫。

黛安娜已經想到是誰了，忍不住笑了出來：「肯定是約瑟芬姑婆，想想剛才的事真是太可怕了，她肯定會生氣的。我不知道她為什麼在這裡，但肯定就是她。」

「誰是約瑟芬姑婆？」

「約瑟芬姑婆是我父親的姑姑，她今年有七十多歲了，住在夏綠蒂鎮。她說過來我們家住幾天，我們也都希望她出來走走，沒想到這麼快就來了。這個老奶奶脾氣古怪，愛挑毛病，剛才的事肯定讓她火冒三丈。今晚我們只好和明妮•梅一起睡了，這個傢伙睡覺總是橫七豎八的。」

第二天的早餐桌上，貝瑞太太對黛安娜和安妮說：「昨晚玩得還好嗎？我一直等你們回來，結果約瑟芬姑婆來了。我把她安頓好之後，原本想告訴你們不要吵到她休息，可是我不知不覺就睡著了，你們沒有吵醒約瑟芬姑婆吧，黛安娜？」

黛安娜什麼也沒說，看了一眼桌子那頭的安妮，兩個人會心一笑。吃完早飯之後，安妮就回家去了，她不知道她走後貝瑞家都發生了什麼。傍晚時分，瑪莉拉讓安妮去林德太太家去辦點事，在林德太太家中，安妮才知道自己又闖下了大禍。

林德太太眼中放出狡黠的光，用一種嚴厲的語氣問安妮：「你和黛安娜昨天晚上都幹了些什麼？聽說你們把老貝瑞小姐嚇個半死，有這回事嗎？剛才貝瑞太太來過我這裡，她說約瑟芬‧貝瑞十分惱怒，她認為這是黛安娜在戲弄她，所以不理黛安娜了，貝瑞太太感到左右為難。」

聽到這裡，安妮感到十分內疚，她說：「都怪我，是我提出來比賽看誰最先蹦到床上去的，不怪黛安娜。」

林德太太證實了自己的猜測，一臉得意的表情。「我猜著就是你做的好事，果然不出我所料。這下你可闖大禍了，老貝瑞小姐原本打算在這裡住一個月，經過了昨天晚上的事情，她現在一天也不想多待了，有可能今天就會離開這裡。老貝瑞小姐很有錢，所以貝瑞太太總是怕得罪她。她甚至答應給黛安娜出一個學期的費用去學音樂，現在可好，她根本就不再理黛安娜。在她眼裡，這是一個淘氣的孩子，這筆錢肯定泡湯了。」

安妮歎息道：「為什麼？為什麼我總是闖禍？自己也就罷了，還給最好的朋友也帶來麻煩。要知道，我可是那種為朋友付出生命都在所不惜的人啊，為什麼事情的結局竟然是這樣？你能不能告訴我這是為什麼呢，林德太太？」

「因為你是個冒失鬼，腦子裡一想到什麼就立即去做，從來不仔細琢磨。你這種魯莽的性格，闖禍是在所難免的。」

「可是，你不覺得這樣很有意思嗎？」安妮顯然不認同林德太太的說法，「當一個想法突然閃現在你腦海中的時候，你一把將它抓住，然後立即用行動呈現出來，這樣才叫精彩。如果靜下來仔細考慮，那種精彩可能就不復存在了。你有這種感覺嗎？」

林德太太哪有過這樣的感覺，於是她搖了搖頭，不過她還是得教訓安妮幾句：「你要學會做事情之前先思考，想好了再做，比如你想往床上蹦的時候，要想好了再蹦。」

林德太太覺得自己說得很有意思，再加上這件事本身就很有意思，所以忍不住笑了。但是安妮沒有笑，此刻的她憂心忡忡。

安妮從林德太太家中出來之後，直奔果園坡，田野裡結滿了冰霜，正如安妮此刻的心情。剛到了貝瑞家後門，碰巧遇到了黛安娜。

「約瑟芬姑婆是不是還在生氣？」安妮愧疚地問道。

「嗯。」說完之後黛安娜忍不住笑了，然後又偷偷看了一眼起居室的房門，露出一絲不安，「她痛罵了我一頓，說我沒有禮貌，還說從來沒有見過我這樣的野孩子。看來她是真的生氣了，她還說我的父母也應該為我的無禮感到羞恥。最後她吵著要回家。我是無所謂，不過連累了父母倒是有些內疚。」

「這件事錯在我，你為什麼不告訴她呢？」安妮說。

「我怎麼能做出這種事？」黛安娜用鄙視的語氣說，「我可不是那種背後告密的小人，安妮，不管怎麼樣，好朋友就應該有難同當。」

「我來這裡就是為了把事情說明白的。」安妮很堅決。

「不是真的吧？這樣事情會越來越麻煩的。」

「我怎麼忍心看著你替我受罰呢？我一定要把事情說清楚，不用擔心，坦白問題對我來說是家常便飯。」

「你要是非要去的話，那就去吧。姑婆就在自己房間裡，我覺得你進去也不會有什麼好結果。換作是我，我就不進去。」

安妮毅然決然地向約瑟芬姑婆的房間走去，到了門口卻變得有些顫抖，輕輕地敲了兩下門。

「進來吧！」屋裡傳來的聲音聽上去帶著一股怒火。

安妮推門而入，約瑟芬姑婆正坐在暖爐前織毛衣。這是一位瘦瘦的小老太太，臉上戴著一副金絲眼鏡。從她的臉上，尤其是眼鏡後面的那雙眼睛中，可以看出她的火氣還沒有消。她一臉嚴肅地看著安妮，原本以為敲門的是黛安娜，沒想到是一個不認識的小女孩。這個小女孩一頭紅髮，臉色蒼白，眼睛中透露著一絲堅定和不安，既有害怕，又有拘謹，這讓約瑟芬對她產生了興趣，便問道：「你是誰？」

「我叫安妮，來自綠山牆農舍。」安妮緊緊攥住雙手，顯得很拘謹，「我是來向您坦白的。」

「坦白？坦白什麼？」

「就是昨天晚上的事情，我們不知道您在床上，所以跳上床去讓您受到了驚嚇。這件事情是我出的主意，黛安娜那種有禮貌的孩子是不會想出這樣的餿主意的。所以貝瑞小姐，您責備黛安娜是不公平的。」

「真的如你所說？就算是你出的主意，她也是想也沒想就跟著你跳上來了，有規矩家的女孩子是做不出這種事情來的。」

「我們當時不過是鬧著玩而已。」安妮繼續辯解，「我請求您原諒黛安娜吧，黛安娜真的非常喜歡音樂，希望您能繼續讓她去學音樂。一個人的夢想實現不了會非常痛苦的，我很清楚這種滋味。您要是還生氣的話就生我一個人的氣吧，反正我已經習慣了。」

此時的貝瑞小姐已經沒有那麼生氣了，而是對眼前這個小女孩非常感興趣。這一點從她的眼神就可以看出。不過她說話的聲音依然嚴厲：「難道鬧著玩就是正當理由嗎？我小時候就從來沒有做過這種事情，你們想一下，我從大老遠來，長途跋涉，旅途疲憊，好不容易躺下休息一下，結果兩個女孩子因為鬧著玩跳到我的身上，這叫怎麼回事？我當時的心情你能體會得到嗎？」

「這種心情我不能體會，但是我會想像，我想您當時肯定嚇了一大跳，然後火冒三丈。不過我也請您站在我們的角度來想一下這個問題。我們無論如何也想不出床上竟然還躺著一個人，所以才敢這樣鬧著玩。當聽到您喊叫的時候，我們嚇壞了，大氣都不敢喘。原本貝瑞太太安排我們倆睡在客房，結果您先睡了，我們也沒有睡成。在客房睡覺這種榮譽，對於您來說不算什麼稀罕事情，可對於我們兩個小孩子來說就不一樣了。您能體會我們當時是一種什麼樣的心情嗎？」

聽著安妮的辯解，貝瑞小姐的怒氣漸漸消失了，聽到最後甚至被安妮逗笑了。黛安娜在門外偷聽，她為安妮感到擔心。直到聽見貝瑞小姐的笑聲，她才放下心來，長舒一口氣。

「我們都想讓別人站在自己的角度考慮問題，我們都希望得到對方的同情。來吧，孩子，來這裡坐下，跟我談談關於你的一些事情。」

「老奶奶，可以看得出來您是位好人，並且我們也能談得來。不過我必須說聲對不起，因為我要趕回去了。我現在被瑪莉拉•卡斯伯特小姐收養了，她很嚴厲，但是非常善良。為了讓我變得懂規矩，她付出了很多努力，可以說是使出了所有的力氣。所以請您不要把我的莽撞怪罪在瑪莉拉頭上。我現在要走了，不過最後我想問，您原諒黛安娜了嗎？您還打算繼續留在艾凡里嗎？」

「我願意按原計劃留下來，不過前提是你要常來陪我聊天。」貝瑞小姐的回答很痛快。

當天晚上，貝瑞小姐讓貝瑞夫婦把原本收拾好的行李包重新打開，把裡面的行李都拿出來，還送給黛安娜一個手鐲作為禮物。她對貝瑞夫婦說：「那個叫作安妮的小女孩很有意思，我想留下來跟她交朋友，她今天只在這待了一會兒，真遺憾。」貝瑞太太很贊同她的話，說：「這樣有趣的人，我也是頭一次見，她確實很有趣。」

最後的結果是貝瑞小姐按照原計劃在這裡住滿了一個月，而且意猶未盡，又多住了一段時間。她和安妮成了無話不談的好朋友，因此在艾凡里居住的這段時間感覺特別舒暢。臨走的時候，貝瑞小姐對安妮說：「安妮，歡迎你到我家作客，如果你進城的話一定要去看望我，我讓你睡在我家客房。」

貝瑞小姐走後，安妮對瑪莉拉說：「沒想到我居然和貝瑞小姐成了好朋友，這是我一開始怎麼也沒有想到的。馬修也是這樣。我原本以為一個人在世界上沒有幾個真正知心的好朋友，現在看來我錯了。能交到這麼好的朋友，世界真是美好啊！」

# 第二十章　都是想像力惹的禍

綠山牆農舍又迎來了春天，從四月到五月，這個美麗的季節將一直陪伴著這裡的人們。空氣中還帶著一絲寒意，解凍的大地散發出泥土的芬芳，就連春天的夕陽也與冬天的不同，更加絢麗，更加溫馨。春天還帶來了生機，「情人小路」兩旁的楓葉，「樹精泡泡」邊上的蕨草都發了新芽。要說最漂亮的，就數西拉農場後面原野上開滿的五月花。這種粉紅色、呈星狀的小花就像是一個笑臉，惹人喜愛。一個下午，學校安排學生去採五月花，一直到夕陽西下，大家才往回走，籃子裡和懷裡盛滿了一個下午的收穫。

「如果一個人生活的國家沒有五月花，那該是多麼可憐啊！」安妮對瑪莉拉說道，「但是黛安娜說他們沒有五月花，說不定有更好的東西。還有他們既然沒有五月花，就不知道有五月花這種東西，所以他們不會因為沒有五月花而感到悲哀。可是我覺得連五月花都沒有見過，難道這還不算悲哀嗎？這已經是我能想到的最大的悲哀了。你知道我是怎麼想的嗎，瑪莉拉？每年夏天花凋謝以後，它們的靈魂到了來年春天就會變成五月花，五月花就是這些靈魂的寄託。今天玩得有意思極了，我們中午在一個綠幽幽的山谷裡吃飯，那裡有一口老井。最近學校流行一種『挑戰遊戲』，無論是誰，接受了別人的挑戰就要去比試。查理・史隆向亞提・吉利斯提出挑戰，看看誰能跳過老井，結果是亞提・吉利斯贏了。」

安妮並沒有停下的意思，繼續說道：「菲利浦斯老師也去採花了，他將採到的花都給了普莉西・安德魯斯，還說什麼『可愛的花要獻給可愛的人』，我在書上見過這段話，菲利浦斯老師引用得還算是到位。也有人給我送花，不過被我無情拒絕了，這個人是誰我不想提，因為我有言在先。我們把花編成花冠戴在頭上，兩人一排，一邊唱著歌一邊走向大街，結果大家都跑出來看我們，我們非常激動，於是便唱得更加賣命。我感覺人們都被震驚了！」

「當然要震驚了，因為你們幹了一件大蠢事！」瑪莉拉毫不留情地說。

緊接著五月花盛開的是紫羅蘭，整個「紫羅蘭溪谷」變成了一片紫色的海洋。安妮每天上學都要路過這裡，每當她從中走過的時候，腳下都帶著虔誠，眼睛中閃爍著激動。

「每當從這裡走過，我都特別忘我，我也不知道為什麼。那一刻，即使是吉伯特搶走了我的第一名，我也覺得沒什麼大不了的。」安妮對黛安娜說，「可是一到了學校，什麼都變了。我立刻變得爭強好勝起來，為什麼我會有這麼多種性格？是不是因為這樣，所以我總是闖禍。這樣說來，只有一種性格比較好，不過我覺得那樣活著就沒意思了。」

時間一轉眼到了六月，安妮坐在窗邊做功課。從窗戶向外望去，可以看到果園和花叢，空氣中飄散著一股芬芳，這是從苜蓿和樅樹上面散發出來的。另外清脆的蛙聲不時傳來，它們來自「晶亮湖」上游的沼澤地。太陽落山之後，書上的字就看不清楚了，安妮放下筆，陷入了沉思。

安妮的房間和以前沒什麼區別，雪白的牆壁，老舊的椅子，一切都還是原來那副樣子。但是屋子裡的氣氛變了，讓人感覺到一股活力，這股活力充滿在房間裡的每一個角落。這種奮發向上的感覺不是來自小女生的洋裝和絲帶那樣的東西，與桌子上那個插著蘋果花的瓷瓶關係也不大，是這房間的小主人腦子裡那些層出不窮的幻想，讓這裡變得朝氣蓬勃。雖然看不見，但是我們能感受到這種幻想的存在，是它們讓這間平凡簡陋的房子變得有一種吸引力。

瑪莉拉手中拿著一條圍裙走了進來，這條圍裙是安妮上學時候用的，她把手裡的圍裙搭在椅背上，緩緩地坐下，輕輕歎了一口氣。瑪莉拉頭疼的老毛病又犯了，現在雖然已經不疼了，可她感覺自己已經虛脫，渾身無力。安妮對瑪莉拉非常同情，她用可憐的聲音說：「我要是能代替你頭疼就好了，真的。」

「噢，安妮，你已經幫了我不少忙，讓我有時間可以休息一下，你現在比以前強多了。不過給馬修的手絹上漿，還有把餡餅忘在烤爐裡這種傻事，以後還是最好不要做了。我們中午把餡餅放到烤爐裡是加熱，而不是把它們烤焦。不過這是你的一貫風格。」頭疼使瑪莉拉說話的時候總是充滿抱怨。

「瑪莉拉，對不起。」安妮對此感到很內疚，「我把餡餅放到烤爐裡之後就忘得乾乾淨淨，我說吃飯的時候怎麼總感覺少點什麼，等想起來的時候已經晚了。其實今天早上做家務之前我還警告過自己，一定不要胡思亂想，但是我沒有控制住。把餡餅放進烤爐之後，我忍不住幻想了一個英雄救美的故事。一個騎著黑馬的騎士，英俊健壯，他衝進城堡，救了一位被施了魔法的公主，那個公主就是我。就這樣我把餡餅的事情給忘了。在熨衣服的時候，我在想給一個島取個好名字，這個島是我和黛安娜發現的，就在小河的上游。這個小島將河水分為兩支，島上還有兩棵楓樹。最後我終於想到了一個名字，我決定稱它為『維多利亞島』，因為發現這個島的那天正好是女王的生日。就這樣想著想著，我完全沒注意到馬修的手絹。今天都是我不好，餡餅和手絹的事情都讓我搞砸了。我今天原本想表現得像一個乖巧的孩子，因為今天很特殊。瑪莉拉，你還記得去年的今天嗎？」

「我不記得了。」

「去年的今天我來到綠山牆農舍，一年了，我永遠不會忘記那一天！對你來說可能沒什麼，但是對我來說這一天非常重要，我的生活在這一天被完全改變。這一年來我感到非常幸福，儘管也有傷心的時候，不過它們總會很快就過去。瑪莉拉，你有沒有後悔收養我？」

「沒有，安妮，我沒後悔。」說真的，瑪莉拉有時候也會問自己，安妮來之前自己都是怎麼過的，「安妮，要是作業做完了，你就去貝瑞太太家一趟，把黛安娜圍裙的樣紙借來用一下。」

「啊……可是……可是外面已經那麼黑了！」安妮非常猶豫。

「天哪裡黑了？太陽不是剛落山嗎，以前你不也老在這個時候往外跑嗎？」

「瑪莉拉，要不這樣，我明天一早去幫你拿。」看得出安妮很不情願。

「你腦子裡都在想什麼呀？我今晚就要用，今晚把圍裙做出來，明天你才能帶著去學校。不要磨蹭了，快點去！」

安妮緩緩地拿起帽子，彷彿下了很大的決心：「那我要從大路那邊走……」

「什麼，走大路？從大路繞要多走半個小時，你不覺得這樣做很蠢嗎？」

「但是，無論如何我是不會走『幽靈森林』的！」安妮大喊道。

「什麼『幽靈森林』？哪有『幽靈森林』？你整天腦子裡都在想些什麼？」

「小河對面的樅樹林就是『幽靈森林』。」安妮低聲道。

「你是聽誰說的？簡直就是胡說八道！哪有什麼幽靈？」

「不是聽別人說的，」安妮從頭道來，「這是我和黛安娜想出來的，早在四月份的時候，我們就在想那片樹林裡面有鬼，因為那裡總是黑森森的，看上去很可怕。每當太陽落山，樹林裡的魔鬼就會出沒，它們隱藏在樹後面，專等有人路過的時候撲出來將他抓住。一想到這種淒慘恐怖的場景，我就不敢從那裡走。」

瑪莉拉也被安妮的描述嚇呆了，半天才反應過來，然後問安妮：「安妮，你知不知道這有多荒謬？你怎麼會被自己想像出來的東西嚇倒呢？」

「我沒有信以為真，只是……」安妮有些吞吞吐吐，「只是天一黑，我就會往這上面想，就會感到害怕。要知道，鬼魂可都是天黑了才出來活動的。」

「什麼鬼魂？不要自己嚇唬自己！」

「難道你不相信有鬼魂嗎，瑪莉拉？我認識一些見過鬼魂的人，他們可都是老實人。有一天晚上，查理・史隆的奶奶見到查理的爺爺趕著一群牛回家，那時候查理的爺爺已經死了一年多了。這是查理親口告訴我的，你也認識查理的奶奶，她是個虔誠的教徒，應該不會說謊。也是在一天晚上，湯瑪斯太太的父親被一隻羊瘋狂地追趕，這隻羊的脖子已經被砍斷了，只靠一層皮連著，這樣才使腦袋沒有掉下來。他說這隻羊是自己哥哥的靈魂，是來通知他死期的，那就是九天以後。你知道嗎？九天以後他沒有死，但是兩年以後就死了。這種事想起來都可怕，還有……」

「安妮，不要再說了，我不想聽這種事情。」瑪莉拉口氣堅決，看樣子是厭煩了，「我一開始就告訴你，沒事不要瞎想，現在倒好，都開始疑神疑鬼了。告訴你，你說的我都不信，現在你就去貝瑞太太家，並且必須走樅樹林，我想這樣你的那些猜忌就會不攻自破的，這樣對你有好處。再就是，以後不要再跟我提什麼『幽靈森林』。」

無論是哭泣還是哀求，現在都無濟於事了，瑪莉拉非要安妮走一趟樅樹林，想給她一點教訓。安妮對於樅樹林的恐懼並非說謊，要怪只能怪自己的想像力太豐富。每當天黑之後，安妮的想像力便使得這片樅樹林變得陰森恐怖、險象環生，簡直比地獄還要嚇人。但是瑪莉拉不會顧及這些，她把安妮拖到小溪邊，對她說：「快到河那邊去，我倒要看看沒有頭的鬼魂是怎麼把你抓走的！」

「瑪莉拉，難道非得這樣嗎？」安妮哭哭啼啼地說，「你真的忍心看到我被抓走嗎？」

「對！」瑪莉拉堅決果斷地說，「我說過的話什麼時候不算數？我就是要你知道胡思亂想的後果，快點走！」

安妮知道自己今天逃不過了，便邁開步子哆哆嗦嗦地過了橋，搖搖晃晃地走進了那片陰森的樅樹林。安妮心裡一直在罵自己，今天的事情完全是自己胡思亂想造成的。越這樣想，她越覺得樹後面彷彿藏著一雙雙眼睛緊緊盯著自己，隨時準備把一雙枯瘦的魔爪伸向自己。安妮越想越害怕，渾身抖得更厲害了。安妮也知道這不過是自己想像出來的，可當她聽到嘶嘶的風聲，看到被風吹起來不斷舞動的樺樹皮時，她覺得自己的心臟已經停止跳動了。一想到後面可能有一個白衣女子正在追自己，安妮拔腿就跑，一口氣跑到了貝瑞太太家的廚房門口。她喘著粗氣，結結巴巴地好不容易才說清楚要借圍裙紙樣，黛安娜不在家，她也沒有什麼理由繼續在貝瑞太太家待著，只好拿著紙樣，硬著頭皮又鑽進了樅樹林。這一次安妮閉著眼睛往前跑，她心想即使是撞到樹上，撞得鮮血直流，也不能讓妖怪抓走。好在她沒有撞到樹，踉踉蹌蹌地跑出了樅樹林。等過了橋，她心裡的石頭才算是落了地，大口地喘著粗氣。

「怎麼著？沒有妖魔鬼怪抓你嗎？」瑪莉拉譏諷道。

「瑪莉拉，」安妮還沒有從恐怖中走出來，牙齒在打顫，「以後我再也不胡思亂想了，能過這種平平常常的日子，我就心滿意足了。」

# 第二十一章　別致的調味品

六月的最後一天，安妮放學回來時看上去憂心忡忡，眼皮又紅又腫。她把書包和書寫板放到桌子上，對瑪莉拉訴說道：「人生不過是相聚和離別的集合，除此之外再無其他。林德太太的這句話太對了。」說完拿起手絹擦了擦眼睛，這塊用了一天的手絹已經快濕透了。

「我就預感今天會出事，還特意多帶了一塊手絹，沒想到真派上了用場。」

「真沒看出來，菲利浦斯老師的辭職會讓你這麼難過，光是擦眼淚就濕了兩塊手絹。」瑪莉拉說，「你真的這麼喜歡他？」

「不是這樣的，我哭不是因為喜歡他。」安妮說，「當時大家都哭了，我也就跟著哭了。尤其是露比・吉利斯，真是奇怪，她平時一直說自己不喜歡菲利浦斯老師，但是今天她是第一個哭的，當時菲利浦斯老師剛登上講台，還沒來得及致辭告別。她一哭，別的女孩子也就跟著哭了起來。我原本想忍住不哭，為此我還特意回想了一下菲利浦斯老師令人討厭的地方，比如他安排我和一個自己討厭的男生同桌，他將我的名字寫在黑板上的時候漏掉

『E』，他還說在幾何方面，我是他見過最笨的女孩子。但是這些都沒用，我還是忍不住哭了出來。珍妮・安德魯斯是哭得最傷心的一個，甚至不得已還從弟弟那裡借了一塊手絹。可一個月前她還說菲利浦斯老師走了的話她會很高興，絕不會哭哭啼啼。她原本是打算這樣做的，所以她沒有帶手絹。沒想到她是今天哭得最厲害的一個。瑪莉拉，你不知道我到底有多傷心。就在一片哭聲中，菲利浦斯老師發表了他的告別致辭，當他說出第一句『分別的時刻終於到來了』時，我看到老師眼中也閃著淚花。回想起來，我們在菲利浦斯的課堂上交頭接耳，說他和普莉西的壞話，還偷著給他畫像，我們一想起這些就覺得非常內疚。我真後悔自己沒成為明妮・安德魯斯那樣的好學生，這樣心裡也許會好受一些，我看到明妮就沒有那麼傷心。女孩子都是哭著回家的，好不容易不怎麼哭了，嘉莉・史隆一句『分別的時刻終於到來了』又惹得大家哭了起來。從現在開始，暑假要放兩個多月，我想我不會一直沉浸在這種悲傷中的。雖然送走菲利浦斯老師讓我感到傷心，不過新來的牧師夫婦還是讓我很感興趣。他們下火車的時候剛好被我碰到，牧師夫人很漂亮，不過不是那種驚豔的美。聽說如果牧師夫人長得太美豔，對社會的影響好像不太好，這都是林德太太告訴我的。林德太太還說，牧師夫人的那身衣袖寬鬆的藍洋裝以及有紫薇花的帽子都不符合牧師夫人的身分。我覺得這樣說不對，她才嫁給牧師不久，所以穿得這樣鮮豔，我們應該多體諒她。牧師住的地方還沒整理好，聽說整理好之前他們將會住在林德太太家。」

這天晚上瑪莉拉到林德太太家去了一趟，理由是去還縫被子時借的木頭框子。這其實是冬天時候借的，現在都夏天了。艾凡里的人都很有意思，瑪莉拉也不例外。其實去林德太太家不用找任何理由，但是當天晚上除了瑪莉拉以外，還有其他幾個人也去林德太太家還東西。其中有些東西是林德太太原本以為再也找不到了。雖然來了一個新牧師不是多麼大的事情，不過在這樣一個小村莊裡還是挺引人矚目的。

村裡原先的牧師班特萊，在這裡一待就是十八年，安妮曾經說他缺乏想像力。這十八年間班特萊一直是單身，村民們曾經極力幫他成家，可惜都沒有成功。最終這個孤苦伶仃的人在二月離開了人世。儘管在傳教方面他不怎麼樣，但是對於那些已經習慣了他的人而言，他的去世還是讓人非常傷心的。

自從班特萊去世以後，艾凡里教會每逢星期天都會派不同的牧師來展現自己在傳教方面的本領。然後村民們可以對這些傳教士進行評議，決定他們的去留。這不僅僅是坐在台下大人們的事，一頭紅髮的小女孩安妮正經八百地坐在卡斯伯特家傳統的席位上也在發表著自己的意見。就哪個牧師比較好的問題，安妮與馬修進行了激烈的討論。瑪莉拉沒有參與，因為她認為無論用哪種方式評價牧師都是不對的。

「史密斯先生肯定是不行的，馬修。」安妮開始對剛才的討論做出結論。「林德太太說他的口條就不適合做傳教士，但是我認為更重要的是他跟班特萊先生一樣缺乏想像力。說起想像力，那個叫泰瑞的牧師想像力也太豐富了，與我的『幽靈森林』有一拼，這樣的人脫離現實，所以也不合適。除此之外，林德太太對泰瑞的神學知識也有很大的懷疑。格雷沙姆是個好人，非常虔誠，傳教的時候喜歡說笑話，有他在教堂中就充滿了歡聲笑語。不過這樣教會就會失去威嚴，傳教士還是端莊一點好。馬修，你說我說得對不對？馬歇爾倒是夠嚴肅，這一點我也承認，不過林德太太說他是單身。最令林德太太擔心的是，單身的傳教士往往會和教區中的人結婚，這一方面她做過調查，要是那樣的話問題就大了。林德太太已經將這些人都分析透了，數來數去，最後還是覺得艾倫最適合做這裡的牧師。艾倫這個人很虔誠，祈禱的時候一絲不苟，傳教的時候也很風趣，但是又不失端莊。林德太太說，雖然說這不是最完美的，但就七百五十元的薪水來說，艾倫已經算是很不錯的了。除此之外，艾倫的神學知識也讓林德太太很滿意，關於教理的知識也是無所不知。還有一點就是，林德太太認識艾倫夫人娘家的人，他們是老實人家，家族中的女人都勤勞賢慧，會做各種家務，這樣的兩個人能夠在一起，組建起一個家庭再適合不過了！」

新來的牧師帶著自己新婚不久的妻子，一來到艾凡里就贏得當地居民的喜愛。無論是老人，還是孩子，都喜歡這位思想正派、為人豪爽、天性樂觀的牧師，還有他那位性格爽快、溫柔大方、嬌小玲瓏的妻子。

安妮被艾倫太太深深迷倒了，她覺得自己又交上了一個知心朋友，儘管她們只見過一面。「艾倫太太人真好，」這是一個星期天的下午，安妮對瑪莉拉說，「我從來沒有見過這樣好的老師。艾倫太太說課堂上老師提問學生回答這種模式是很死板的，也是不公平的。她還說學生也可以提出自己的問題，無論什麼樣的問題都可以提。你還記得嗎？我以前也這樣說過。結果我就提了一大堆問題，你知道，我最喜歡提問題了。」

「這一點我深有體會。」瑪莉拉使勁點了點頭。

「除了我之外，提問題的只有露比・吉利斯，不過她提的問題和課堂上做的事情毫無關係，她問夏天裡學校會不會去郊遊。我覺得這是一個很蠢的問題。艾倫太太聽了這個問題之後沒有回答，而是一直在笑。她笑起來可漂亮了，一笑就露出兩個小酒窩。我要是也有兩個小酒窩就好了，雖然我比剛來的時候胖了，但是還沒胖出酒窩來，我想如果我有酒窩之後會怎麼樣，一定會大受歡迎。艾倫太太教育我們，無論什麼時候都要積極地去做事，給別人留下好的印象。直到聽了她給我們講的那些故事，我才知道宗教原來是這樣的有趣。我以前總認為宗教是枯燥的，聽傳教士布道簡直是一種煎熬。但是聽了艾倫太太講的故事之後，我突然覺得宗教還是很有意思的。我想要是天天都接受艾倫太太的薰陶，說不定我也會成為一名基督教徒的。但肯定不是指貝爾校長那樣的基督教徒，一想起他來我就覺得厭惡。」

聽到這裡，瑪莉拉非常生氣，用一種嚴厲可怕的聲音說道：「你怎麼可以這樣說貝爾老師？他可是個好人。」

「噢，是嗎？不過他看上去一點都不快活。在我眼中，好人都是快活的，如果我是一個好人我就整天高歌不斷。但是艾倫太太不這樣認為，她覺得生活中不可能總是充滿激情。如果牧師太太被人看到這樣的話，影響將非常不好。儘管如此，艾倫太太還是讓我一下子就想到基督教徒，如果我也是個基督教徒，那該多好啊。艾倫太太說，上帝也會允許不是基督教徒的人進天堂，不過我還是想成為一名基督教徒。」

「我決定請艾倫夫婦來我們綠山牆農舍喝茶，」瑪莉拉平靜地說，看樣子是經過了深思熟慮，「下星期三左右就行，不過記住了，這事千萬不能讓馬修知道，否則他將會找盡一切理由來躲避。他和原先的牧師班特萊關係非常好，兩人還經常在一起喝茶，但是讓他陪新來的牧師喝茶，比打死他還難。你是不知道，新牧師剛來的那一天，馬修嚇得無處躲、無處藏。」

「放心吧，這件事我絕對保密。」安妮發誓說，「瑪莉拉，那天我能為艾倫太太烤些麵包嗎？一來可以喝茶的時候吃，二來我想為艾倫太太做點什麼，會做的東西就烤麵包我還算熟，你看可以嗎？」

「可以，到時候來點夾心蛋糕也不錯。」瑪莉拉表示同意。

星期一和星期二的時候，綠山牆農舍裡非常忙碌，一想到要邀請艾倫夫婦來喝茶，安妮就激動不已。再說，在這種事情上，無論如何也不能比艾凡里的其他主婦做得差。星期二傍晚，夕陽快要下山了，「樹精泡泡」水邊的石頭上，安妮和黛安娜這對好朋友正在說悄悄話。

「萬事俱備了，黛安娜，就等明天一早我做蛋糕，還有喝茶之前瑪莉拉做發酵餅乾。這兩天都快把我和瑪莉拉累死了，沒想到邀請牧師夫婦到家中喝茶是一件這麼嚴肅的事情，我以前從來沒遇到過這種事情。黛安娜，你知道嗎？我從來沒見過我家的儲藏室像現在這樣琳琅滿目，有雞肉凍、凍牛舌，果凍有紅的和黃的兩種，還有奶油，有檸檬餡餅，也有櫻桃餡餅，還有三種小甜餅。除此之外，還有水果蛋糕和黃杏果醬，這是瑪莉拉最拿手的果醬，是特意為牧師夫婦喝茶準備的。啊！我真想帶你去儲藏室看一看。除了剛才我說的那些，剩下的就是明天我現做的夾心蛋糕和瑪莉拉的發酵餅乾了。聽說牧師的胃不大好，所以麵包我們也準備了兩種，一種是放了一段時間的，一種是現烤的。聽林德太太說，凡是做牧師的胃大都不好，不過艾倫先生是個新牧師，幹這一行沒有多久，所以我覺得這方面不是大問題。我很擔心我的夾心蛋糕，萬一明天要是不成功，做砸了怎麼辦？一想到這些我就冒冷汗，昨晚還夢到了一個長著夾心蛋糕腦袋的妖怪，真是可怕。」

「你一定會做好的，我相信你。」每當安妮需要鼓勵的時候，黛安娜總是堅定不移地站在她背後為她加油打氣，「我不是吃過你做的夾心蛋糕嗎？就是兩個星期前在『清幽坡』的時候，我覺得非常不錯。」

「可是，」安妮還是沒有足夠的把握，「做蛋糕是件很奇怪的事情，當你越想做好的時候，肯定就會失敗。」說完之後，安妮歎了一口氣，把手中的樹枝扔進水裡，「看來，我只能聽天由命了！希望到時候不要忘了加小麥粉。看啊！黛安娜，快看！彩虹！我們走了之後樹精就會把這條彩虹當圍巾圍在脖子上。」

「不要提什麼樹精，它根本就不存在。」黛安娜的回應很冷淡。

上一次關於「幽靈森林」的事情，貝瑞太太也聽說了，還為此狠狠訓斥了黛安娜一頓。從那以後，黛安娜就不再讓自己的想像力自由翱翔了，也就不再相信樹精這類的東西。

「這很簡單啊！你只要稍加想像，它就存在了。每天晚上睡覺前我都會想，這個時候樹精在做什麼呢？是不是坐在泉邊的石頭上，對著泉水梳頭髮呢？有時候，早晨起來我還看路邊草上的露珠，看看有沒有留下樹精的足跡。黛安娜，你可千萬不要輕易就放棄啊，你該相信我的。」

星期三終於到來，前一天晚上安妮激動得甚至沒有睡好。昨晚在泉水邊玩水讓安妮得了感冒，不過只要不是肺炎就阻止不了她。天才剛剛亮，安妮就從床上爬起來。早飯過後，安妮開始專心地做蛋糕，直到把做好的蛋糕放進烤爐裡，一顆懸著的心才算落了地。

關上烤爐門之後，安妮又開始憂慮起來：「瑪莉拉，我沒有忘記什麼吧？發酵粉沒有什麼問題吧？會不會沒有發酵？要不我們就重新打開一袋發酵粉怎麼樣？林德太太說，最近市場上有很多假冒的發酵粉，她還說政府應該加強取締，不過現在執政的保守黨是指望不上了。瑪瑞拉，要是蛋糕沒有膨脹，那該怎麼辦？」

瑪莉拉對此不以為然：「吃的東西還多著呢！」

沒想到蛋糕膨脹得非常好，金黃的外表，看上去就像是一層泡沫。看著自己做出來的蛋糕外表鮮亮，裡面鬆軟，安妮心中有說不出的高興。再把果凍夾到蛋糕裡，夾心蛋糕就大功告成了。安妮想到了艾倫太太品嘗自己做的蛋糕之後的反應，說不定會讚不絕口，甚至還想再吃一塊呢！

「這一次是不是要用最高檔的茶具，瑪莉拉？可不可以用玫瑰和羊齒草裝飾一下桌子？」安妮顯得格外殷勤。

「不用了，桌子是吃飯的，弄些花草幹什麼？不要顯得很無聊。」

「可是貝瑞太太就用花來裝飾餐桌。」安妮懂得耍一些小聰明，「聽說牧師很喜歡這樣，還說既飽了口福，又享了眼福。」

「好吧，隨便你，你願意怎麼弄就怎麼弄。」瑪莉拉不想在招待牧師夫婦這方面敗給任何人，包括貝瑞夫婦，「不過一定要留出放盤子的地方。」

安妮得到了許可後非常高興，決定把桌子裝飾得別致一點，就是貝瑞太太看到了也會自歎不如。安妮本來就有一身藝術細胞，再加上玫瑰和羊齒草可以隨便用，所以很快就把桌子裝飾得非常漂亮。果不其然，過了一會兒牧師夫婦一來到桌子前，就忍不住誇獎這張桌子布置得真漂亮。

「這都是安妮布置的。」瑪莉拉是非分明。艾倫太太用讚許的目光衝著安妮微微一笑，安妮頓時覺得自己飛了起來。原本馬修聽說牧師夫婦要來作客，嚇得哆哆嗦嗦藏到了樓上，瑪莉拉已經對他不抱希望。但是，經過安妮的一番勸說他最後還是乖乖地下來了。安妮都對他說了些什麼，只有他們兩人知道。出人意料的是，馬修竟然和牧師聊得非常好。儘管他自始至終沒有和艾倫太太說一句話，不過能有這樣的表現已經實屬不易了。

事情進展得非常順利，艾倫夫婦對食品也很滿意。但是當安妮把自己烤的蛋糕端上來之後，艾倫太太竟然禮貌地拒絕品嘗。安妮不知道是為什麼，臉上的表情由期待的興奮立刻變成了沮喪。看到這一切的瑪莉拉對艾倫夫人微笑著說道：「這是安妮特意為夫人做的，就請您嘗一塊吧。」

「噢，是這樣啊，那我一定要嘗一塊。」艾倫太太邊笑著邊切了一塊蛋糕，牧師和瑪莉拉也各自切了一塊。艾倫太太把蛋糕放進嘴裡之後，臉上的笑容就不見了，而是變成了一種很奇怪的表情。但是她沒有說什麼，很痛苦地將蛋糕嚥了下去。瑪莉拉發現事情不對，趕緊嘗了一下蛋糕。

「安妮・雪利！」瑪莉拉忍不住大聲喊道，「你都在蛋糕裡放了什麼？瞧瞧你做的好事！」

「就是食譜上寫的東西啊，」安妮一臉茫然，「不好吃嗎？」

「簡直無法下嚥，艾倫先生，請不要再吃了。安妮，你自己嘗嘗吧，誰知道你都加了些什麼。」

「我就加了香草精啊！」說完安妮嘗了一口蛋糕，臉刷一下子就紅了，「肯定是發酵粉的原因，我一開始就懷疑這些發酵粉有問題……」

「你把香草精的瓶子拿來我看看，快點！」

安妮迅速地跑進儲藏室，一轉眼又跑了回來，把一個小瓶子交到瑪莉拉手中。瓶子裡面有一點液體，看上去像是茶葉，不過瓶子上貼的標籤確實是：高級香草精。

接過瓶子之後，瑪莉拉忙拔下塞子聞了聞。「安妮！這哪是香草精呀，這是我的止疼藥！我那個裝止疼藥的瓶子碎了，正好香草精瓶子空了，我便把止疼藥放進去。這事也有我的不對，可是你在用之前為什麼不聞一聞呢？」

「我……我感冒了……所以鼻子不好用……」說到這裡安妮已經哭得說不出話來，轉身跑進了自己房間裡，撲在床上就開始號啕大哭。看這個架勢，誰來也別想把她勸住。

一會兒之後，一個腳步聲從樓梯上傳來，有人進了屋子。安妮以為是瑪莉拉，頭也不抬就說：「瑪莉拉，不用來安慰我，我的名聲算是徹底毀了。這種事情用不了一天就會傳遍整個艾凡里。很快人們就知道有一個小女孩把止疼藥當作香草精加到了蛋糕裡。黛安娜問起我的時候，我該怎麼說？我只能說實話。吉伯特他們肯定會用這件事嘲笑我一輩子，真是不幸。瑪莉拉，你要是可憐我的話，等牧師夫婦走之後再讓我再下去洗盤子，我現在簡直沒臉見艾倫夫人了。說不定她還以為我是故意這樣做的呢，還以為我要毒死她呢，林德太太就講過一個女孤兒毒死恩人的故事，可是止疼藥不是毒藥啊，不過也沒人會往蛋糕裡加這東西。瑪莉拉，我覺得是說不清楚了，你能不能幫我向艾倫太太解釋一下？」

「你也可以自己解釋。」一個溫柔和藹的聲音從背後傳來，是艾倫太太。安妮一下子從床上爬了起來，看到艾倫太太正在對自己微笑。

「安妮，不要哭了。」艾倫太太安慰道，「誰沒有犯過錯誤呢？再說，你這件錯事做得如此有趣。」

「我想這種錯誤，天下只有我一個人能做得出來。」安妮低著頭說，「可是我真的很想給艾倫太太烤一個好吃的蛋糕，誰想……」

「沒關係的，安妮，你的心意我領了。雖然沒有嘗到你的蛋糕，但是我依舊很高興。走吧，跟我下樓去看看你種的花，卡斯伯特小姐告訴我說你有個專門的花壇，我很感興趣，帶我去看看吧。」艾倫太太的這一招很管用，安妮一下子就不哭了，帶著艾倫太太去看自己種的花。

客人走了，安妮心想艾倫太太沒有生我的氣，這件事以後就當沒發生。雖然出了點意外，但是安妮認為今天還算是不錯的一天，想到這裡，她長舒了一口氣。

「瑪莉拉，一想到明天我就害怕，真怕自己不知道又會闖下什麼禍。」

「不要在意，對你來說闖禍總是要發生的。你這樣能惹麻煩的孩子，我還是頭一次見。」

「嗯，」安妮也不得不承認這一點，「但是你有沒有發現，瑪莉拉，同樣的錯誤我從來不會犯第二次。」

「是啊！可是你的新麻煩卻不斷，每一次都是一個新花樣。再說說那個蛋糕，不用說人了，豬都不願意吃。」

# 第二十二章　牧師太太的邀請

安妮剛剛去了一趟郵局，走的時候還好好的，回來的時候，臉上蕩漾著微笑，眼睛裡放出激動的光。八月的天氣十分溫和，安妮像一隻小鳥，沿著小路蹦蹦跳跳地跑了回來。

「發生什麼了？你幹嘛把眼睛瞪得那麼大？」瑪莉拉問安妮，「難不成你又遇到了一位知己？」

「不是遇到了知己，瑪莉拉，是艾倫太太請我明天去牧師家裡喝茶！你看，這是艾倫太太以郵件發給我的請柬，上面還寫著『安妮．雪利小姐——綠山牆農舍』，這是第一次有人稱呼我為小姐。剛看到這封請柬的時候，我激動壞了，我想這是我一生中最值得珍藏的東西，我一定要好好保存。」

「這件事我已經聽說了，艾倫太太打算輪流招待主日學校的學生們到她家裡喝下午茶。」瑪莉拉顯得波瀾不驚，首先這並不是個什麼新聞，再說如果自己不冷靜，說不定安妮頭腦一熱，又會做出什麼傻事。瑪莉拉想改變安妮的性格，把她塑造成一個沉著冷靜、遇事不慌的女孩，但是其中的困難不言而喻。她知道安妮對事物的感受，無論是好事還是壞事，她做出的反應程度至少是平常人的三倍。一旦事情和自己的想法有偏差，她便會陷入絕望，彷彿世界末日來臨一樣；一旦有喜事，她又會變得欣喜若狂，像是中了頭獎。瑪莉拉對安妮的這種性格深感不安，她不知道這種性格將來能否適應社會。瑪莉拉既想改造安妮，又知道自己的這種改造可能收效甚微。無論如何，瑪莉拉是喜歡安妮的，只是自己沒有察覺到而已。

傍晚的時候，馬修告訴安妮一個壞消息，那就是外面的風向轉變成了東北風，這就意味著明天可能有雨。安妮對這個壞消息的反應是一聲不吭地上了床。躺在床上的安妮睡不著，聽到外面白楊樹葉子沙沙作響就像是下起了小雨。平日裡很舒服的聲音，現在卻令她感到焦躁。她一邊越來越感受到一陣暴風雨的到來，一邊祈求明天不會下雨，就這樣迷迷糊糊地睡著了。天一亮安妮就爬起來看窗外的天，結果窗外天空晴朗，安妮別提有多高興了。

「瑪莉拉，今天心情太好了，看到什麼我都很高興。」安妮一邊收拾桌子一邊說，興奮之情溢於言表，「要是這種心情能一直保持下去該多好啊！要是每天都有人請我去喝茶，我覺得自己就不會再闖禍了。但是瑪莉拉，我還是有些擔心，我怕自己再做錯事。你知道，我從來沒有被牧師邀請去喝茶，我也不怎麼懂禮節，一想到這些，我的心中就感到不安。來到這裡之後，我就一直在通過看報來學習禮節。雖然如此，我還是擔心自己做出失禮的事情。唉，瑪莉拉，我要是喜歡一樣東西，再要一份算不算是失禮？」

「安妮，你想得太多了，所以你才會感到煩惱。你可以站在艾倫太太的角度上去想問題，你怎麼做才會讓艾倫太太覺得你是個有禮貌的女孩呢？」這是瑪莉拉第一次用忠告的語氣來教育安妮，安妮表示贊同。

「好，就按你說的做，我不再胡思亂想了。」

果然，按照瑪莉拉的說法做了以後，安妮非常成功地完成了到艾倫太太家的作客。安妮對自己今天的表現很滿意，也沒有做什麼違反禮儀的事情。伴著天上的微雲和天邊的彩霞，安妮愉快地回到家。在後門的那塊大石頭上，安妮有些疲憊，她把頭枕在瑪莉拉的膝蓋上，向她講述自己是如何在艾倫太太家中度過這美好的一天。空氣中，掠過樹林和田野的微風把樹葉吹得沙沙響。天上有幾顆星星在俏皮地閃爍著，螢火蟲不甘示弱地飛來飛去。這是一個溫和的黃昏，一切都那麼美麗、安詳。

「噢，瑪莉拉，我該怎麼描述今天呢？總之這是我今生中最難忘的一天。艾倫太太在牧師住宅的大門口迎接我，她今天漂亮極了，穿了一件漂亮的粉色半袖長裙，如天使一般。我將來也想嫁給牧師，這可不是心血來潮。牧師一般都不會抱有偏見，所以也就不介意我的紅頭髮。但是，不是所有牧師都這樣，那些生來就有偏見的人還是會介意的，我說得對不對？可艾倫太太不是這樣的人，她像馬修一樣容易接近，我打心眼裡喜歡她。除了我之外，還有一個女孩被邀請來，她來自白沙鎮主日學校，名叫蘿麗塔・布萊德里。這個女孩子也很好，雖然沒有成為知己，不過她沖的茶真的不錯，她沖茶的方法也被我學會了。喝完茶之後，艾倫太太彈起鋼琴，唱起了歌，我和蘿麗塔也跟著唱。艾倫太太誇我的嗓子好，還說以後讓我參加學校裡的合唱團。這樣我就能和黛安娜一樣參加合唱團了。一想到這件事，我就懷疑自己是不是在夢中，我們不是在夢中吧，瑪莉拉？後來蘿麗塔早一點走了，因為她要趕回白沙鎮大飯店，那裡正在舉辦一場音樂會，她姐姐要登台朗誦，她要早趕回去為姐姐加油。蘿麗塔還說，那個地方每兩週就舉辦一次大型音樂會，是美國人為了援建夏綠蒂鎮醫院而舉辦的，他們每次都會邀請當地人登台朗誦。蘿麗塔說自己也上台朗誦過，這讓我對她刮目相看。蘿麗塔走後，我和艾倫太太聊天，我把能想到的都跟她說了，什麼湯瑪斯太太、雙胞胎、凱蒂・莫里斯，還有我是怎麼來到綠山牆農舍的，甚至連我的幾何很糟糕都跟她說了。你猜怎麼著？艾倫太太竟然說自己小時候幾何也學得很糟糕，還曾經為此苦惱過。聽她這麼一說，我對學習幾何立刻就充滿信心。要告別的時候，林德太太去了牧師家，說是理事會雇了一名女教師，名字也很浪漫，叫妙麗葉兒・史泰西。要知道，艾凡里還從來沒有過女教師，所以林德太太對此抱有憂慮，她並不看好在這裡使用女教師。我倒是不這樣想，女教師有什麼不好。再有兩個星期才開學，真是難熬啊，我真想早點見見這位女教師。」

# 第二十三章　自尊心帶來的麻煩

離開學還有兩個星期的時間，安妮迫切希望早一點見到新來的老師，開學前的每一天對她來說都是度日如年。蛋糕事件已經過去了一個多月，現在的她百無聊賴，對任何事都提不起興趣。其實這段時間她身上還發生過一些趣事，比如她將脫脂牛奶倒進了一個裝著毛線的籃子裡，而這些牛奶原本是應該倒進豬食槽裡餵豬的；還有一次她完全陷入幻想，從而不小心從獨木橋上滑落河裡。

黛安娜・貝瑞舉辦了一次聚會，時間是在安妮去艾倫太太家作客後的一週，按照她們的說法，這是一次小型的聚會，只邀請了班內的女孩子。聚會舉辦得很順利，在輕鬆的氛圍下，大家玩得很愉快。喝完茶之後，她們決定玩點遊戲。玩點什麼好呢？最後一致決定玩點不一樣的東西，以前的那些遊戲早都玩膩了。有人提議玩「挑戰遊戲」，這原本是男孩子之間玩的一種遊戲，後來女孩子也漸漸加入，最後風靡整個艾凡里地區。這個夏天艾凡里孩子們玩「挑戰遊戲」鬧出了不少笑話，要是把這些笑話都寫進書裡，恐怕一本書都裝不下。

首先發難的是嘉莉・史隆，她向露比・吉利斯挑戰：「你敢不敢爬到門前那棵大柳樹上去？」這是一棵又古老又高大的柳樹，要命的是上面爬滿了毛毛蟲。露比最怕的就是這種粗的、綠綠的小蟲子，更何況她今天還穿了一件新洋裝。但是她不想讓嘉莉得逞，便奮力向樹頂爬去。裘西・派伊挑戰的是珍妮・安德魯斯，挑戰的內容是左腳單腳著地，繞園子跳一圈，而且中途不許搖擺。珍妮勇敢地接受了挑戰，但是當她跳到第三個牆角的時候，終於保持不住平衡讓右腳著地了。裘西因此得意洋洋，那副樣子令人厭惡。這時安妮出來向她挑戰，「你能爬到那個木頭柵欄上去走嗎？」安妮指著院子東邊的柵欄牆說。

這個挑戰需要很高的技巧，尤其是要保證上身和腳的平衡，做到這一點並不容易。但是沒人想到裘西・派伊竟然在這方面非常擅長，她以前就經常練習在牆上走路。儘管大家不太喜歡裘西，但是並不否認她在牆上走路時的表現。她很輕鬆地完成了安妮對她提出的挑戰，變得更加得意，並用一種傲慢的眼光看著安妮。安妮對此不以為然，把辮子從胸前甩到了腦後，不屑地說：

「這算什麼，不過是個矮牆罷了，我在馬里斯維爾還見過有個小女孩敢在屋頂上走呢。」

裘西對安妮的不屑進行了還擊：「能在屋頂上走確實了不起，不過那不是你，你也做不到。」

「誰說我做不到？」安妮被激怒了。

「好啊，你要是能做到，你就到房頂上去走一趟。」

「走就走！」安妮在說完這句話之後，心裡怦怦直跳，但是她知道自己已經別無選擇。安妮走到廚房邊上，那裡有一把梯子搭在廚房的房頂上。女孩子們都聚攏了過來，臉上的表情一半是興奮，一半是驚訝。只有黛安娜還有一絲理智，她衝著安妮喊道：「安妮，不要上去！你會摔死的！不要理裘西那些鬼話，這太危險了。」

對黛安娜的忠告，安妮表現得十分嚴肅：「我一定要這樣做，為了我的名譽不被傷害，記住，黛安娜，如果我死了，那個用珍珠串成的戒指你就拿去當作紀念吧。」

安妮開始一步步地登上梯子，後面的女孩都盯著她，氣氛非常緊張，空氣好像凝固了一樣。安妮順著梯子爬到了屋頂上，站住之後，便沿著屋脊走起來。屋脊十分狹窄，因此安妮走得小心翼翼。站上來之後，安妮才知道屋頂有多高，向下面一看就會感到頭暈。安妮好像已經感覺到自己這一次注定要失敗，她每一步都走得哆哆嗦嗦，整個身體也搖搖晃晃。她剛想到自己是不是要掉下去了，就一腳踩空從屋頂上摔了下來。不過幸好是摔在了下面的常春藤裡。事情發生得如此突然，以至於在下面仰首翹望的那些女孩來不及喊「啊！」。如果安妮是從爬上去的這邊直接摔到地上，那麼她手上的戒指就會成為留給黛安娜的紀念品了。幸運的是，她是從另一側掉下去的，另一側的屋簷伸得很長，離地很近，所以沒有什麼大礙。

首先反應過來的是黛安娜，她急忙跑到房子的另一側去看安妮怎麼樣了，其他女孩也都跟在她後面。只有露比・吉利斯待在原地不動，她已經被嚇得像丟了魂一樣。

安妮被纏在一堆常春藤之中，臉上因為驚嚇變得煞白，沒有半點血色。撲在她身邊的黛安娜悲傷地大聲喊道，「安妮！安妮！你怎麼樣了？我求求你，開口說句話吧！」

安妮竭力想支起上身坐起來，嘴裡還小聲咕噥著什麼，沒人聽得到。看到安妮還活著，大家鬆了一口氣，尤其是裘西・派伊，她知道若是安妮出了事自己有逃脫不掉的責任，因此腦子裡不斷閃現著那些可能出現的可怕結局。

安妮嘴裡含糊不清地說：「我沒事，還沒有死，黛安娜，只是有點神志不清……」

「安妮，你知道我們這是在哪裡嗎？你好好看一看。」嘉莉・史隆一邊哭，一邊檢驗安妮是不是摔傻了。

就在這時，貝瑞太太急匆匆地趕過來，見到貝瑞太太，安妮掙扎著想站起來，可是痛得一聲尖叫又蹲下來。

「這是怎麼了？安妮，你哪裡受傷了？」

「腳踝，」安妮疼得齜牙咧嘴，大口喘著氣，「黛安娜，快把你父親找來，讓他送我回家，我想我一隻腳是蹦不回去了，我可能連院子的一圈都蹦不了。」

瑪莉拉正在果園裡忙碌，採摘著夏季成熟的蘋果。她看到了遠處的貝瑞先生匆忙跑過木橋，一邊是同樣匆忙的貝瑞太太，後面還跟著一群小女孩。而貝瑞先生懷中抱著的正是安妮，安妮看上去傷得非常嚴重，她的頭無力地靠在在貝瑞先生的胳膊上。瑪莉拉腦袋裡轟的一聲，她擔心安妮發生了什麼意外，便趕忙朝貝瑞先生跑去。就在這一刻之前，她還從來沒有感覺到安妮對於自己是如此重要，彷彿自己內心深處的東西被喚醒了一樣。以前安妮在瑪莉拉心中，不過是一個非常可愛、惹人疼愛的孩子罷了，而現在瑪莉拉才意識到安妮對自己有多重要，這種重要性是任何東西都無法取代的。

瑪莉拉衝到貝瑞先生面前，喘著粗氣問道：「怎麼了？貝瑞先生，安妮怎麼了？」一向沉著冷靜的瑪莉拉，現在顯得驚慌失措，臉上寫滿了焦急。

「瑪莉拉，不要擔心，我從屋脊上摔下來，扭傷了腳踝，也可能是骨折了，那樣就糟透了。」

「自從你說去參加聚會，我就知道肯定要闖出禍來。」瑪莉拉知道了安妮沒有大礙冷靜下來之後，說話的語氣又變成以前的老樣子，充滿著譏諷和責備。

安妮受不了這種疼痛，一直喊著讓她死了算了。結果和她期望的一樣，她很快就昏了過去。馬修當時正在田地收割，聽說安妮出事後也急忙趕回來。馬修很快就把醫生請到了綠山牆農舍，醫生診斷的結果比大家想的都要嚴重，安妮的腳踝骨折了。晚上瑪莉拉來到安妮的房間，幫她關上窗簾，又點上燈。安妮老老實實地躺在床上，蒼白的臉上寫滿了悲傷：「瑪莉拉，你說我可憐嗎？」

「這都是你自找的。」瑪莉拉嘴上毫不同情安妮。

「你竟然一點都不可憐我，真是太令人傷心了，不過話又說回來，要是別人挑戰你走屋脊，你會怎麼做？」

「隨他們挑戰好了，反正我不會做這種傻事。」

安妮對這個回答很無奈，只好歎了口氣，說起自己的想法：「瑪莉拉，我做不到像你一樣，真的，一想到我會被裘西・派伊嘲笑一輩子，我就忍不住要接受挑戰。現在我受到了應有的懲罰，而且還罰得不輕，所以你就別生氣了。迷迷糊糊的感覺真不好，不省人事看來不是值得期待的一種感覺。你不知道剛才有多疼，就是醫生給我接上腳踝的時候。這下好了，六七個星期不能活動，等我見到新老師的時候，別人都見過了，那樣就一點新鮮感都沒有了。還有學習成績，這下子算是徹底敗給吉伯特了。想起這些，我就忍不住抱怨自己怎麼這麼不幸，不過我會堅強地忍受著這一切的。這一點你放心，瑪莉拉。」

「好吧，我不生你氣了。」瑪莉拉說，「無論怎麼說，疼的還是你自己啊！真是個可憐的孩子，快來吃點東西吧。」

「幸好我想像力足夠豐富，要不然可真不知道該怎麼度過這段漫長的休養期。那些想像力不豐富的人若是骨折了，真不知道他們該怎樣熬過這段時間。」

安妮從來沒有像現在這樣需要想像力，在臥床養傷的七個星期裡，她正是靠著豐富的想像力才沒有覺得無聊和寂寞。除了想像之外，幾乎每天都會有同學來看望安妮，女孩們送她鮮花和書，還為她講述學校裡發生的事情。

「瑪莉拉，他們對我實在是太好了，太讓我感動了。」安妮高興地向瑪莉拉說道，此時的她已經能下床走路了，不過走起來還是一瘸一拐的，「整天躺著讓人受不了，不過也有收穫，那就是知道了有那麼多人關心我。連貝爾校長都來看我，儘管我們還不是那種無話不談的好朋友，不過怎麼說呢，他是個好人。我以前還諷刺過他的禱告，現在想起來都會臉紅。他還跟我講他小時候也骨折過，一想到貝爾先生小時候的樣子，我就覺得很奇怪，我無論如何也想不出他小時候會是什麼樣子。看來我的想像力還不算豐富，在我眼中，小時候的貝爾校長依舊長著白鬍子，戴著眼鏡，不過是現在的縮小版而已。不過艾倫太太小時候的模樣我一下子就能想到。真沒想到，這段期間艾倫太太竟然來看望了我十四次。我真不知道這算不算是一種榮耀。她每天那麼忙，還經常來看我，瑪莉拉，一想到她我就渾身充滿力量。」說到這裡，安妮眼中露出了激動的光芒。她抿了一下嘴，繼續說道：

「還有裘西・派伊，看樣子她對自己當時的舉動有些後悔，覺得向我挑戰爬屋頂是個壞透了的主意。還說我要是摔死了，她也不活了。我對她的懺悔報以最大的寬容。黛安娜就更不用說了，每天都來到我床邊逗我開心，沒想到的是林德太太也來看望我。我也非常想念學校，要是讓我現在就坐到課堂裡面去聽課，那該多好啊！除了和同學們在一起，還有認識新老師，這些都讓我嚮往。聽說女同學都喜歡她，黛安娜說她有一頭金黃色的捲髮，一雙迷人的眼睛，經常穿著漂亮的洋裝。據說她那件大紅色的寬袖長裙是艾凡里地區最漂亮的洋裝。每隔一週的星期五下午，她會要求同學們在課上表演朗誦，每個人都要朗誦一段文章，光是這些就夠我羡慕的了。當然也有人不喜歡朗誦，比如裘西．派伊，這是因為她想像力太差，總記不住東西。下星期他們還要上演一部短劇，名叫《晨訪》，現在黛安娜和露比．吉利斯、珍妮．安德魯斯三個人正在加緊排練。朗誦課之後的下一個星期五，老師帶大家到野外去作觀察。除此之外，早上和晚上都要做一次體操。林德太太說在這個女老師來之前她從來沒有聽說過這些名堂，不過我倒是很喜歡，我覺得這位史泰西老師肯定會和我很投緣。」

「有一點我很確定，」瑪莉拉說，「那就是從屋頂上摔下來，一點都沒傷著你的舌頭。」

# 第二十四章　聖誕夜的音樂會

十月的艾凡里格外美麗，安妮的腳好了，她終於可以回到自己朝思暮想的學校了。早上走在上學的路上，安妮看著太陽從東邊升起，艾凡里的山谷中瀰漫著各色的霧氣，有淡淡的紫色、銀灰色、淡藍色，還有玫瑰色。水氣在路邊的草上結成露珠，遠遠看去亮晶晶的一片，就像是大地上鋪上了一塊絲綢。山谷裡秋風吹落的樹葉堆得老高，走上去會發出咔嚓咔嚓的聲音。安妮就走在這樣的道路上，一路歡快地朝學校走去。

回到學校的安妮如魚得水，快活極了，她又和黛安娜坐同桌。走道那邊的露比・吉利斯向安妮點頭打招呼，嘉莉・史隆傳過來一張紙條表示歡迎，茱莉亞・貝爾則悄悄送上一塊橡皮糖。

同學們的歡迎讓安妮感受到溫暖，她感覺這是她人生中最快樂的一天。還有就是那位新老師，果真不出自己所料，新老師是自己喜歡的那種類型，是一個值得交往的朋友。這位史泰西老師能和孩子們打成一片，她不但聰明，還富有同情心，總是盡可能去發掘孩子們的潛力，不僅是學習上的，還包括生活方面的。安妮很喜歡史泰西老師的教學方式，自己的學習成績也進步很多。

每次回到家，安妮都忍不住繪聲繪色地向瑪莉拉描述自己一天的生活和學習上的事情。看著安妮說話時一眨一眨的大眼睛，在一旁的馬修就忍不住露出微笑，而瑪莉拉則一如既往地對任何事情都保持著批判的態度。

「瑪莉拉，你知道嗎？我是打心眼裡喜歡史泰西老師，她不僅看上去端莊、高貴，而且說話聲音也很好聽，叫我名字的時候沒有漏掉那個『E』，這些細節我都感覺到了。她知道該如何尊敬別人，我今天為她背誦了一首詩，就是那首《蘇格蘭女王瑪麗》，我從來沒有感覺到自己像今天這樣全心全意地投入到一首詩中去。露比・吉利斯放學的路上告訴我說，我的朗誦讓她感覺到自己彷彿被凍住了一樣。」

「真不錯，哪天你也在牲口棚外面為我背誦一下吧。」馬修插話說。

「可以啊，不過在牲口棚那裡背誦的效果肯定沒有在教室裡的效果好。」安妮想了一下說，「當我在課上背誦的時候，大家都屏住呼吸，全神貫注地聽我背誦，所以我表演起來也格外興奮。但是在牲口棚外面，我不知道能不能也讓馬修感受到自己彷彿被凍住了一樣。」

「這種感覺林德太太有過，她說上週她看到一群男孩爬到貝爾校長家的樹上掏鳥窩的時候，她就被嚇得像是凍住了一樣，待在原地不敢作聲。」瑪莉拉說，「不知道這個史泰西老師到底要做什麼，竟然教孩子做這種事情。」

「他們在觀察鳥是怎麼築巢的，這是觀察大自然。」安妮對此解釋道，「類似這種野外課我們最喜歡了，瑪莉拉，你知道嗎？史泰西老師的耐心實在是太讓人佩服了，無論多麼複雜的問題，她都能做到娓娓道來，並且通俗易懂，讓大家都能聽明白。上完野外課之後，我們還要寫作文，我的作文是最棒的。這可是老師說的，不是我自己吹噓的，我可不是那種喜歡炫耀的人。再說了，我的幾何成績那麼爛，也沒什麼好炫耀的。說到幾何，我發現我對幾何終於開始入門了。史泰西老師講的幾何深入淺出，我都能聽懂，不過我在幾何成績方面離第一名還有很大的差距，我想到這些就覺得沮喪。不過作文課倒是我喜歡的，尤其是那種自己選擇題目的作文。下星期的作文題目是寫一位著名的人物，著名的人物千千萬萬，該寫誰好呢？這個問題我還沒有做出最後的決定。當名人真不錯，死後還會有人寫作文時想到他們，你認為呢，瑪莉拉？我想當一名護士，到戰場上去救死扶傷，她們是一群真正的天使。這只不過是我的第二理想，我最大的理想還是做一名能到國外去傳教的傳教士。這是一項浪漫的工作，不過前提是要成為一名好人，這也正好是我的目標。在學校，天天都要做體操，老師說那是為了身體健康和有助於消化。」

「我才不信這些呢。」瑪莉拉不喜歡體育，認為做體操純屬是在浪費時間。

轉眼間進入十一月，孩子們剛開學那股熱情都慢慢耗盡了，無論是去野外觀察大自然，還是朗誦課、做體操。為了調動孩子們的熱情，史泰西老師決定在耶誕節那天夜裡舉辦一場音樂會，地點就選在公民會堂裡，理由則是集資為學校購置一面校旗。對於這個決定，孩子們非常興奮，立即開始準備耶誕節夜裡要表演的節目。首先是選拔演員，被選中的孩子成了大家羨慕的對象，安妮也被選中，她因此格外高興。瑪莉拉對此持一貫的反對態度，她覺得這樣做非常愚蠢。但是安妮的熱情完全不受影響，全心全意地進行著表演前的準備工作。

「整天把心思放到這些事情上面去，豈不是都把學習荒廢了？」瑪莉拉咕噥著，「這種音樂會有什麼好處，不過是滿足你們小孩子的虛榮心罷了，我看這樣下去，早晚你們都會變得不務正業。再說了，哪有讓小孩子張羅著舉辦音樂會的。」

「我們是在做一件很有意義的事情，一面旗幟可以讓我們更團結，喚起我們的愛國心。」安妮極力為音樂會辯解。

「簡直是笑話，你們小孩子哪知道什麼叫愛國心，我看是在湊熱鬧罷了。」

「把愛國心和娛樂結合在一起，難道不好嗎？你知道嗎，音樂會可有意思了，我們準備了六個合唱，黛安娜還要獨唱一首，而我則要參加《精靈女王》的表演，除此之外我還要參加一個短劇和朗誦兩首詩。男孩們也會參加短劇表演。一想到這場音樂會，我就興奮不已。最後我們還會拼成一幅圖案，用來表示『信仰』、『希望』和『博愛』，這幅圖案由我、黛安娜和露比來表演。我表演其中的『希望』，到時候我會穿上白色的外衣，雙手疊放在胸前，眼睛望向天空。噢，還有一件事要告訴你，瑪莉拉，如果你聽到樓上發出呻吟聲不要大驚小怪，那是我在練習朗誦。你不知道，在我表演朗誦的時候，有一個地方需要發出那種能引起觀眾共鳴的呻吟，這樣才會有藝術感染力，這是一種非常難掌握的發聲技巧，所以我需要練習。裘西・派伊對於自己沒能當上短劇的主角非常生氣，可是我覺得她非常愚蠢，她也不想一想，哪有那麼胖的精靈女王？女王的身材應該是苗條的，這一點誰都知道。最後扮演女王的人選定了珍妮・安德魯斯，我扮演她身後的一名侍女。裘西還說沒有紅頭髮的侍女，就像沒有肥胖的女王一樣，不過我努力地不把這些話放在心上。到時候我頭上會戴一個白色花冠，腳上穿一雙涼鞋，對了，露比・吉利斯已經答應到時候借我一雙涼鞋，我總不能穿著靴子扮演侍女吧，而且還是用銅片做鞋尖的靴子。我們會用一些雲杉藤和冷杉藤將公民會堂裝飾一新，另外還會用白色的紙花在上面進行點綴。觀眾一入場，艾瑪・懷特就會用風琴奏響進行曲，然後我們兩個人一排緩緩地走進會堂。瑪莉拉，我知道你對音樂會不感興趣，不過要是我們演出成功了，你還是會表示祝賀的，對吧？」

「你要是不闖出什麼禍來，我就很高興了。你要是在音樂會結束後盡快安頓下來，投入到正常的生活中，那我就更高興了。」瑪莉拉說，「不過你現在就讓我很不高興，我就奇怪了，你的舌頭難道不會感覺累嗎？」

安妮歎了口氣，獨自走到後院裡，西邊的天空呈現出一種青色，月亮在青色天空的映襯下顯得格外明亮。馬修正在後院裡劈柴，安妮坐到他身邊，與他聊起了音樂會的事。馬修可以算得上是一個好聽眾，無論安妮說什麼，他都用一種讚許的眼神望著她，並不斷地點頭表示同意。

馬修一邊笑著，一邊說：「聽你這麼一說，我覺得這一定是一場非常棒的音樂會。」說完之後，馬修又看了一眼安妮。此時的安妮顯得生機勃勃，露出一臉的自信。安妮很高興得到了馬修的讚許，於是也笑了起來。不可否認，這兩個人真是一對好朋友。

馬修對於自己當初的選擇非常滿意，他很慶幸培養安妮是瑪莉拉一個人的義務，因為他總是不能處理好義務和情感之間的關係。比如眼下，按照瑪莉拉的標準馬修對安妮有點太嬌慣了，但是馬修很喜歡這樣，他覺得在教育孩子方面，鼓勵比責備效果會更好。

# 第二十五章　難倒馬修的禮物

十二月的夜裡已經非常寒冷。這天晚上馬修走進廚房之後，突然發現安妮和同班的女同學正在起居室排練短劇。馬修只得一步一步地退了回來，最後坐在一個箱子上，等待著她們排練結束。對於馬修來說，這種等待簡直就是一種煎熬。聽著屋裡傳來的女孩子的聲音，他有點不知所措，甚至連手腳都不知道該往哪放。最後他打算先脫掉沉重的靴子休息一會兒，當他剛脫掉一隻的時候，屋裡的女孩子說說笑笑地朝廚房跑來，馬修只好慌張地提著這隻鞋藏到了箱子後面的暗處。沒有人去注意他，他就這樣在箱子後面一待就是十分鐘。儘管沒人看見他，但在偷偷看這些女孩子的時候，他還是感到有些害羞。女孩們眉飛色舞地討論音樂會的事，安妮也在其中，看來她很喜歡這種討論，說話的時候大眼睛一閃一閃的。馬修突然發現安妮與別的女孩不一樣，這種不一樣的感覺不是來自外貌上的差別，安妮確實比她們更活潑，眼睛大一點，長得也好看，但是這種不同的感覺不是因為這些原因。這個問題讓馬修陷入了困惑，安妮到底哪裡與她們不同呢？

不一會兒，女孩們都回家了，安妮也到樓上的房間去做作業。馬修從箱子後面走出來坐在箱子上繼續想剛才那個問題。他覺得這個問題沒有必要去問瑪莉拉，因為他知道瑪莉拉肯定會說，安妮與別的女孩子最大的區別，就是別人都懂得安靜和沉默，而安妮的舌頭從不知道疲倦，你若是不打斷她，她會永遠說下去。瑪莉拉這種回答，不是馬修想要的答案。

這天晚上，馬修足足吸了兩個小時的煙斗才找到問題的答案，安妮之所以看上去與別的女孩子不一樣是因為衣服的原因。苦思冥想終於有了結果，這讓馬修很高興，而瑪莉拉則不喜歡看到他想問題時那種糾結的樣子。

馬修開始回想，他印象中安妮自從來了綠山牆農舍以後，從來沒有跟別的女孩子穿過同樣的衣服，至少他沒見過。瑪莉拉給安妮準備的都是那種樣式最簡單、花色最單一的衣服，並且一直如此。儘管對當下流行的花色和款式一竅不通，但是馬修還是注意到了，其他女孩子的衣服在花色和款式上都與安妮不一樣。馬修在廚房裡看到那群女孩的時候，她們穿的洋裝有紅色的、白色的、藍色的，還有粉色的，打扮得都跟小公主一樣。唯有安妮穿得像是灰姑娘。馬修不明白瑪莉拉為什麼要這樣打扮安妮。不過瑪莉拉肯定有自己的道理，在教育安妮的問題上，至少到現在她還沒有犯過錯。馬修想為安妮做點什麼，比如為她買一件洋裝，像黛安娜平時穿的那種洋裝。一想到這個計畫，馬修偷偷笑了。

馬修打定主意要偷偷地為安妮買一件漂亮的洋裝，耶誕節快到來了，把這件洋裝當作聖誕禮物送給安妮，她一定會很高興。馬修對自己的這個決定非常滿意，磕了磕煙斗，回自己房間睡覺了。瑪莉拉迫不及待地打開全部窗子，讓屋裡的煙散出去。

說做就做，第二天馬修就來到了卡莫迪為安妮買洋裝。他知道這件事情肯定不會順利，儘管自己還沒有眼花，嘴上討價還價的功夫也不錯，但是對於女孩子的洋裝這種自己不在行的東西，他也就只能聽從售貨員的意見了。

卡斯伯特家從來都是在威廉・布萊爾的店裡買東西，這已經是多年的老規矩了，這就跟多年支持同一個政黨一樣已經成了原則。但是今天馬修決定去山謬爾・羅森的店裡買洋裝。這是他左思右想最終做出的決定，原因是威廉・布萊爾店裡的兩個女售貨員太熱情了。馬修在她們面前總是覺得緊張，甚至緊張到忘記自己要買什麼。買洋裝這件事情必須要有男售貨員，這樣馬修才能詳細地說明自己想買什麼樣的洋裝。山謬爾・羅森店裡面的售貨員有時候是山謬爾，有時候是他的兒子，這讓馬修覺得很放心。

直到走進店裡面，馬修才發現自己錯了。原來山謬爾擴大經營規模，增添了一個新的售貨員，並且是個漂亮女孩。她叫露西拉・哈里斯，是山謬爾太太的侄女。且不說她的大眼睛和臉上的微笑多麼迷人，光是手腕上的那幾個手鐲一響，馬修就覺得自己像是被凍住了一樣，邁不動腳，張不開口。

「歡迎光臨，卡斯伯特先生，請問您需要什麼？」露西拉・哈里斯小姐笑瞇瞇地問道。

「嗯……這個……有……有耙子嗎？」馬修磕磕絆絆，好不容易說出了一句完整的話。

哈里斯小姐顯然沒有反應過來，她不知道這人為什麼要在大冬天買耙子。於是便用一種奇怪的眼神看著馬修說：「嗯，好像，好像小倉庫裡還有一兩把，我去幫你找找。」說完哈里斯小姐就離開櫃檯去了倉庫。馬修心裡這才感覺平靜了一點，他告訴自己要大方一點，今天是來買洋裝的，不是買什麼耙子。幾分鐘之後哈里斯小姐回來了，手中拿著一把耙子，衝著馬修微笑道：「您還要點別的嗎？」

「對，噢不，我是說……我想看一下……你們那個……就是那個……那個什麼……，對，草籽，我想來點草籽。」哈里斯小姐聽完這句顛三倒四的話，驚訝得嘴都張開了，她不知道這位顧客是不是精神方面有點問題。

「很抱歉，先生，我們只在春天賣草籽，現在倉庫裡沒有。」哈里斯小姐覺得事情有點荒謬。

「對，沒錯，你說得沒錯。」吞吞吐吐的馬修甚至讓人覺得有些可憐，他拿起耙子急忙向外走，走到門口才想起來沒有付錢，於是又紅著臉走回櫃檯。趁著哈里斯小姐給自己找錢的時候，馬修告訴自己，這是最後的機會了。他鼓足勇氣，說道：「嗯……我想麻煩你……把那個什麼……就是那個什麼……砂糖，給我看一下。」

「白砂糖還是紅砂糖？」哈里斯小姐的語氣已經不像剛開始那樣和藹。

「嗯？噢，紅的，紅的紅的。」馬修像是做了錯事的孩子，聲音小得幾乎聽不見。

「紅的只剩這一桶了。」哈里斯小姐指著一個桶說。

「噢，那就給我二十磅。」說完這句話之後，馬修臉上已經出了一層細汗。

直到眼看要進家門了，馬修才把自己的心情調整平靜。想想剛才發生的一幕，簡直就是一場噩夢。馬修覺得錯就錯在不該去山謬爾‧羅森的店，後來發生的事情是對自己前面錯誤的懲罰。到家之後，馬修先進了小倉庫把耙子藏好，至於砂糖無處可藏，只能拿到廚房裡去。他很清楚自己接下來將要面對的是什麼。

「你什麼時候買的紅砂糖？」瑪莉拉大聲喊道，「而且還買這麼多，難道你不知道紅砂糖是用來做什麼的嗎？我們現在既不用給雇用的人做燕麥粥，也不再做蛋糕，蛋糕已經做過了，你還買這麼多紅砂糖做什麼？而且你看這糖，我就從來沒見過品質這麼爛的紅砂糖，這肯定不是在威廉‧布萊爾的店買的。」

「我還以為最近會用得上呢。」馬修的辯解一點力度也沒有。

後來馬修又仔細思考了一下自己當前面臨的困難。他覺得若是自己把為安妮買洋裝事老老實實地告訴瑪莉拉，得到的結果肯定是被瑪莉拉諷刺一頓和挑出一大堆毛病，最後他決定尋求林德太太的幫忙。只有在林德太太面前，馬修才能張得開口。林德太太的回答很爽快，她願意幫助馬修。

「什麼？你要送安妮一件洋裝？太好了，我正要去卡莫迪，我幫你挑選一件回來就是啦。你說一下想買一件什麼樣的，如果你拿不定主意的話，我幫你選一件就行了。我覺得那種看上去典雅端莊、清新秀氣的深色比較適合安妮，她肯定會喜歡的。我知道威廉・布萊爾的店裡最近進了一批不錯的布料，我去買回來給安妮縫一件洋裝。要是讓瑪莉拉做的話，就起不到驚喜的效果了，交給我來做吧，誰讓我天生就喜歡針線活呢。至於大小，我就照著我的侄女珍妮的身材做，她們兩個身材幾乎一樣。」

「這真是太好了，麻煩您了，不過，還有一點就是，我看現在女孩子的洋裝跟以前相比好像不太一樣，我是說那個袖子……請您做一個現在流行的款式……」

「沒問題，現在最流行的袖子款式是寬鬆的那種，我就做這種款式，你放心好了。」

把馬修送走之後，林德太太一個人坐在那裡陷入了沉思。「穿上正經八百的洋裝，這才叫一個女孩嘛。瑪莉拉整日裡給安妮穿得那麼樸素，實在是沒有道理。我幾次想就這個問題與瑪莉拉說上一番，但是每一次都沒有奏效，她總是聽不進任何人的意見。說來也怪，儘管沒結婚，但是她在照顧孩子方面看上去比誰都在行。瑪莉拉這樣給安妮穿衣服，肯定自有她的道理，可能是想讓安妮懂得樸素和不張揚，也說不定是嫉妒安妮的年輕呢。可憐的安妮，每天穿著這樣的衣服跟別的小女孩一塊玩，心裡肯定不好受，她又是這麼要面子的人。沒想到馬修居然想到了這一點，這個沉悶的人，好像睡了六十多年剛醒過來一樣。」

耶誕節前的兩個星期裡，瑪莉拉已經察覺出馬修有些不正常，好像在偷偷摸摸地做什麼事情，不過具體是什麼她就不知道了。耶誕節前一天的晚上，林德太太將做好的洋裝送到了綠山牆農舍。瑪莉拉這一次沒有說任何不好聽的話，表現得很平靜，還誇洋裝很漂亮。林德太太解釋說馬修讓自己幫忙，只是為了給安妮一個驚喜，所以才沒有讓瑪莉拉來做這件洋裝。瑪莉拉雖然心裡不信這套說法，但是嘴上依舊說著感謝的話。

「我就覺得馬修最近有些奇怪，整天縮手縮腳、偷偷摸摸的，有時候還一個人傻笑，原來是有這麼一件事瞞著我。」瑪莉拉大度地說，不過明顯看出來這種大度是裝的，「我心裡還在想你這是要幹什麼呢。不過安妮也確實應該有一件漂亮的洋裝了。我原本想做的，不過秋天的時候我已經給她做了三件，再多做就穿不了了。你看這洋裝，光是這兩條袖子就會讓安妮虛榮心大漲。她的性格你是知道的，馬修，她原本就像隻孔雀一樣高傲，這件洋裝肯定會火上澆油的。不過也好，總算滿足了安妮的一個願望，我記得她跟我提起過這種寬袖的洋裝，她很喜歡這種東西。」

耶誕節終於到了，安妮興奮地一起床就趴在窗戶上往外看。冬天的艾凡里太漂亮了，到處銀裝素裹，一片雪白，彷彿一幅美麗的畫。前段時間氣溫有些回升，大家期盼著今年的耶誕節能見到一些綠色，不過昨夜的一場雪打消了人們心中的念頭。安妮看到外面的樹都裹上了一層白雪，田野裡的溝壑因為地勢低，看上去就像是大地的酒窩。雪後的空氣清新乾淨，讓人感到格外地舒暢。

安妮伴著自己的歌聲走下樓來，並送上最及時的祝福：「聖誕快樂，瑪莉拉！聖誕快樂，馬修！多漂亮的雪景啊！要是沒有這些雪，外面也不是白色的一片，真不知道耶誕節過著還有什麼意思，這才是真正的耶誕節嘛。那是什麼，馬修？是給我的嗎？」

瑪莉拉正在往壺裡倒水，對於安妮的這番自言自語她早已習以為常，不過此刻她正歪著頭，她要看一下安妮對於這件聖誕禮物的反應。

馬修先是看了瑪莉拉一眼，像是在徵求她的同意，然後輕輕地打開紙包，小心翼翼地拿出裡面那件漂亮的洋裝，微笑著遞給安妮。安妮鄭重地接過洋裝，眼睛貪婪地在上面掃著，這件洋裝是多麼漂亮啊！安妮此刻彷彿不會說話了一樣，目不轉睛地盯著上面的緞帶，光是這條柔軟、亮澤的緞帶就令她激動不已。洋裝上面的每一處都是當下最流行的，裙襬上波浪形的褶皺，腰身上橫著的褶皺，還有領口的花邊，最精緻的是袖子，袖子長到小臂，並且上面做成兩節，中間用褶皺收起來，再配上茶色的緞帶。

「安妮，這是給你的耶誕節禮物。」馬修此刻也顯得有些害羞，「你覺得……怎麼樣？喜不喜歡？」

安妮還沒張口說話，眼淚已經搶著湧了出來：「怎麼會不喜歡呢，馬修，你對我真是太好了！」一邊說著，安妮把洋裝搭在椅背上，然後緊緊握住馬修的手，「我太高興了，從來沒想過我也會有這麼漂亮的洋裝，太謝謝你了，告訴我，我不是在做夢吧。」

「行了，行了，吃飯吧。」瑪莉拉打斷了安妮的話，「這樣的洋裝沒多少實際用處，不過既然馬修買回來了，你就好好珍惜它吧。另外林德太太還用剩餘的布料做了兩條髮帶，你也好好收著。」

「現在我已經吃不下飯了，只想把這件洋裝看個夠。」安妮的心顯然已經不在餐桌上了，「你們不知道我現在有多激動，你們看這袖子，是現在流行的寬鬆袖子，幸好現在還流行這種款式，但願在我穿上它之前，這種款式不會過時，不然我肯定會瘋掉的。林德太太還給我做了兩條髮帶，她真是太細心了，我知道她期望我成為一個好孩子，我一定不會辜負她的。」

安妮的心思全在洋裝上，所以這頓早飯吃得沒滋沒味。剛吃完飯，安妮透過窗戶看到了遠處獨木橋上黛安娜的身影。黛安娜今天穿了一件紅色的外套，格外顯眼。安妮一口氣從屋子裡跑到黛安娜面前，急著和這位好朋友分享自己的喜悅。

「耶誕節快樂，黛安娜！你知道嗎？這是我度過的最快樂的一個耶誕節了，馬修送了我一件漂亮的洋裝，真想現在就拿給你看，尤其是那袖子，是現在最流行的款式。」

「是嗎？那真是太好了，不過我這裡也有一份給你的禮物。」說完之後，黛安娜從身後拿出一個盒子，「昨晚約瑟芬姑婆寄來了一大堆禮物，其中這個上面寫著『給安妮』。我原本想昨天晚上給你送來的，但是一想到要穿越『幽靈森林』，我就……」

盒子裡面有一張賀卡，安妮看到賀卡上的字是「親愛的安妮，祝你聖誕快樂！」賀卡下面是一雙精緻的涼鞋，這雙用山羊皮製作的鞋子上不但有美麗的蝴蝶結和帶扣，腳尖上更是裝飾了一串珍珠。

「這真的是送給我的嗎？太漂亮了！黛安娜，我覺得老天對我太好了。正好我參加音樂會沒有涼鞋穿，這樣我就不用去借露比的涼鞋了，她的鞋比我的腳大兩號，我穿上她的鞋一走路鞋跟就拖地，要是我穿那樣一雙鞋子去扮演精靈，肯定會被裘西・派伊他們嘲笑一輩子的。」

耶誕節的夜晚艾凡里的學生將在公民會堂舉辦音樂會，這也讓學校的學生整天都處於興奮之中。大家先是將會堂裝扮一新，然後又把當晚要表演的節目彩排了一遍。晚上的音樂會如期舉行，結果十分理想，台下觀眾爆滿，台上學生的表演也很出色。尤其是安妮，要不然裘西・派伊看安妮的眼神中怎麼會充滿了嫉妒呢？音樂會散場之後，安妮和黛安娜一起走在回家的路上，說起剛才的表演，兩人依然興奮不已。

「這場晚會精彩極了！」安妮的語氣中滿是激動。

「沒想到會這麼順利，我覺得至少能籌到十元。」黛安娜說，「牧師說他會寫一篇今天音樂會的專題報導，發給夏綠蒂鎮的報社呢。」

「這樣的話，我們豈不是要上報了？真是令人激動的一件事啊！黛安娜，你的獨唱表演得太棒了，當台下讓你再唱一首的時候，你知道嗎？作為你的朋友，那一刻我比你還感到驕傲。」

「你朗誦得那才叫好呢！你沒看到台下每個人都在給你鼓掌，那個讓人傷心的角色簡直被你演活了。」

「你不知道我當時心裡有多緊張，當牧師叫到我名字的時候，我腦子裡一片空白，上台的時候我都不知道自己該先邁哪條腿了。看到那麼多人在台下看著我，剛開始幾句我差點忘掉。但是一想到今天我穿了這麼漂亮的一件洋裝，我就有信心了，無論如何我的表演要對得起馬修送我的這件洋裝。下面的表演，我就感覺放鬆多了，我覺得自己的聲音傳出去好遠，尤其是那幾聲呻吟，幸虧我在閣樓上練過，不然的話……」

「你呻吟的那一段太棒了，我看見史隆太太的眼淚都掉下來了。另外吉伯特・布萊斯表演得也不錯。安妮，你為什麼這麼固執呢？至今還不肯原諒他。你不知道，當你從舞台上下來的時候，頭上掉下來一朵玫瑰花，我看到吉伯特撿起來之後放到上衣口袋裡了。這是不是一個讓你高興的消息？」

「那對我來說沒有任何意義，他的名字我連想都不願意想，你知道嗎，黛安娜？」安妮不屑地說。

上一次瑪莉拉和馬修參加音樂會，還要追溯到二十年以前。但是這天夜裡兩人都非常激動，等安妮睡著以後，他們還興奮地聚在廚房的爐火前討論著。

「安妮表演得太棒了，不比台上的任何一個人差。」馬修一臉得意。

「是啊，真沒想到！」瑪莉拉也少有地誇獎安妮，「這個孩子聰明、漂亮，沒想到舞台上還表演得那麼好，真是令人驕傲。不過我不打算當面讚揚她。」

「我也為她自豪，但你想過沒有？安妮不能只在艾凡里這種小地方待著，我們要把她送到大地方去學習。」

「你說得對，不過這件事現在考慮還太早，明年三月她才過十三歲生日。可是今天晚上我覺得她突然長大了好多，個子看著也長高了，難道是林德太太把衣服做得過於寬鬆的緣故？這孩子聰明，將來就是到了女王學院學習，我想在班上成績也會名列前茅。但怎麼也得再過個一兩年，這事我們得瞞著她。」

「嗯，其實也不急，這種事越想越高興。」馬修微笑著說道。

# 第二十六章　故事社成立了

音樂會結束後，艾凡里的孩子們彷彿一下子失去了生活的樂趣，一想到以前的那種平凡、呆板的生活，他們就覺得洩氣。安妮也是如此，剛剛從音樂會的興奮之中走出來，一想到自己以後要面對的是這樣一種平庸的生活，就變得十分消極，真想回到音樂會之夜的那段快樂時光當中去。

「黛安娜，我覺得以後再也體會不到那種感覺了。可能過一段時間之後，一切就會好起來，不過現在就讓我忘記，那是不可能的。昨天夜裡我失眠了，在床上翻來覆去，只要一閉上眼睛，眼前就會出現音樂會那天晚上的場景。」安妮向黛安娜訴說著自己的煩惱。

不管怎樣，艾凡里的學生逐漸恢復了往日的常態，生活又變得平靜安寧。不過平靜只是表面的現象，平靜下面卻藏著許多矛盾。比如說露比・吉利斯和艾瑪・懷特都申請不願意與對方坐同桌，因為音樂會那天晚上兩人在舞台上產生了矛盾，隨之破裂的是三年的友誼。裘西・派伊已經三個月沒有理茱莉亞・貝爾了，因為裘西曾經私下裡嘲笑茱莉亞在舞台上謝幕的時候，像隻大搖大擺的公雞，最後這話傳到了茱莉亞的耳朵裡。除此之外，貝爾兄弟對史隆兄弟在表演中登場次數太多提出了抗議，而史隆兄弟則藉機嘲笑貝爾兄弟無能，就這樣這兩對兄弟也產生了矛盾。另外還有查理・史隆和穆迪・史柏真，穆迪曾經說安妮的表演很拙劣，而查理則替安妮打抱不平，狠狠揍了穆迪一頓。穆迪的妹妹也因此不再理安妮。這種瑣碎的事情還有很多，不過，史泰西老師依舊按照自己的計畫，有條不紊地為大家上課。

今年冬天不是很冷，也沒下幾場雪。安妮和黛安娜上學的時候依舊走「白樺小徑」，和其他季節一樣。今天是安妮的生日，兩人又來到了這條路上，一邊閒聊一邊看著周圍的風景。這是在為史泰西老師最新出的作文做準備，這篇作文的題目就叫《冬日漫步》。

「黛安娜，今天我已經滿十三歲了。十三歲就意味著我已經從小孩子變成少女了，但是變成少女會有什麼樣的感覺？為什麼我什麼都感覺不到呢？黛安娜，你已經過完十三歲生日一個月了，你有沒有什麼跟以前不一樣的感覺？我倒是覺得長大很有意思，再過兩年，等我十五歲的時候就徹底成為大人了。到那時候，如果我再說長句子，應該沒有人再笑話我了。想到這一點，我就對長大充滿期待。」

「露比・吉利斯說，她過完十五歲生日之後的第一件事情就是找一個男朋友。」

「她的腦子裡就只有男朋友。」安妮表示對這種行為非常鄙視，「當她看到自己的名字被寫在走廊的牆上時，表現得非常憤怒，但是我敢打賭，她心裡肯定開心極了。天啊！我又在背後說別人壞話了。艾倫太太肯定不會做這種事，我要向她學習。不僅是我覺得艾倫太太是個完美的人，牧師好像也這樣認為。林德太太比我還要崇拜艾倫太太，甚至連艾倫太太走過的路在她眼中都是聖路。不過，每個人都會犯錯誤，牧師也不例外。關於人會犯錯的問題，我上個星期天跟艾倫太太討論過，收穫很大。就拿我來說，我最容易犯的錯誤是胡思亂想，以至於忘了自己原本想做的事，這是一個必須改掉的毛病。十三歲的人應該會變得懂事，我想我會努力的。我的頭髮要等到十七歲的時候開始盤，你見過愛麗絲・貝爾的頭髮沒有？她才十六歲，就急著把頭髮盤到頭上，難看死了，所以我要等到十七歲再開始盤。還有要是我長了一個愛麗絲・貝爾那樣的鷹鉤鼻子，我這一輩子都不會盤頭髮。」安妮說到這裡的時候異常堅定，那語氣聽上去這件事沒有半點商量的餘地，「啊！不好，不好。我說過不在背後說別人壞話的，我又破戒了。我記得以前有人誇獎我的鼻子長得好看，從那時候開始我看誰的鼻子都不順眼，我的虛榮心太強了。不過說實話，被別人誇獎鼻子好看，那種滋味確實舒服。看啊！那是什麼？黛安娜，一隻兔子！我要把它寫進作文裡，冬天的樹林一點都不比夏天遜色，平靜、安詳，像是沉入了夢中。」

「週一就得交作文，老師還說要在作文裡寫一些與主題有關的故事，這麼短的時間怎麼寫，想想真愁人。」黛安娜抱怨道。

「寫故事還不簡單嗎？」

「對你來說很簡單，你想像力那麼豐富，不過對我來說就不一樣了，你也知道，我的想像力少得可憐。你的作文是不是已經寫好了？」

安妮很想表現得謙虛一點，可是她沒有掩飾住，興奮地點了點頭。

「上星期一晚上我就寫完了，題目叫《情敵》。我寫完之後，先是讀給了瑪莉拉聽，她的反應沒有超出我的預料。她說這是一篇很爛的作文，沒有一點可取之處。但是當我把同樣的作文讀給馬修聽了之後，馬修對我大加讚揚，我覺得馬修更像是一個專業人士。這是個令人傷心欲絕的愛情故事，我在寫的時候不知道流了多少眼淚。故事主要圍繞著兩個少女展開，她們是一對好朋友，名字分別叫寇黛麗亞・蒙特莫倫西和潔拉汀・西摩爾。寇黛麗亞的頭髮和眼睛都是黑色的，而潔拉汀的頭髮和眼睛則分別是金色和紫色的……」

「世界上哪有紫色眼睛的人？」黛安娜感到疑惑不解。

「可能有也可能沒有，因為這是我自己想像出來的，我只是想讓我故事中的人有點自己的特色罷了。潔拉汀的額頭像雪花石膏一樣，你知道什麼是『像雪花石膏一樣』嗎？就是說這個人的額頭潔白、光滑，這個問題我好不容易才弄明白。看來十三歲就是比十二歲知道得多。」

「這兩個人後來怎麼樣了？」黛安娜對安妮的故事一向很感興趣。

「在兩個人十六歲那年，村子裡來了一個英俊的男青年，他的名字叫伯特倫・戴維爾。

他見過潔拉汀一次之後，便深深地愛上了她。一次，潔拉汀乘坐馬車的時候，馬受到了驚嚇，馬車失控，這時碰巧遇到了伯特倫。伯特倫趕忙將潔拉汀從馬車上救下來，但是她因為受到驚嚇而暈了過去，伯特倫只好抱著她走了三公里回到家中。

當寫到伯特倫向潔拉汀求愛的時候，我陷入了困境，因為我沒有這方面的經驗，不知道該如何寫。最後還是露比‧吉利斯幫了我的忙，她的好幾個姐姐都已經結婚了，很熟悉這方面的事情。露比告訴我說，她有一次躲在倉庫裡，聽到了馬爾康‧安德魯斯向她姐姐蘇珊求婚的全過程。馬爾康當時說：『你父親已經把農場登記到我的名下了，我們秋天就結婚，怎麼樣？』蘇珊則回答：『嗯……這個嘛……讓我想想。』結果沒過多久兩人就結婚了。但是我沒有從這樣的求婚中感受到一點浪漫，所以最後還是得靠自己的想像力。我設計的求婚場景要比露比講的浪漫多了。伯特倫求婚的時候單膝著地，但是露比‧吉利斯說這種單膝著地的求婚方式早就過時了。我用了很大篇幅來描寫這場求婚，等到潔拉汀答應的時候，不知不覺已經寫完了一張紙。令我費腦筋的還有潔拉汀的獨白，這些獨白我前後共修改了五次，我覺得這應該是我寫過的東西裡最具水準的作品了。

伯特倫求婚的禮物是一個鑽戒和一條項鍊，兩人還打算去歐洲度蜜月。伯特倫是位闊少爺，既有錢又有貌。但是事情的發展隨著寇黛麗亞的出場而發生了變化，寇黛麗亞也愛上這位闊少爺。所以當潔拉汀說出伯特倫向自己求婚的時候，寇黛麗亞非常生氣，她不顧兩人之間多年的友情，發誓絕不讓潔拉汀得逞。兩人一下子從朋友變成了仇人，但是寇黛麗亞沒有把自己內心的想法表現出來，表面上還裝作是潔拉汀的好朋友。一天晚上，兩人在一座橋上聊天，寇黛麗亞發現四周無人，便將潔拉汀推入湍急的河水中。看著自己的情敵在水中掙扎，她不禁得意地哈哈大笑。萬萬沒有想到的是，這一幕正好被路過的伯特倫看到，他喊著愛人的名字一頭栽進了河裡。可惜的是他並不會游泳，最後這對愛人雙雙葬身河底。後來兩人的屍體被沖上岸邊，並被葬在一起。葬禮舉辦得非常隆重，大家都被這對愛人感動了。你知道嗎，黛安娜？我覺得用婚禮作結尾不如用葬禮作結尾效果好，這樣顯得更浪漫。噢，還有那個寇黛麗亞，她整日被自己的良心折磨著，最終瘋掉了，被關進了精神病醫院。也算是惡有惡報吧。」

「實在是太精彩了！」直到安妮講完這個故事，黛安娜才舒了一口氣。在賞識安妮的想像力方面，黛安娜和馬修屬於同一類人。「這樣精彩的故事我無論如何也編不出來，我若是有你一半的想像力就好了。」

「想像力這種東西，只要你肯努力培養，或多或少都會有的。」安妮聽到別人的誇獎之後顯得很快活，「黛安娜，我想我們應該成立一個故事社，沒事的時候我們就寫故事，早晚有一天你也能寫出自己的故事，怎麼樣？」

故事社就這樣成立了，最開始的時候社裡只有安妮和黛安娜兩名成員，但是沒過多久，參加的人就多了起來。這些人的共同特點是想像力匱乏，需要安妮幫他們提升，另一點便是她們都是女孩子。故事社不允許男孩子加入，吉伯特就曾經對此表示過不滿，他認為有了男生故事社將會變得更有意思。但是安妮對此置之不理，凡是加入故事社的人必須每週一交一篇故事，這是社裡的規定。

「故事社真是有趣極了。」安妮忍不住向瑪莉拉介紹起來，「我們經常舉行討論會，每個人先朗誦自己的作品，然後大家一起評議。我們還將自己的故事收藏好，準備將來講給自己的孩子聽。我們創作的時候用的都是筆名，我也有筆名，叫羅薩蒙・蒙特莫倫西。大家寫故事的時候都很認真，但是寫出的故事各不相同。我想露比的感情可能太氾濫了，她的故事中總是充滿著愛情，有的時候戀愛場面太多，多得我都看不下去。而珍妮則正好相反，她創作的故事很傳統，一個戀愛場面也沒有。沒想到她這個人更傳統，朗誦自己作品的時候竟然還害羞。黛安娜的故事非常血腥，出現過的人物最後都被殺死了。這是因為她不知道該如何為這些人物安排結局，所以只能讓他們被殺死。儘管這樣，她寫的那些故事還都是我教的，我要是不教她，她永遠也寫不出一個故事來。沒辦法，我的想像力實在是太豐富了，我不在乎分給她一些靈感。」

「你寫的那些故事都不怎麼樣。」瑪莉拉保持著一貫的輕視態度，「你整天就想這些無聊的蠢事，把學習都給耽誤了，你看小說我都不贊同，更何況是寫小說。」

「可是，我寫小說也是為了更好地吸取教訓，瑪莉拉，我寫的小說中有一點特別突出，那就是善有善報，惡有惡報。牧師說過，我們要培養這種認知，我寫小說也是為了這一點。我曾經把我寫的故事讀給牧師和艾倫太太聽，他們還提出了一些寶貴的建議，不過當我讀到寫得不好的地方時，他們都笑了。我覺得自己最擅長寫那種傷感的情節，我也喜歡寫這種故事。每當我把自己寫的這種情節讀給她們聽的時候，珍妮和露比幾乎都會落淚。黛安娜在信中把我們創辦故事社的事情告訴了約瑟芬姑婆，她在回信中說，非常希望看到我們寫的故事。我們從眾多故事中挑選出四篇最好的，把它們用乾淨的紙重新抄一遍，寄給了她。沒想到約瑟芬姑婆對我們的故事非常滿意，她說自己讀過的所有故事都沒有這四篇精彩。我們不知道她為什麼會這樣認為，因為我們故事中的人物最後基本上都死掉了。這樣還能得到約瑟芬姑婆的喜愛，這幾個故事也算是沒白寫。做有意義的事情，創造價值，這是做任何事情的出發點，艾倫太太就是這樣教育我們的。我一直把這些話放在心裡，總想著做點有意義的事情，不過我一玩起來就把這件事給忘了。艾倫太太是我的目標，我想長大以後成為她那樣的人，你覺得我能做到嗎？」

「我覺得很難。」瑪莉拉回答道，她這樣無情地回答是為了更好地激勵安妮，「你見過艾倫太太像你一樣把什麼事情忘掉了嗎？你怎麼能跟她比呢。」

「可是，艾倫太太小的時候也經常忘事。」安妮為自己爭辯，「這是她親口告訴我的。

她還說自己小時候也常闖禍，非常頑皮，聽她這樣一說，我的負罪感立刻就沒有了。瑪莉拉，聽到別人說自己小時候很壞，我就會很高興，這樣是不是不好？林德太太說她與我正好相反，她一聽到別人說自己小時候很頑皮，總是闖禍，心裡就會感到一陣難過。林德太太說，曾經有一位牧師告訴她自己小時候偷果醬的事，從此她就再也不相信這位牧師了。但是我很佩服這種人，他們敢於承認自己多年以前犯下的錯誤。現在那些做壞事的男孩子要是聽了這個故事，說不定還會受到牧師的感化，從此走上正途呢。這不也是一種不錯的激勵和教育的手段嗎？你覺得呢，瑪莉拉？」

「我覺得？我覺得你早在半個小時之前就應該把盤子刷好了。以後記住，先幹活，後說話。」

# 第二十七章　愛慕虛榮的下場

時間來到了四月，白天變得越來越長。瑪莉拉一個人走在回家的路上，她剛參加完婦女協會的聚會。春天的到來讓人們感受到一種歡樂，瑪莉拉此刻正是如此，走在舒適的空氣裡，看著四周的景色，腳步也變得輕快許多。但是她並沒有多想春天的事情，滿腦子都是婦女協會的公事，比如為傳教組織募捐，為教堂換新地毯之類的。

瑪莉拉遠遠地就望見綠山牆農舍的房頂，夕陽被窗戶上的玻璃反射過來，照射得瑪莉拉的眼睛很不舒服。自從有了安妮，一切都發生了變化，以前每次從婦女協會開會回來，迎接她的都是冷清的廚房。而現在呢？安妮一定把廚房裡的火爐燒得很旺，正等著自己回去呢。一想到這些她的心裡就暖暖的、滿滿的，而不是以前那種空落落的感覺。可當她踏進廚房之後，卻發現事情和自己想像的截然相反。廚房裡沒有安妮，爐子裡也沒有生火。瑪莉拉先是感到生氣，緊接著又感到一陣擔心。安妮說過五點會把茶水準備好，可是現在連個影子也沒有。一會兒馬修就要從田地裡回來，要趕在他回來之前把茶水準備好，看來只能自己動手了。

瑪莉拉拉長著一張臉，一邊用刀砍木柴，一邊狠狠說道：「這個安妮去哪了？等她回來，看我不給她一頓教訓。」正說著，馬修從地裡回來了。他坐到自己的位子上，一言不發地等著喝茶。

「這個安妮，整天沒幹一點正事，不是找黛安娜寫故事、編劇本，就是到處亂跑，把我交代的事情忘了一乾二淨。我覺得這個孩子該管管了，艾倫太太還誇她聰明，不聽話的孩子，聰明又有什麼用呢？腦子裡整天想些亂七八糟的事情，這樣下去早晚得出事。今天在婦女協會上，林德太太對安妮的認識一點都沒有改變，倒是艾倫太太積極為安妮說好話。看得出來艾倫太太是真的疼愛安妮，要不是她為安妮辯解，林德太太還說不定會說出什麼來呢。我承認安妮身上有許多缺點，但是負責教導安妮的是我，而不是林德太太，她憑什麼說三道四呢？不過話又說回來，我今天明明給安妮安排了事情，她還是跑得無蹤無影。這孩子不僅毛病多，還越來越不把我放在眼裡了。真是讓人感到寒心！」

「嗯，你說得對。」馬修的肚子已經餓得咕咕叫了，但是他只能先聽完瑪莉拉的抱怨。只有讓瑪莉拉徹底發洩之後，他才能吃上晚飯，這是他多年以來總結的經驗。等晚飯端到桌上的時候，天已經徹底黑了，但是安妮還是沒有回來。

瑪莉拉面無表情，對安妮既生氣又擔心。刷完盤子之後，她到地下室去取東西，但是想起來蠟燭在東山牆的屋子裡，便到樓上來取蠟燭。她摸索到蠟燭，並把它點著，一轉身卻發現安妮趴在床上。

「你怎麼啦？」瑪莉拉被嚇了一跳，趕忙走到床邊，問道，「你怎麼了，安妮？剛才是不是睡著了？」

安妮沒有回答，只是「嗯」了一聲，聽上去不像是睡著了。

「是哪裡不舒服嗎？到底發生了什麼事？」瑪莉拉覺得安妮今天很奇怪，可能是沒有像往常那樣說個不停。

安妮沒有把頭抬起來，反而使勁把頭往枕頭底下鑽，彷彿怕見人一樣。「瑪莉拉，我很好，沒有什麼不舒服，求求你快出去吧，我不想讓你見到我的樣子，我覺得我已經沒救了。現在我覺得什麼都無所謂了，誰考第一，誰的作文受到表揚，誰入選了合唱團，這些都與我無關。我這輩子都不想出這間屋子了，我覺得生活已經失去了意義，就這樣吧，瑪莉拉，你快出去吧，我求求你了。」

「你到底怎麼了？為什麼會說這些奇怪的話？」瑪莉拉被安妮弄得一頭霧水，「安妮，你給我起來把話說清楚！立刻！馬上！」看來瑪莉拉真的發火了。

安妮不得不把頭從枕頭底下伸出來，然後慢慢地坐起來，頭低得很低，小聲說道：「瑪莉拉，我的頭髮……」

瑪莉拉把蠟燭湊了上去，這才發現安妮的一頭濃密的頭髮變成了綠色，只有髮根處還能看出是紅色。

「安妮，這是怎麼回事？你的頭髮怎麼變成綠色的了？」瑪莉拉忍住沒有笑出來。

「沒錯，是變成綠色的了。」安妮的話裡帶著一點哭腔，「我原本以為這個世界上最難看的頭髮是紅色，沒想到綠色的更難看，瑪莉拉，我不想活了。」

「這裡太冷了，我們到廚房去說，你今晚一定要把事情給我說清楚。這三個月來，你表現都不錯，沒闖什麼禍，我還以為你改邪歸正了呢！」

「我染頭髮了。」

「什麼？染頭髮？難道你不知道染頭髮是作惡嗎？」

「我知道，可是只要不再頂著一頭紅頭髮，受什麼罪我都願意。我也知道染頭髮是作惡，我都打算好了，我準備以後多做好事來洗清罪惡。」

「既然你不喜歡紅頭髮，為什麼不選擇一個正常的顏色，而要染成綠色的呢？要是我不會選綠色的。」

「我原本沒打算染成綠色的，」安妮滿臉沮喪地說，「我原本想染成黑色的，但沒想到他居然騙了我。艾倫太太曾經告訴我，要想指責別人說謊就得有證據。現在我有證據了，證據就是我的綠頭髮，可當時我沒有證據，所以就相信了他的話，沒想到結果被騙了。」

「他？他是誰？誰把你騙了？」

「一個賣東西的小商販，我就是在他那裡買的染料。」

「安妮，你怎麼不長記性呢？我跟你說過多少遍，不能把陌生人隨便放進屋子裡來，你知不知道這樣做有多危險？」

「我沒讓他進來，你說的話我也沒忘。我先把屋門鎖上，然後在外面的台階上跟他交易的。他的箱子裡面裝滿了有趣的東西，他還說自己是個德國猶太人，這樣不辭辛勞地掙錢是為了把老婆和孩子從德國接過來。他不停地說，我就有點可憐他，最後決定幫助他一下。我原本打算跟他買一點東西，可是沒想到從箱子裡找到一個小瓶。我問他裡面裝的是什麼，他說是染料，無論是什麼顏色的頭髮，保證都能染得烏黑亮麗。而且還信誓旦旦地向我保證染色之後絕不褪色。他是那樣能說會道，我徹底被他說矇了，便花五十分買下了這瓶染料。當時我還覺得這個小販是個大好人，原本這瓶染料要七十五分的，可是看到我只有五十分之後便便宜賣給我。我回到屋子裡之後，立刻找了一個舊的小刷子，把這瓶染料全染到了頭髮上。沒想到我眼看著自己的頭髮從紅的變成了綠的，當時我連死的心都有了。瑪莉拉，我怎麼這麼可憐，我真後悔自己做的這些蠢事。」

「很高興你感到後悔，儘管有些遲。不過你要記住，這是老天對你愛慕虛榮的懲罰。」

瑪莉拉聽完安妮的哭訴之後，嚴厲地說，「先試著洗一下，看看能不能洗掉。」

安妮這才反應過來，趕忙去接了一盆水，用肥皂來回使勁搓。但結果證實了小販的話，那就是確實不褪色。安妮心想，至少在這一點上他沒有騙自己。

「瑪莉拉，不管用啊……」說著安妮急得哭了出來，「以前犯的錯誤大家很快就會忘記，這次倒好，任何人都得記一輩子。尤其是裘西．派伊，要是讓她看見我這副樣子，她肯定會笑死的，絕不能讓她看到。瑪莉拉，我覺得我是愛德華王子島上最不幸的人了。」

在頭髮變綠之後的一個星期內，安妮沒有出門半步，整天在家裡洗頭髮。除了綠山牆農舍的人以外，還有一個人知道這件事，那就是黛安娜。她向安妮發誓，保證絕不將這件事洩露出去，事實證明黛安娜確實是一個守信用的人。又過了一個星期，瑪莉拉看清了形勢，她對安妮說：「安妮，看來用水洗這一招不管用，你已經洗了兩個星期了，說實話，我還沒見過這麼頑固的染髮劑。現在我必須做出一個艱難的決定，這也是唯一的辦法了，那就是把頭髮剪掉，不然你永遠走不出這個農舍了。」安妮聽完之後非常傷心，但這也在預料之中，所以只是歎了一口氣，便去找剪刀了。

「瑪莉拉，你最好一下子把這些綠頭髮全部剪掉，我實在是忍受不了它們了。我在書中看到過有人因為生病而掉頭髮，也有人為了賣錢而剪頭髮，我要是這兩種情況也不至於像現在這樣傷心，我居然是因為染壞了而剪頭髮。如果我說頭髮太長了所以剪掉，不知道他們會不會相信。瑪莉拉，你剪頭髮的時候要是我哭了出來，請不要責備我，因為我覺得自己實在是太可憐了。」

果真如安妮所說，瑪莉拉在安妮的哭泣聲中把她的頭髮剪完了。安妮跑到桌子旁邊，拿起鏡子，看著鏡子裡面的自己，她賭氣地把鏡子扣在桌子上，絕望地說：「頭髮長出來之前，我不再照鏡子了，簡直是自取其辱。」

這句話剛說完一會兒，她又忍不住掀開鏡子端詳裡面的自己，並發誓道：「我不能逃避，要勇於面對自己做的錯事。我要時時刻刻都看鏡子，牢記這個教訓。我以前的頭髮雖然是紅色的，但至少是一頭濃密捲曲的頭髮，現在倒好，連濃密和捲曲也沒有了。」

星期一，安妮就這樣頂著一個光頭來到了學校，反應可想而知，人們又一次被安妮震驚了。不過大家都很迷惑，安妮為什麼會突然剪掉頭髮呢？除了黛安娜，沒人知道原因，裘西・派伊又有機會攻擊安妮了，逢人便說安妮現在像一個稻草人。

「裘西怎麼也想不明白我為什麼會剪頭髮，但是我忍住了沒有告訴她，你知道對於我這種人來說，守住一個秘密是多麼的困難。」這天晚上，安妮與瑪莉拉說著悄悄話。

「這倒是真的。」瑪莉拉輕聲回答道，她剛剛犯了頭疼，現在感覺好了一些，正躺在沙發上休息。

「我覺得這是上天給我的懲罰，同時是對我的考驗，我必須堅持住。我不會計較裘西對我的諷刺，因為只有寬恕別人，自己才會快樂。今後我要努力做個好孩子，把腦袋裡那些亂七八糟的東西全部都清理出去。我要向瑪莉拉、艾倫太太、史泰西老師學習，做一個善良的人。黛安娜已經為我想好了，等頭髮稍微長出一點來，就戴上一根黑色的天鵝絨絲帶，我覺得這是一個好辦法。瑪莉拉，你看我又忍不住說了這麼多，你有沒有感到厭煩？你的頭疼好些了嗎？」

「現在倒是不疼了，不過今天疼起來感覺比以前嚴重，我覺得要找個大夫好好瞧瞧了。至於你說的話，我都習慣了，多點少點都一樣。」瑪莉拉覺得自己越來越能接受安妮的聒噪了。

# 第二十八章　百合少女遇險記

「只有你適合伊蓮這個角色，安妮，你知道坐著小船在河裡漂需要很大的勇氣，我可不行。」黛安娜說道。

「我也不敢。」露比・吉利斯甚至已經開始哆嗦了，「我承認幾個人一起坐在小船裡會比較有意思，但是如果船翻了怎麼辦？我們都會被淹死的，這種事想想都可怕。」

「難道你們不覺得這樣很浪漫嗎？」珍妮・安德魯斯說，「我倒是不怕坐船，但是我做不到一動不動，我老想站起來看看自己到哪裡了，那樣的話，氣氛就會被破壞掉的。你們說呢？」

「我也想演伊蓮這個角色，但是你們見過紅頭髮的伊蓮嗎？」安妮顯得很遺憾，「我倒是不怕坐小船，也能忍住一動不動，但是伊蓮是百合少女，不可能長著一頭紅髮。書中不是說她『飄逸的長髮閃亮動人』嗎？我看露比的皮膚那樣白，又長了一頭漂亮的金髮，演伊蓮這個角色再適合不過了。」

「安妮，你的皮膚和露比的一樣白。」黛安娜說，「並且你的新頭髮也比以前顏色深了。」

「這是真的嗎？」安妮聽了之後很激動，甚至臉都變紅了，「我也總在想，我的頭髮顏色要是變得深一點該多好，要是能變成茶色的，那就更好了。」

「現在就差不多是那種顏色，等它們長長了就會更漂亮。」說完之後，黛安娜望了一下安妮頭上的黑色髮帶。其實這個時候，安妮的頭髮才剛剛開始長。

這是一個夏日的午後，四個小女孩正站在湖邊。這個不大的湖位於果園坡下邊，四周長滿了白楊樹，岸邊有一個木台伸到湖裡，那是供人釣魚和打野鴨用的。最開始只有露比和珍妮來玩，後來安妮和黛安娜也加入了，她們幾乎天天來這裡，整個暑假幾乎都是在湖邊度過的。清幽坡的故事已經成了往事，貝爾先生將草原邊的那片小樹林砍掉了，安妮甚至還為此哭了一場。幸好她們又找到了新的寄託，就是這個小湖。黛安娜幫助安妮重拾了信心，兩個人經常沉迷於湖邊的風景。小湖邊有很多可以玩的東西，比如釣魚，還有一次她倆差一點把一艘平底小船給毀了。

這一次提議要扮演伊蓮的是安妮，不過這和丁尼生有關。這個冬天，她們學習了丁尼生的詩，教育部長將丁尼生列為愛德華島上學校裡必學的詩人。學生們不僅學習丁尼生的詩，還對其中的語法和細節進行討論。教師們可能不知道，這些學生對詩的內涵並沒有多少了解，不過對詩中出現的百合少女、圓桌騎士蘭斯洛特、王后關妮薇、亞瑟王倒是非常癡迷。他們時常幻想這些人物會出現在自己眼前，有豐富想像力的安妮更是如此，經常為詩中的人物唏噓感慨。

這一次安妮提出要扮演伊蓮的計畫得到了大家的積極回應。她們計畫先從停船的地方把小船推出來，然後讓小船載著她們順流而下，穿過橋底，最終到達小湖。安妮覺得這條路線很合適，現在缺的就是誰來扮演伊蓮。

看到大家都不吭聲，安妮很勉強地說：「那就由我來演伊蓮吧。」雖然安妮很願意扮演女主角，也會為此而高興，不過她總是認為合適的角色應該由合適的人來扮演。

「露比，你演亞瑟王。珍妮，你演關妮薇，黛安娜演蘭斯洛特。其實還應該有人來扮演伊蓮的父親、兄弟和僕人，我們都免了，如果再加上這些人，這條船非翻了不可。伊蓮一個人躺下就佔據了整條船，這條船實在是太小了。我們還需要用一塊黑布鋪在船艙裡，黛安娜，你媽媽不是有一條舊的黑色圍巾嗎？我覺得應該可以。」

黛安娜趕緊回家翻出母親的那條舊圍巾，又一路小跑跑了回來。安妮把這條圍巾展開鋪在船裡，然後自己躺在上面，閉上眼睛，雙手合在胸前。

「安妮演得真像，就像是真的死了一樣。」露比的話中露出了一絲害怕。安妮則依舊一動不動，繼續躺在那裡裝死人，陽光透過白樺樹的樹葉，零零落落地灑在她的臉上。

「我們演這個戲不會有什麼問題吧？我怎麼感覺有些害怕，千萬別讓林德太太知道，不然她又會說我們在糟蹋好的劇本。」露比仍舊在擔心。

「露比，你說什麼？不要那麼在乎林德太太的意見，這場戲說的是幾百年前的事情，那時候還沒有林德太太呢。」安妮說，「珍妮，下面就要看你的了，你要多設計幾個動作。記住伊蓮已經死了，死了的人就不能再說話幫你們了。」

安妮打扮得不倫不類，原本應該披一件銀絲外套，但是沒有，正好用蓋鋼琴的布罩來代替；沒有地方去找百合花，便用一隻鳶尾花來代替，雖然道具都很爛，但是看上去還蠻像那麼回事的。

「好啦，聽我說，」珍妮指揮大家，「第一場戲就是告別，伊蓮這時已經死了，黛安娜你要說『妹妹，永別了』，露比，你就說『別了，親愛的妹妹』。記住，你們兩個一定要表現得非常悲痛。安妮，記住你要面帶笑容。好了，躺到船上去吧，我們開始。」

安妮到小船上躺下，然後船被推了出去。沒人注意到，船被推出去的同時，刮到了水底的一根木樁。大家看著船沿著預定路線往橋底下漂去，便拔腿向下游的小樹林裡跑。因為按照劇情亞瑟王、關妮薇和蘭斯洛特要在下游攔下載著百合少女遺體的船，然後痛哭一場。船一開始還算正常，只是稍微有些搖擺，安妮躺在其中，情不自禁地展開了自己的想像力。然而誰也沒有想到船底竟然開始進水了，一定是剛才刮到水底的木樁把船底刮壞了。安妮察覺到小船進水之後，一下子跳了起來。就這樣，原本死去的百合少女，現在一手提著舊布罩，一手提著黑圍巾，狼狽地站在船上手足無措。不過安妮很快就發現了問題所在，原來是船底的羊毛氈被水中的木樁扯掉了一大塊，水正是從這個地方湧入的。安妮心想，如果按照這個速度，船到不了岸邊就會沉掉的，到時候自己也將沉入水底。更糟糕的是，船槳被落在了停船場。

叫天天不應，叫地地不靈，這就是安妮當時面對的境遇，周圍一個人都沒有，安妮嚇得哭了起來。不過她馬上恢復了鎮定。她知道自己現在還有機會，也是唯一的機會。

「你不知道當時我有多害怕。」安妮在第二天向艾倫太太說起這件事的時候，還心有餘悸，「我想讓船快點漂到小橋那邊去，看上去只有幾步遠的地方，但我覺得足足漂了幾年才到，時間過得太漫長了。眼看著水一點點進到船艙裡，當時的情況我只能祈求上帝保佑了。但是我祈禱的時候沒有閉眼睛，我知道上帝會用哪一種方式幫我。我發現四周都是水，唯一的機會是等船漂到橋下時，我爬到橋下的樁子上去。所以我不停地祈求上帝：『上帝保佑，保佑這條船漂到橋下去，那樣我就不會淹死了。』我把能想到的所有美好的詞彙都獻給了上帝，結果小船真的就撞到了橋下的木樁上，船一停，我立刻爬到了上帝賜給我的一根大木樁上，緊緊摟住這根木樁一動也不敢動。時間一長，我發現自己正在一點點地向下滑，我只好摟得更緊。當時我身上還披著那個舊布罩和那條黑圍巾，狼狽不堪地抱著水裡的一根木樁，那副樣子無論如何也不會讓人想到百合少女。是不是百合少女，浪漫不浪漫，我已經不在乎了，我只想保住自己的小命不被淹死。可這樣是不行的，必須得有人來救我，我只好再次向上帝祈禱。」

安妮抱住木樁之後，小船繼續向下游漂去，並最終沉入水中。另外三個人在下游等著安妮，她們正在納悶怎麼這麼久船還不來。就在這時，她們眼看著船漸漸沉入了水底。三個人嚇得尖叫起來，她們以為安妮也沉入了水底。三個人被嚇傻了，臉色蒼白，渾身打顫，站在原地動彈不得。過了一會兒，三個人才如夢初醒，喊著安妮的名字往回跑，跑到橋邊去尋找安妮。

這時的安妮已經快撐不住了，抱住木樁的手越來越沒有力氣，彷彿隨時都會鬆開。就在這時，她聽到了黛安娜她們在哭喊著自己的名字，並且哭喊聲越來越大。她知道已經有人來救自己了，所以告訴自己必須堅持住。可是隨著時間一分一秒地過去，仍然沒看見黛安娜她們的身影，安妮心急如焚。「這三個人難道被嚇暈了嗎？怎麼還不過來？再不來我就……」此時安妮已經手腳麻木，隨時可能掉入水中。

安妮往下看了一眼，看到自己在水中的影子來回搖擺，綠綠的河水望不到底，心中一陣戰慄。此時，安妮的想像力開始向她展示了可能會發生的各種可怕情況，就在安妮的手要鬆開的時候，橋底下划出一條小船。原來是安德魯斯家的船，划船的正是吉伯特·布萊斯。他看到安妮的處境之後，趕忙把船划過來。而安妮臉上則保持著對吉伯特不屑的表情，在這種危難關頭，安妮仍能保持自己的一貫作風，這一點事後她也挺佩服自己。吉伯特被眼前這種情景嚇壞了，瞪著眼睛問安妮：「安妮，你為什麼會在這裡？發生什麼事了？」

話音還沒落，他的船就划到了安妮抱住的那根木樁下，並向安妮伸出了手。安妮此時別無選擇，只得拉著他的手跳到船上。此時的安妮已經累得氣喘吁吁，手中的布罩和黑圍巾原本就不乾淨，現在又被河水浸濕了，總之是很狼狽。

「安妮，到底發生了什麼事？」吉伯特一邊把船划向岸邊，一邊問。

安妮並沒有抬起頭來看他，只是冷冰冰地回答：「我在扮演伊蓮，結果船漏水了，沒辦法，我只能抱緊那根木樁，原本想等她們來救我，沒想到你早來一步。現在你能不能把我送回停船場？」吉伯特把船划到了停船場，安妮不用吉伯特幫忙，自己跳到了岸上。安妮對吉伯特說：「謝謝你救了我。」說完這句話，她轉身就走。吉伯特急忙喊：「安妮！等一等！」三步兩步就追上了安妮，並拉住她的手。

「安妮，你聽我說……」吉伯特有些吞吞吐吐，「我們真的不能做朋友了嗎？以前是我不對，我不該嘲笑你的紅頭髮。不過，事情都過去這麼久了，你怎麼還不肯原諒我？再說現在你的頭髮也和原來不一樣了……嗯……是更漂亮了。那麼就請你不要再生我的氣了，我們和好吧。」一起初，安妮差一點就答應了，她感覺到體內有一股暖流在四處流動，心跳也在加速。但是一轉眼這種感覺就沒有了，只剩下怨恨。安妮想到吉伯特在眾人面前嘲笑自己時的情景，雖然時間已經過去了兩年，但是當時那情景卻依舊歷歷在目。當初安妮就曾經發誓永遠不會忘記這個恥辱，仇恨也沒有隨著時間的流逝而減弱。一想到這些，安妮就斬釘截鐵地回答說：「不行，我不會原諒你，我們也永遠成不了朋友。」

「你真是頑固。」吉伯特說完之後跳上船，看得出來他很生氣，「我已經兩次向你道歉了，答不答應隨便你！」說完他就拿起船槳，使勁划向了遠方。

安妮站在楓樹下的小山坡上，心中有一種說不出來的感覺，吉伯特是對不起自己，可是他已經道歉兩次了，再說……她感到自己太小氣了。由於剛才在河中受到了驚嚇，所以安妮在樹下站著發了一會呆，等精神恢復之後便向坡下走去。剛走到一半就碰到了黛安娜和珍妮。原來剛才兩個人跑回去喊大人了，結果貝瑞夫婦沒在家，瑪莉拉去了卡莫迪，而馬修則在田地裡幹活。至於露比，早就嚇得不會動彈了，她們只好把她撇下。現在見到了安妮，兩個人都激動不已。尤其是黛安娜，一把摟住安妮的脖子，久久不願意放開，還一邊哭一邊說：

「安妮！我們還以為你淹死了……是我們逼你扮演伊蓮的……是我們把你送上船……我們覺得是我們殺了你……露比都嚇得不會動彈了……你還好嗎？你怎麼到岸上來的？」

「我先是抱住一根木樁，」安妮平靜地說，「後來是吉伯特救了我，他剛好划船路過那裡。」

「噢！安妮，你真是太偉大了，難道你不覺得這比百合少女的故事還要浪漫嗎？」珍妮說道。

「這麼說，你和吉伯特和好了？」黛安娜問。

「不可能！」安妮一口否認，安妮逐漸從驚恐和疲倦中恢復過來，說話變得又像以前，「珍妮，我以後再也不會追求什麼浪漫了，你知道這有多危險，當時我是多麼害怕，這種事情以後再也不會做了。這件事情主要責任在我，是我讓大家擔心受怕。我覺得我的星座太爛了，無論做什麼事情都會連累朋友。黛安娜，你父親的那條船被我沉到水底去了，我預測大人們知道這件事之後，再也不會允許我們來小湖玩了。」這一點安妮預測得很準，當她把這件事告訴瑪莉拉之後，被瑪莉拉嚴厲責罵了一頓：

「你讓我說你什麼好？你這麼大了怎麼還不懂事呢？」

「不要擔心，瑪莉拉。」安妮回家後先是在房間裡大哭了一場，將所有的恐懼都釋放出來，現在已經變得相當平靜。「我覺得自己變得越來越理智，越來越堅強。」

「真不知道你怎麼會有這種感覺？」

「聽我跟你解釋。」安妮說，「我覺得今天這件事對我來說是個極大的教訓。只有得到教訓才能改正錯誤，你看我來了之後得到過多少教訓，就是這些教訓讓我改正了身上的缺點。經歷過『胸針事件』之後，我知道了不能隨便亂動別人的東西；『幽靈森林』那次之後，我知道了不能胡思亂想；給艾倫太太做蛋糕失敗那次之後，我懂得了做飯的時候要仔細認真；前段時間把頭髮染綠之後，我明白了虛榮心不能太強，從那以後我再也沒想過自己相貌的事情。今天的教訓讓我明白，腦子裡整天想著追尋浪漫是不對的，在現在的艾凡里沒什麼浪漫可以追尋，要是在幾百年前也許會有。這個教訓我肯定會銘記的，以後不再犯這類錯誤。我會說到做到的，瑪莉拉，請相信我。」

「你能這樣想我很高興。」瑪莉拉說完之後就走出去了，其實她心裡對安妮的保證並不是太相信。一直坐在老地方一言不語的馬修站起來把手放到安妮的肩膀上小聲說：「浪漫這種東西還是留一點的好，不過不能太多，只要那麼一點點就夠了……」

# 第二十九章　安妮的新生活

九月的黃昏格外漂亮，夕陽的餘暉透過小樹林灑到大地上，像是撒了一地的寶石。當天色越來越黑的時候，樹林間就會飄起一層薄薄的紫霧，風一起，這些紫霧就像是葡萄酒一樣流淌過樹梢。就是在這樣一個黃昏中，安妮趕著牛群路過「情人小路」。

牛群走在前面，安妮看到了如此美麗的黃昏，不禁想起了學過的一首戰爭史詩《馬米恩》。這是去年史泰西老師讓他們背誦的，現在安妮還記得其中的一些篇章，並大聲念了出來。這首詩中有一股英勇和豪氣在裡面，安妮越背越激動，她幻想自己此刻正站在戰場上，旁邊是刀槍碰撞發出的聲音，甚至自己也成了一名戰士。當她幻想完睜開眼之後，發現黛安娜正在向自己走來。看到黛安娜一臉嚴肅，安妮知道她肯定有事情要跟自己說，但是自己並不打算流露出好奇心，而是要逗她一下。

「黛安娜，看看這黃昏就像夢境一樣，每天早上都覺得朝霞是最漂亮的，可是到了黃昏就會認為晚霞更美麗。」

「黃昏確實很漂亮，不過安妮，我有一個好消息要告訴你，在我說出來之前，我想先請你猜三次。」

「噢，肯定是夏綠蒂‧吉利斯要結婚了，要不就是艾倫太太請我們幫忙裝飾教堂。」安妮一下子就給出了兩個答案。

「不對，你只有一次機會了。」

「珍妮的媽媽要為珍妮辦一個生日聚會。」

黛安娜笑著搖了搖頭，兩隻俏皮的大眼睛一眨一眨的。

「那我就不知道了。」安妮顯得很為難，「是不是昨晚做完祈禱之後，穆迪‧史柏真‧麥克佛生送你回家了？」

「還是不對。」黛安娜對安妮最後的猜測表示不滿，「還是我告訴你吧，要不然我覺得你永遠都猜不出來。今天中午收到一封約瑟芬姑婆寫來的信，她在信中邀請我們去她家中作客，她要帶我們去參觀商品博覽會，時間就是下星期二。」

「真是太好了，黛安娜！」安妮激動地大喊道，幸福來得太突然，她覺得自己快要暈倒了，趕緊靠住旁邊的一棵大樹。「這是真的嗎？不過瑪莉拉肯定不會同意的，上星期珍妮邀請我去聽音樂會，她就說不要出去閒逛。雖然珍妮說我們會坐馬車去，但是瑪莉拉仍舊沒同意，最後我不得不留在家裡做作業。那一次我傷心極了，連禱告都沒做就上床睡覺了。後來覺得這樣不對，半夜又爬起來禱告了一次。」

「我有個辦法，讓我母親去跟瑪莉拉說，瑪莉拉肯定會答應的。瑪莉拉要是點頭同意，我們就能去城裡了，我還從來沒有參觀過商品博覽會呢，光是想想就熱血澎湃。珍妮和露比都去過博覽會，而且還去過兩次，她們說今年還會去。」

「在瑪莉拉同意之前我是什麼都不會想的。」安妮說，「要不然的話，興奮了好長時間結果去不了，我會受不了的。但是如果能早一點知道能不能去，還可以準備一下衣服。最好是能把那件冬天穿的長洋裝趕製出來。瑪莉拉一邊說我過冬的衣服足夠了，一邊卻還在為我做新洋裝。洋裝的顏色很鮮豔，是橘紅色的，樣式也是流行的款式。瑪莉拉最近給我做的衣服樣式都很新，她對馬修說，她受不了把我的衣服交給林德太太去做。馬修說他們還為我在卡莫迪的店裡面訂做了一件新衣服，用的是藍色的絨布料。我真想像不出我穿著這件衣服走進教堂之後會有什麼樣的效果，但是我還是忍不住去想。馬修還在卡莫迪給我買了一頂帽子，上面裝飾著黃色的穗帶和藍色的天鵝絨，精緻極了。你的那頂帽子也很漂亮，就是上星期你去教堂的時候戴的那頂，當時看到你那麼漂亮，我為你感到自豪。瑪莉拉說，像我這樣整天想著打扮是不行的，是有罪的。但是我總是抑制不住自己去想這些東西。」

瑪莉拉最後還是答應了讓安妮去城裡參觀商品博覽會。貝瑞先生決定星期二的時候親自將兩人送進城裡。但是他們必須要一大早出發，因為貝瑞先生有事情要處理，所以必須當天趕回來。從艾凡里到夏綠蒂鎮有三十英里，一想到要去那麼遠，安妮就會心跳加速。星期二這天終於到來，天還沒亮安妮就早早醒了。她先是朝窗外望了望天空，發現今天是個好天氣，她那顆懸著的心終於放下。然後看到貝瑞太太家的燈也亮起，猜測黛安娜也起來了。

安妮興奮地忙上忙下，馬修還沒生好爐火，她就已經洗刷完畢，甚至早飯準備好了瑪莉拉都還沒有下樓。草草吃過早飯之後，安妮穿上新衣服，戴上新帽子，向黛安娜家跑去。她跑過小河，又穿過樹林，來到了黛安娜家，黛安娜和父親貝瑞先生已經準備好了，三個人一起朝著夏綠蒂鎮的方向出發。儘管起得很早，並且路途遙遠，但是安妮和黛安娜並沒有表現出疲憊，而是興奮地邊看風景邊交談。路邊是剛剛收穫完的田地，朝陽照射在這片希望的土地上。馬車路過的時候，車輪壓過帶露水的草，發出嘎吱嘎吱的聲音。早晨的空氣新鮮、涼爽，像是一層裹在大地上的薄霧。

馬車先是穿過了一片楓樹林，然後又過了一座橋，接下來都是沿海的道路。可以聽到浪花嘩啦嘩啦的聲音，還可以看見遠處漁民的小屋中傳遞出的燈火。馬車走完沿海的小道之後，跨上了山頂，從山頂向下望去又是另一番別致的風景。

等他們到達夏綠蒂鎮的時候，已經走了整整一個上午。馬車最後停在一座古宅前面，這棟古宅稍稍遠離市區的大街，被粗壯茂盛的古樹環繞著，顯得氣派典雅。站在門口迎接他們的正是貝瑞小姐。一見到這兩個可愛的孩子，她的眼中就閃現出熱情和藹的目光。

「你們終於到了，歡迎你們！安妮，你都長得這麼高了，比我還要高，也變得漂亮了，我說得對不對？」

「這個我不知道。」安妮嘴上這麼說，可心裡卻是很高興，「我不過是臉上的雀斑少了而已，至於其他地方我沒有在意。不過能聽到奶奶這樣說，我還是很高興的。」

貝瑞小姐的家中富麗堂皇，安妮和黛安娜在吃午飯之前一直到處參觀，她們還沒有見過這麼豪華的住宅。後來安妮把這些一五一十地描述給瑪莉拉聽。

「我覺得皇宮也就是這樣子了吧。」黛安娜小聲跟安妮說，「我也是第一次來約瑟芬姑婆的家中作客，沒想到竟然比我想像的還要豪華，我真想讓茱莉亞・貝爾也來參觀一下，有這樣一位姑婆，真是令人自豪。」

「你看那邊的地毯是天鵝絨的，還有那個窗簾居然是絲綢的。」安妮已經看得入神了，忍不住感歎道：「在夢中我曾經幻想過要住進這樣的房子裡，可是當我們真正站在這裡的時候，會發現自己的想像力太匱乏了，好多東西都想不到，簡直是眼花撩亂啊。」

在貝瑞小姐的家中度過的這幾天，對於這兩個小女孩來說可謂是終生難忘。在這裡生活的每一天都充滿著幸福和快樂。星期三的時候，老貝瑞小姐帶著安妮和黛安娜去逛商品博覽會，她們痛痛快快地玩了一天。

「商品展覽會上的評比實在是太有意思了。」事後安妮向瑪莉拉描述的時候仍然難以掩飾自己的激動，「最開始的時候還不覺得那麼有意思，甚至不知道該去看哪個部門的評比，我覺得馬、鮮花和工藝品部門的評比最有意思。裘西・派伊的刺繡作品獲得了工藝品競賽的一等獎，我真為她感到高興。同時我也為自己不計前嫌而感到高興，這說明我真的長大了。哈蒙・安德魯斯先生培育出的蘋果新品種獲得了二等獎，這種新品種的名字叫格雷文斯坦。最搞笑的是貝爾校長家的豬獲得了一等獎。黛安娜覺得這是一件很荒謬的事情，因為她不能把主日學校的校長和豬獲得商品博覽會一等獎兩件事聯繫起來。我卻不這樣認為，你是怎麼看這件事的，瑪莉拉？黛安娜還說，以後她每當看見貝爾校長就會想起他家的豬，哪怕是在嚴肅的祈禱會上。得獎的還有克拉拉・路易絲・麥克佛生，她的畫畫得非常棒。另外林德太太也去參展了，她自製的奶油和乾酪大受歡迎，最終獲得了一等獎。我們艾凡里的人真是了不起。以前我對林德太太抱有偏見，但是你知道嗎？當我在幾千張陌生人的臉龐中看到林德太太時，那一刻我才發現我很喜歡她。接著，老貝瑞小姐帶我們去參觀賽馬比賽，林德太太沒有去，因為她覺得賽馬有傷風化，她還說自己是教會成員應該做出表率。看賽馬的人實在是太多了，但是黛安娜覺得十分刺激，她還拿出十分錢來跟我打賭，說那匹紅色鬃毛的馬肯定會取得第一名。不過我沒有跟她賭，因為艾倫太太說過賭博是不好的，我要時時刻刻記住艾倫太太的教誨，不做對不起她的事。最後那匹紅色鬃毛的馬果然跑了第一名，幸虧沒有跟黛安娜打賭，不然就要輸給她十分錢了。博覽會上還有人乘坐熱氣球升空，那種感覺肯定很刺激，我真想試試。還有算命的人，那是一個小老頭，他還養了一隻鳥，只要他一召喚，鳥就會抽出一張籤，上面寫著你今年的命運，這樣算一次需要十分錢。老貝瑞小姐出錢讓我們去算算自己的運勢，小鳥替我抽中的是一支婚姻籤，上面說我將來會嫁給一位海外的有錢人，並且這個人膚色是黑色的。從那之後，我就開始注意周圍膚色黑的人，但是一個看著順眼的也沒有。最後還是放棄了，現在考慮結婚的事情還太早。這一天玩下來之後，我和黛安娜都累得睡不著了。老貝瑞小姐曾經答應過我，說如果我去她家中作客，肯定會安排我住客房的。那天她確實讓我和黛安娜睡在客房裡。不知道為什麼，睡在那樣氣派的客房中，反而覺得若有所失。瑪莉拉，我覺得人長大了之後就會這樣，小時候嚮往的東西突然呈現在你面前的時候，總會覺得沒有想像中的好。」

星期四那天，老貝瑞小姐帶著安妮和黛安娜去公園玩耍，晚上又去了一個音樂廳，在那裡聽了一場音樂會，台上表演的演員中有一個是著名的歌劇演員。安妮和黛安娜激動得一句話都說不出，呆呆地坐在那裡看得出神。

「你知道嗎，瑪莉拉，坐在音樂廳那種感覺，我簡直無法形容。漂亮的塞利荻基夫人穿著一襲白裙，戴著璀璨的珠寶上台演唱。當她的歌聲響起的時候，我的眼淚忍不住流了下來，那簡直就是天籟之音。音樂會結束之後，我覺得生活中的一切都變了，我覺得自己再也回不到過去那種平凡的生活。當我把這個憂慮告訴貝瑞小姐之後，她建議我去街對面吃一點冰淇淋，那樣就會好多了。起初我還不信，但是冰淇淋確實很好吃，看來貝瑞小姐沒有騙我。當時是夜裡十一點，我們就在燈火通明的店裡坐著品嘗冰淇淋，那種氣氛愉快又輕鬆。黛安娜表達了自己對城市生活的嚮往，說將來自己也要在城市裡生活。貝瑞小姐問我是怎麼想的，我沒想過這個問題，所以只能說不知道。但是到了夜裡，我躺在床上想這個問題，我一直認為睡覺前這段時間是思考問題最好的時候。最終我想明白了，我不喜歡城市的生活，我還是喜歡現在這樣的生活。夜裡十一點在店裡吃冰淇淋，這種事情偶爾做一次還行，我還是願意在這個時候躺在綠山牆農舍裡的床上做夢。第二天在餐桌上我把自己的想法告訴了貝瑞小姐，她聽完之後沒說什麼，只是微微一笑。無論什麼事情，只要從我嘴裡說出來她都會笑，即使是我覺得很嚴肅的事情。」

歡樂的時光總是短暫的，轉眼間她們已經在貝瑞小姐家住了四天。星期五那天，貝瑞先生趕著馬車來接她們回艾凡里。

「你們玩得還好嗎？」貝瑞小姐問她們。

「愉快極了！」黛安娜說。

「安妮，你呢？」

「我在這裡待的每一分每一秒都很愉快。」說完之後，安妮再也抑制不住自己，撲進了貝瑞小姐的懷裡，然後雙手摟住貝瑞小姐的脖子，並在她那張布滿皺紋的臉上親了幾下。黛安娜在一旁看得目瞪口呆，她覺得這是一種放肆的行為，不過貝瑞小姐倒是非常高興。她站在自家的陽台上，看著遠去的馬車，直到什麼也看不見了才回到屋中。她看到這間屋子因為失去了安妮和黛安娜而變得冷清，不禁歎了一口氣。貝瑞小姐原本是個自私自利的人，除了和自己有關的事情其他一概不管不問，也不去關心別人。但是安妮的出現改變了一切，安妮讓她在人生的晚年感受到了快樂，所以她格外喜歡安妮，也因此變得對她格外關心。安妮雖然走了，但是在與安妮相處的這段時間裡，安妮的一言、一舉一動，都被貝瑞小姐記在了心裡。

「一開始我還覺得瑪莉拉很愚蠢，居然會從孤兒院領養孩子，現在看來這是一個正確的選擇。要是當初我收養安妮的話該多好啊！那樣的話，我肯定會變成另外一個人，肯定會天天都感到幸福。」貝瑞小姐自己一個人咕噥道。

回家的感覺，就像當初離開時一樣激動。一想到今天晚上將睡在自己那張熟悉的床上，兩個人興奮得不知道該如何表達。到了海邊小道的時候，太陽已經落山了，海面上升起了一輪明月。這個時候遠眺艾凡里的山丘，黑鴉鴉地連成一片。海風不僅傳來了海水的波浪聲，還帶來了鹹鹹的空氣，讓人覺得格外舒服。

在黛安娜家下了馬車之後，安妮就往綠山牆農舍跑去。剛過了小河，就看到了廚房中閃現的燈光，是那樣的溫馨。還有那一閃一閃的爐火，像是一雙小手在召喚安妮回家。安妮一口氣跑上了山坡，來到了廚房裡，看到瑪莉拉準備了一桌子的好菜。

見到安妮回來了，瑪莉拉趕忙放下手中的針線活，站起來說道：「安妮，你終於回來了。」

「對，我回來了，還是家裡好啊。」安妮也很興奮，看看這裡，看看那裡，彷彿離開了不是幾天，而是幾年，「瑪莉拉，我太想你們了，我想綠山牆農舍的一切，連那個掛鐘我都想。咦？你做了烤雞，是為了迎接我回來嗎？」

「當然了，你趕了大半天的路，肚子肯定餓了，所以我就做了這些好吃的等你回來吃。快把大衣脫了，休息一會兒。等馬修回來我們就開飯。看到你我真是太高興了，沒想到才四天不見你，我就受不了了，你不在家裡，我覺得孤獨極了。」

晚飯過後，馬修和瑪莉拉坐在爐火前面，安妮則坐在兩人中間，為他們講述這幾天在城裡的所見所聞：「我在那裡過得非常愉快，這將是我這一生中最值得回憶的事情之一。不過我現在最高興的是，終於回家了。」

# 第三十章　一個新目標

時間來到了十一月，黃昏時分，綠山牆農舍的廚房中光線已經很暗了，但是屋裡沒有點燈，唯一的光來自能熊的爐火。瑪莉拉在做針線活，而安妮則在爐火前蜷坐著發呆，很明顯，她又陷入幻想的世界裡了。

瑪莉拉把手中的活放下，揉了揉眼睛說：「眼睛好累，下次進城的時候一定要換一副眼鏡，不知道怎麼了，最近總是覺得眼睛不舒服。」

安妮沒有回應，剛剛她還在看書呢，現在則盯著爐子裡的火發呆。不知道什麼時候，書已經從手中滑落，而臉上則保持著一股奇怪的微笑。瑪莉拉知道安妮又開始施展自己那驚人的想像力了。這一次想像力把安妮帶入了一座西班牙城堡，這是一個美麗的新世界，城堡周圍都掛著彩虹，但同時又十分驚險和刺激，總之是一個充滿魅力的地方。現實中的安妮總是闖禍，但是夢幻中的她從來都是戰無不勝。

瑪莉拉看到安妮那副自我陶醉的神情，臉上露出了欣慰的笑容，目光中滿是對安妮深深的愛。但是艾瑪莉拉平時從不表露，只有在昏暗房間裡藉助著一點爐火，她才會表現出來。表達感情最有效的方式就是語言和臉上的表情，但是瑪莉拉從來不用這些方式，她怕把安妮寵壞。所以無論安妮做什麼事，她都抱著一種嚴厲的、斥責的態度，其實她心中對這個收養來的少女十分喜愛。

安妮感受不到瑪莉拉對自己深深的喜愛，倒是經常受到她對自己的責備和抱怨。安妮甚至認為瑪莉拉不喜歡自己，也沒有同情心，這讓她感到傷心和苦惱。但是她也會記得瑪莉拉對自己體貼的照顧和收養的恩情，想到這裡她就會為自己前面的想法感到羞愧。

瑪莉拉突然記起了什麼，對安妮說道：「安妮，你們史泰西老師今天來找過你，不過當時你和黛安娜出去了。」

一會兒安妮才反應過來：「什麼？老師來找我？你怎麼不喊我一聲呢？當時我倆就在『幽靈森林』裡。秋天的樹林美極了，到處長滿了羊齒草，像是鋪了一層軟軟的地毯。不時就會有熟透的果子從樹上掉下來，掉到小草上一點聲音都沒有，就跟什麼事都沒有發生一樣。如果晚上天氣好，還會藉著月光看到小精靈，他們夜間活動，還圍著七色的彩虹圍巾。可惜的是黛安娜看不到這些精靈，因為上次『幽靈森林』之後，貝瑞太太狠狠教訓了她一頓。就是從那時開始，黛安娜原本就不多的想像力變得更加匱乏。林德太太對茉特兒・貝爾已經徹底失望了，這是她自己說的。我問過露比原因，露比認為這和茉特兒出賣戀人有關。露比整天滿腦子裡都是戀人，我認為隨著年齡的增長，她的這個毛病會變得越來越嚴重。戀人這種東西可有可無，有一個固然很好，沒有也沒什麼大不了的。我已經和黛安娜商量好了，我們決定永遠單身，將來一起生活，做一個討人喜歡的老女孩。不過黛安娜的態度還不是太堅決，她說自己可能會嫁給一個壞人，然後把這個壞人改造成好人。我對壞人也有要求，那就是一定要年輕、可愛。我們兩個最近討論的問題都很嚴肅，因為我們覺得自己長大了。眼看要十四歲了，怎麼還能整天發表一些幼稚的言論呢？我說得對吧，瑪莉拉？上個星期三，史泰西老師在河邊對我們這群十幾歲的小女孩說了很多關於人生的問題，比如十歲的孩子應該具備什麼樣的素質，應該有什麼樣的理想等等，史泰西真是一個好老師。人到了二十歲就基本定型了，這是史泰西老師說的，所以前面的基礎要打好，不然的話這一生很有可能一事無成。那天放學的路上，我和黛安娜下定決心一定要養成更良好的生活習慣，努力學習更多的知識，學會思考，那樣等我們二十歲的時候就會有一個良好的人生基礎了。我們在討論這些的時候很嚴肅，一點都不像開玩笑，真的。二十歲很快就會到來，一想到這我就覺得害怕，這讓我覺得自己已經不小了。噢，對啦，今天史泰西老師來有什麼事情？」

「謝謝你給我一個說話的機會，史泰西老師來是關於一件事。」

「一件事？」安妮彷彿知道是什麼事情，臉立刻就變紅了，低下頭小聲說，「我知道她說的是什麼事，這件事我早就想告訴你，不過後來忙別的就忘了。真的，瑪莉拉，我沒有騙你。昨天下午是歷史課，我沒有看歷史書，而是在看《賓漢》，結果還被老師發現了。書是珍妮・安德魯斯借給我的，我原本沒打算在歷史課上看，但是上課鈴響的時候，我剛好看到戰車駛來那一段，我想盡快知道結局，想知道賓漢到底贏了沒有。我是希望他能贏，這個問題很重要，如果賓漢輸了，就會顯得不公平，那這本書就變得沒有意思了。我把歷史書打開放到桌子上，把《賓漢》放到膝蓋上面看，這一招很好用，一般不會被識破。但是我當時看得太癡迷了，連老師走過來都沒有發現，當我發現眼前有個人的時候，嚇得猛一抬頭，剛好看到老師的臉。老師沒有責備我，但是看得出她的臉上寫滿失望，我的臉一下子就紅了，喬西・派伊那個傢伙卻在偷偷地笑。最後老師把書拿走了，雖然沒說什麼，可是事後把我留下來訓斥了一頓。老師說首先我不應該在課上看小說，把該學習的時間都浪費了。更不應該上面放著歷史書，在下面偷偷摸摸地看，這是在欺騙她。我起初沒有意識到這一點，當我認識到自己原來是在騙人的時候，我內疚極了，忍不住哭了起來。我向老師保證一週不去碰《賓漢》，也不再去好奇賓漢到底贏了沒有，請求老師原諒我。最後老師原諒了我，事情就算是結束了，我原本是要告訴你的，瑪莉拉，可是……史泰西老師來說的是這件事情嗎？」

「很可惜，安妮，史泰西老師說的不是這件事情。很顯然，上課看小說被抓住讓你很內疚，但是你做得也太過分了。我小的時候，家裡連一本小說都不讓我碰，更不用說帶到學校裡去了。」

安妮對瑪莉拉的批評有些不服：「《賓漢》是一本宗教書，不能和那些小說相提並論的。我覺得這本書不適合星期天讀，因為它會使人變得興奮，所以我都是在平時讀。史泰西老師和艾倫太太都說過，每個人都應該讀與自己年齡相配的書，我也一樣。我曾經向露比・吉利斯借過一本恐怖小說，名字叫《鬧鬼館的駭人之謎》。你是不知道，瑪莉拉，這本書中講的故事讓人毛骨悚然，但是我覺得很有趣。後來史泰西老師發現我在看這本書，就說這是一本無聊、低俗的書，這種書不適合我這個年齡的人看。我之前曾經發誓再也不看恐怖小說了，但我真是忍不住，我總想知道故事後來怎麼樣了。如果故事只看了一半就打住的話，會讓我感覺到憋悶，但是想到史泰西老師和艾倫太太，我還是決定放棄恐怖小說。我為了自己在意的人可以放棄任何東西，我是不是很偉大，瑪莉拉？」

「好吧，給我點上燈，我要忙針線活了。我看出來了，你根本就不想知道史泰西老師來找你是為了什麼，所以你才在這裡說個沒完。」

「瑪莉拉，我是真的想知道，你就告訴我吧。我從現在開始就閉嘴，一句話也不說了。儘管我已經知道如何讓說話不犯錯，但是在表達方式上我還沒有掌握好，常常說起來就沒完。雖然說得很多，但是我覺得沒有一句是多餘的，其實這不過是我想說的一半而已，另一半我打算不說了。瑪莉拉，你就快點告訴我吧。」

「史泰西老師說想成立一個升學班，把那些想考女王學院的高年級學生召集起來，每天放學後再多學習一個小時。她來是想問，你願意參加嗎？你想考女王學院，將來當一名老師嗎？」

「這是真的嗎，瑪莉拉？」安妮激動地攥住雙手，跪倒在地，「我從小就夢想著成為一名教師！幾個月前，露比‧吉利斯和珍妮提到過這個升學班，從那時開始我就時刻準備著加入，激動人心的時刻終於到來了。要是能當教師，那就太好了。可是……這是不是需要花很多錢？普莉西上大學就花了家裡一百五十元，而且她的幾何比我強多了。」

「錢的問題你不用擔心，領養你的時候我們就已經商定好了，要讓你接受最好的教育。我覺得一個女人必須要有養活自己的能力，即使做不到這一點，只要我和馬修在，只要綠山牆農舍還在，這裡就永遠是你的家。多掌握一門本領對自己沒有壞處，再說將來會發生什麼事，誰也不知道。所以如果你想考女王學院，那就去考吧，我們會支持你的。」

安妮眼中飽含著熱淚，她對瑪莉拉說：「真是太謝謝你了，還有馬修，我一定會好好努力的，我要讓你們為我感到驕傲。現在只是在幾何上有點小問題，不過我想我會克服它的。」

「如果不出意外的話，我覺得你能考上，史泰西老師說你很聰明，也很用功。」其實史泰西老師還誇獎了安妮很多，但是瑪莉拉不打算全都告訴安妮，一是怕她驕傲，二是怕引起她無休止的感慨，「總之你不用太拼命，還有一年半的準備時間呢，史泰西老師說了，你應該先掌握好基礎知識。」

「我決定從今天開始努力學習，直到考上女王學院為止。」安妮堅定地說，「牧師說人應該有自己的理想和抱負，然後去為了實現它們而努力。看來有一個偉大理想很重要，我想成為教師，這就是我的理想。這個理想是不是很了不起，瑪莉拉？反正我覺得教師這個職業很偉大。」

不久之後，安妮就加入了升學班。除了安妮之外，班上還有吉伯特・布萊斯、露比・吉利斯、珍妮・安德魯斯、裘西・派伊、查理・史隆、穆迪・史柏真・麥克佛生，總共七個人。黛安娜沒有參加升學班，原因是貝瑞夫婦不打算讓安妮成為教師。這對安妮的打擊很大，要知道這可是一對形影不離的好朋友，每個人都像是另外一個人的影子一樣。放學之後，升學班還要學習一個小時。安妮看到黛安娜磨磨蹭蹭不願意離開的樣子，心裡難受極了。這些年來，每次放學她們都是一起回家，而今天黛安娜則要自己穿過「白樺小徑」和「紫羅蘭溪谷」，一想到這一點，安妮就有一種追出去的衝動。她從桌上隨便抓起一本書掩在臉上，不想讓別人看到自己流淚，尤其是不能讓吉伯特・布萊斯和裘西・派伊看到。

「噢，瑪莉拉，一想起黛安娜自己一個人回家時那副沮喪的樣子，我就傷心無比，就跟沒能夠參加牧師的傳教一樣。」當天晚上安妮忍不住對瑪莉拉傾訴，「我想我已經知道了生離死別的滋味了。要是黛安娜也來參加升學班就好了。林德太太說過，這個世界本身就不完美，所以也就不存在十全十美的事。雖然我覺得這不像是安慰人的話，但還是很有道理的。

儘管只有七個人，但是我覺得我們這個升學班很有意思。沒想到珍妮和露比也會想當老師，而她們則說這是她們一直在追求的。不同的是，露比打算當兩年教師之後就結婚，而珍妮則打算一輩子都不結婚，因為當老師能拿薪水，而在家當妻子除了整天勞作以外，什麼也得不到，如果你要求從家庭收入中分得一部分，結果肯定是被丈夫訓斥一頓。我覺得珍妮之所以會這樣想，肯定和自己受到的家庭教育有關。林德太太曾經評價過珍妮的父親，說他是一個吝嗇、愛挑毛病的人。裘西・派伊說自己考女王學院不是為了當教師，因為她根本就不缺錢，而是為了增加自己的修養。她還說我無論如何也考不進大學，因為我是個被別人收養的孤兒，我不知道她為什麼這麼說。穆迪・史柏真的理想是將來成為一名牧師，林德太太曾經說他的名字注定是要當牧師的，因為無論是穆迪，還是史柏真，都跟傳教士有關係。但是一想到穆迪當牧師的樣子，我就忍不住想笑，我是不是有點太過分了？不過當你看到他圓圓的臉蛋、尖尖的耳朵、小小的眼睛時，你也會忍不住笑出來的。希望他長大以後能變得好看一點，也變得聰明一點。查理・史隆的理想非常遠大，他說自己將來想成為一名國會議員，但是林德太太不看好他，林德太太給出的理由也很奇怪，她說混得好的政治家都是些流氓痞子，但是查理・史隆很明顯不是，而且家裡也沒有人是。」說完上面這一席話之後，安妮繼續翻看手中的一本關於凱撒的書。而瑪莉拉則發現了一個問題，那就是沒有提到吉伯特，於是便問：「那吉伯特呢？」

「我不知道吉伯特有什麼理想，他好像說過，但是我沒往心裡去。」安妮說這句話的時候一臉鄙視。現在兩人之間的競爭依然存在，並且越來越嚴重。以前的競爭主要是安妮自己單方面的，自從上次在小河上救了安妮卻依舊沒有得到原諒之後，吉伯特便展開了報復，在各個方面與安妮進行競爭。吉伯特和安妮都把對方當成唯一的對手，因為在學習成績方面，其他人都比他倆落後很多。除了與安妮進行競爭以外，吉伯特還使出了另外一招，就是無視安妮的存在。吉伯特故意和別的女孩子聊天、玩耍、討論問題，有時候還會在聚會結束之後送女孩子回家，但是唯獨對安妮視而不見。安妮起初還裝出一副不在意的樣子，其實她心裡最怕別人無視自己。到最後她終於忍不住後悔起來，後悔自己當初在小河邊沒有接受吉伯特的道歉。

安妮自己也不知道是什麼時候開始不再恨吉伯特了，對於這一點，安妮自己也很吃驚，沒想到以前認為是刻骨銘心並發誓要記一輩子的恨就這樣消失無蹤了。以前，安妮經常回想吉伯特當年羞辱自己的情景，以此來喚起對他的仇恨，同時為自己努力學習尋找動力。而現在當她再回想起當年的事情，心中竟然沒有半點怨恨。其實吉伯特在小河中救了她的時候，她就發現自己不再恨他了。但是當吉伯特向自己道歉的時候，自己沒有把握住機會和好，現在想想真是後悔莫及。不過安妮的後悔只有自己知道，就連黛安娜也不知道，更不用說吉伯特了。自責過後，她決定將自己的感情隱藏在內心裡，不讓別人察覺，自己也努力嘗試著將它忘記。她也確實是這樣做的。

吉伯特內心裡依舊十分在意安妮，那副冷酷無情的樣子不過是裝出來的罷了，當他看到查理・史隆向安妮示好的時候，心中覺得不是滋味，當看到安妮將查理・史隆羞辱一頓之後，自己心中又會感到暢快。他當然不知道安妮此時的心情，可以說兩顆心都在承受煎熬。

儘管心中有各種煩惱，但是安妮生活得很充實，心情也逐漸轉好起來。她第一次感覺到這段充實的日子就像項鍊上的金珠般閃閃發光，一溜煙就消逝了。每天都有新的知識要學習，很多有意思的書等著自己去看，有時候去學校的合唱團參加排練，偶爾還會去艾倫太太家陪牧師夫人喝下午茶。春天就這樣不知不覺地來到了。

當安妮意識到春天來臨的時候，綠山牆農舍周圍已經開滿鮮花。學校裡的孩子們放學後，會踩著長滿花的小徑一邊打鬧，一邊說笑，而升學班的學生則只能透過窗戶向外看一眼，一臉羨慕的表情。在寒冷枯燥的冬季，大家覺得學習法語和拉丁語比在外面玩耍有趣。而現在則不同了，一些人的注意力開始變得不集中，學習的吸引力越來越小。安妮和吉伯特也不例外，他們偶爾會抬起頭向外望一眼，然後陷入沉思。學生和老師像是過了冬眠期的動物，都渴望著到田野裡去活動一下手腳。無疑，現在最令人期待的就是暑假的到來。

「雖然今天就放暑假了，但是你們不能鬆懈。」史泰西老師對學生們說，「暑假裡大家要多到大自然裡去走一走，多呼吸一下新鮮空氣，等開學的時候，大家就要努力奮鬥了，距離考試還剩一年的時間。」

「老師，暑假過後的新學期你還教我們嗎？」裘西・派伊敢在任何場合問任何問題，但是這一次大家沒有嫌她煩，因為這也是大家想問的問題。之所以有這樣的擔憂，是因為最近學校裡流傳著一種說法，說史泰西老師家鄉的小學想聘請她回去任教，而史泰西老師也答應了，這就意味著同學們暑假回來之後將見不到這位和藹可敬的老師了。升學班的同學都在等待史泰西老師的回答，班裡安靜極了。

「我原本是有這樣的打算，但最後我決定繼續留在艾凡里，繼續留在你們身邊，因為我的心裡放不下你們。所以你們暑假回來之後還能見到我，我會一直待到你們從這裡畢業，親眼看著你們考入女王學院。」

「萬歲！」穆迪從來沒有像現在這樣瘋狂，他是個非常內向的人，之後每當想起自己高喊「萬歲」時的樣子，他都忍不住臉紅。

「太棒了！」安妮也很興奮，「如果史泰西老師走了，我想暑假回來之後，我們就沒有學習的熱情了。」

晚上回到家之後，安妮就直接跑到閣樓上，把書包裡的課本全部放到一個箱子裡，並且用鎖鎖好，再把鑰匙放到雜物箱裡，然後下樓。她對瑪莉拉說：「暑假裡我打算不看課本了，一眼也不看，因為這半年裡我每天都在刻苦學習，書上的知識我都掌握了，所以你不用擔心。我好長時間沒有幻想了，所以我打算整個暑假都要用來幻想，我要痛痛快快地放鬆一下。不過不要擔心，瑪莉拉，我心裡有數，不會走火入魔的。這可能是我作為小女孩的最後一個暑假了，我一想到這一點就覺得興奮。如果明年我還繼續長高的話，現在洋裝就不夠長了，這是林德太太說的，她還說等我長高後肯定會變得端莊。我覺得我好像已經是一個大人了，但是我總是忍不住想那些關於精靈的事情。所以在我長大之前，我要抓住這最後的機會，好好幻想一回，這也讓我對這個暑假充滿了期待。露比的生日快到了，接下來便是學校舉辦的郊遊和音樂會，黛安娜的父親還說過要帶大家去白沙鎮大飯店吃飯。珍妮去年夏天去過那裡，據她說那裡到處燈火輝煌，還有很多穿漂亮衣服的美女走來走去，真是讓人期待。」

林德太太來綠山牆農舍找瑪莉拉，原因是瑪莉拉昨天沒有出席婦女大會，這說明她肯定遇到了什麼重大事情。見到滿臉憂愁的瑪莉拉，她趕忙問：「瑪莉拉，發生什麼事了？」

「昨天馬修的心臟病又犯了。」瑪莉拉說，「真是讓人擔憂啊！雖然這一次沒有什麼大礙，但是相比以前來說嚴重了許多。醫生說不讓馬修做興奮的事情，這一點我倒是很放心，因為他這個人根本不懂得什麼叫興奮。醫生還說不能讓他再下地勞作，他的心臟已經承受不了劇烈的勞動。林德太太，把帽子放一邊，喝點茶吧。」

「這……那我就不客氣了。」這正合林德太太的心意。

林德太太繼續和瑪莉拉閒聊，安妮過來倒茶，還拿來了新出爐的小麵包。看著這些小巧玲瓏、又白又軟的麵包，林德太太不禁在心中暗誇安妮，真是一個聰明的孩子。

傍晚的時候，林德太太起身告辭，瑪莉拉一直把她送到了小河那邊。告別的時候林德太太對瑪莉拉說：「瑪莉拉，安妮已經長大了，你終於可以休息一會兒了。」

「你說得對，現在的她不像以前，做事讓我放心多了。我原本以為她將永遠是一個做事馬虎、說話嘮叨的人，看來是真的長大了。」

「我認識安妮已經三年了，最開始的時候我對她抱有偏見，尤其受不了她的脾氣和說話，覺得她是一個壞孩子。我當初還對湯瑪斯說『瑪莉拉遲早會為收養這個孩子後悔的』，現在三年過去了，事實證明我錯了。看到現在的安妮真讓人高興，我曾經一度認為她這種性格的人將永遠得不到幸福。看到現在乖巧的安妮，我經常會問自己，這還是以前那個整天闖禍的安妮嗎？這個孩子和平常孩子不一樣，因此也不應該用看待平常孩子的眼光去看她。除了性格以外，就連相貌也變得漂亮了。我原本不喜歡臉色發白、眼睛大大的相貌，我喜歡黛安娜和露比那種有健康膚色的孩子，但是當她們和安妮站到一起的時候，我就覺得她們和安妮相比要麼顯得庸俗，要麼就感覺太嫵媚，這個時候就體現出安妮的美麗了，她就像一片芍藥花中的一枝水仙。」

# 第三十一章　愉快的暑假

期盼中的暑假終於到來了，安妮又有時間和黛安娜一起玩耍，無論是「情人小路」「樹精泡泡」，還是「晶亮湖」「維多利亞島」，此刻又充滿了魅力。瑪莉拉對安妮的玩耍沒有任何意見，甚至玩一整天都不責備她。在暑假剛開始的時候，安妮偶然碰到了一位醫生，就是當年來給明妮・梅看病的那位醫生。他發現安妮的臉色不對，便託人告訴瑪莉拉，說安妮必須加強戶外鍛鍊，不然的話身體肯定會出毛病。瑪莉拉對醫生的忠告很在意，她怕安妮真的有個三長兩短，所以就放任她去外面玩耍。安妮不知道這件事情，整天和黛安娜在森林裡散步和採果子，要麼就去小湖裡划船。這是她過得最愜意的一個暑假，等到了九月，安妮臉色轉好，眼睛有神，走路也變得有力了。醫生對於這個結果很滿意，表示安妮已經沒有危險了。

「我覺得渾身充滿力量，我要準備刻苦學習了。」安妮從閣樓的箱子裡把課本拿出來，看著它們就像看到了自己的親人一樣，非常激動。「見到你們真高興，你們想我了嗎？幾何書，你呢？瑪莉拉，這是我過得最棒的一個暑假，現在我渾身充滿力量，就連牧師也說我精神抖擻。如果我是個男孩子的話，將來一定要當牧師，把上帝的祝福傳遞給每一個人。用自己的傳教感動別人，在我眼中是一件很偉大的事情，你覺得呢？真是想不明白，為什麼女人就不能當牧師？要是林德太太聽到我這些話，她肯定會瘋掉的。不過她說美國就有女牧師，並且慶幸這種荒謬至極的事情在加拿大沒有發生。她還說希望這樣的事情永遠不會發生。不過我很好奇，如果真的出現女牧師會怎麼樣呢？我倒是覺得這沒什麼，女人照樣可以當牧師。你沒見平時不管是募款活動、聯誼會或品茶會，都是女人在發揮作用嗎？我覺得只要有機會，林德太太傳教肯定不比貝爾校長差。」

「你想得太多了。」瑪莉拉又恢復了以前的那種嘲諷的語氣，「現在只有傳統的傳教才能發揮作用，在艾凡里，只要有瑞秋，你那些幻想就不可能實現。」

「瑪莉拉，我有件事必須向你說，我想聽聽你的意見。這件事我已經想了好多天，再不說出來肯定會憋瘋的。我真的很想成為一個好人，想成為瑪莉拉、史泰西老師、艾倫太太那樣的人。我總想讓你們知道我很能幹，想逗你們開心，讓你們覺得我是個好孩子。可是林德太太總是對我嘲諷相加，這讓我覺得自己生來就是壞孩子，並且這一輩子也不可能再成為好人了。」

瑪莉拉剛開始不知道怎麼回答她，但想了一下之後就為安妮的想法笑了。「我跟你有同樣的感受。有時候我也覺得她很煩，因為她總是在說教，這樣的話說多了反而不好，應該調整一下表達方式。但是說實話，瑞秋這個人並不壞，是個熱情、善良的基督教徒，甚至在艾凡里沒有人能比得過她。」

「真的是這樣嗎？如果是這樣的話，我就放心了。」安妮如釋重負，「現在有一大堆問題等著我去思考，並且問題還會越來越多。人成年了以後就是如此，就得需要解決一大堆的問題，儘管讓人感到頭疼，但這是誰也躲不過的。這是不是說人的年齡越大，活著就越累呢？不過，就算如此我也不怕，因為有瑪莉拉、史泰西老師和艾倫太太這麼多人在我身邊，我一定會向你們學習，變成一個正直、善良的好人。如果沒有的話，只能說明我自己不爭氣。我突然感覺到自己身上有了一份責任，因為選擇的機會只有一次，不會再有從頭再來的機會。露比生日聚會那次，他爸爸給我量了一次身高，一個暑假我長高了兩英寸，再做洋裝的時候，就要注意做得長一點了。我要謝謝你為我做了一件那麼漂亮的洋裝，尤其是裙襬上還縫上了花邊，今年秋天肯定會流行這種裝飾的。裘西•派伊的洋裝上也縫上了花邊，這樣她就找不出理由來炫耀了，想到這一點我就忍不住想笑。」

「沒想到這條花邊裡面蘊藏著這麼多玄機。」瑪莉拉說。

新學期開學之後，大家經過了一個暑假的休整都變得精神抖擻，幹勁十足，尤其是升學班的同學。一想到未來，他們既興奮又緊張，能否考入女王學院，關鍵就看學期末的升學考試。可是一提到考試，每個人心裡便會忐忑不安，大家都在想萬一考不上怎麼辦？安妮也無時無刻不在想這個問題，甚至連星期天去教堂的時候都在想。以前她在夢中總是把自己幻想得特別高大，而現在則噩夢連連，每次都夢到考試結束公布成績的情景。夢中安妮在考試成績的榜單上找不到自己，如何找都找不到，但每一次都能看到吉伯特的名字。儘管這樣，這個冬天還是很快就過去了，安妮每天都忙碌地學習。升學班裡同學們的成績都進步得很快，相互之間的競爭雖然友好，但很激烈。同學們的進步與史泰西老師的努力是分不開的，她不僅學識淵博，在教學方式上也有自己的一套。她讓學生們自己去發現問題，自己去思考問題，自己去解決問題，她只在關鍵的地方進行指點。林德太太和其他理事會的成員對此都很吃驚，他們心中只有傳統的教學方式是正確的，其他的都是瞎胡鬧。

安妮並沒有把注意力全部放在學習上，還是經常參加一些社交活動。鑑於暑假裡醫生的那次忠告，所以瑪莉拉對於安妮的外出很少干涉。這段時間內艾凡里的活動非常豐富，舉辦了幾次音樂會，還開過兩次以成人為主的晚會。至於戶外的比賽更是家常便飯，像什麼雪橇呀，滑板呀，安妮都積極參加。不知不覺中，安妮的身高增長得非常快。有一天，瑪莉拉突然想起來很長時間沒跟安妮比個頭了，等她和安妮站到一塊，用手一比量，發現安妮竟然高出自己一大截，隨即驚呼起來。

「安妮！你什麼時候長得這麼高了？」瑪莉拉用一種不敢相信的語氣問道。瑪莉拉心中很懷念以前那個個頭矮矮的、愛闖禍的安妮，但是取而代之的是眼前的這位十五歲的苗條少女。瑪莉拉對安妮的愛一直沒有變，但是她更懷念以前的小安妮，心中有一種孤獨的感覺。這天夜裡，安妮和黛安娜去教堂，瑪莉拉又想起這件事，忍不住流下了眼淚。剛巧馬修提著燈進來，看到瑪莉拉一個人在哭，嚇得驚慌失措，張開口卻不知道說什麼好。瑪莉拉被馬修的這副樣子給逗笑了。

「我在想，安妮已經長大了，明年冬天可能就不在我們身邊了，想到這些我就忍不住想哭。」

「她會回來看我們的。」馬修憋了半天憋出這麼一句安慰的話，「明年冬天，到卡莫迪的鐵路就會通車了。」在他眼中，安妮永遠是四年前他從火車站領回的那個活潑、可愛的孩子。

「還是有區別的，算了，不說了，你們男人體會不到這種區別。」瑪莉拉無奈地說。

安妮考慮事情越來越成熟，外表看上去也越來越端莊。雖然偶爾還會幻想，但是不再像以前那樣一說起話來就沒完。瑪莉拉對這個變化甚至有些不適應，一次她問安妮：「安妮，你怎麼不愛說話了？」安妮合上手中的書，把目光轉移到窗外，看著外面艾凡里春天的美麗景色，臉一紅，隨即又笑了起來。

「沒什麼原因，就是不太想說了。」說完之後，彷彿陷入了沉思，過了一會兒又說，「我現在喜歡把考慮的事情放在心裡，就像把珍珠放在珠寶盒裡一樣。回想起以前總是嘮叨個沒完讓人厭煩。小的時候我喜歡用長句子，並且幻想著有一天長大之後，再使用長句子就不會被恥笑。可是現在長大了，卻不愛用長句子。小時候總是幻想長大之後的幸福，成長確實會帶來幸福，不過和小時候幻想的不一樣。我覺得自己有好多事情需要做，好多知識需要學，也就把使用長句子這件事給忘了。史泰西老師教過我們，真正的好句子是簡短有力的句子，我現在也很認同這一點，並朝這個方向去努力。小時候說的那種長句子很浮誇，沒有什麼實際意義，是一種譁眾取寵的表現，我不會再那樣做了。」

「最近怎麼不聽你提起故事社了？」

「故事社早就解散了，現在這麼忙，沒時間再去幻想故事了。回想當初的那些故事，除了戀愛，就是殺人，太幼稚了。其實我們作文課上也寫故事，不過史泰西老師要求我們寫身邊的故事，而不是胡編亂造。每當開始編造的時候，史泰西老師一眼就能看出來，她會糾正我不要這樣寫，我也感到很愧疚。最後總結，如果想寫出好文章，就要用嚴格的標準去要求自己、審視自己。我覺得老師說得對，這也是我以後努力的方向。」

「再有兩個月就考試了，你對自己有信心嗎？」

這個問題讓安妮感到不安：「這個問題我也沒把握，有時候很有信心，有時候又會忐忑不安。我們學習都很刻苦，可以說是盡了最大的努力，史泰西老師也全力以赴地輔導我們。但是盡了全力並不意味著就能通過考試。每個人都有弱勢的科目，我的是幾何，珍妮的是拉丁語，露比和查理的是代數，穆迪說自己的英國史不好。六月份的時候，史泰西老師會給我們舉行一場模擬考試，試題的難度和評卷的標準都會嚴格參照正式的升學考試，我想這次模擬考試之後，我就會對自己的水準有所了解。真希望考試那天快點到來，這種生活太折磨人了，有時候半夜醒來，會想若是考不上該怎麼辦？」

「沒什麼大不了的，回來複讀一年就是了。」瑪莉拉說。

「話是那麼說，可是真沒考上的話，那該多丟人呢。要是吉伯特、裘西他們考上了，而我卻回來複讀，那就更丟人了。我一進考場就怯場，我覺得我肯定會考得很差的。珍妮的膽子很大，對什麼都不在乎，我要是有她一半的膽量就好了。」

說完之後，安妮歎了一口氣，把目光從窗外又轉移到手中的書上，全神貫注地讀了起來，全然不顧窗外春天的景色。

# 第三十二章　公布錄取名單

一轉眼六月就過去了，這一學期也結束了。這天放學後，安妮和黛安娜兩人淚眼婆娑地走在回家的路上，甚至連手中的手絹都找不出一塊乾的地方。就像三年前送別菲利浦斯老師一樣，現在她們送別了史泰西老師，史泰西老師的告別演講比當年菲利浦斯老師的還要感人。黛安娜停止腳步，回頭望了學校一眼，沮喪地對安妮說：

「我彷彿感覺到一切都結束了。」

「起碼九月開學的時候你還能坐進教室裡，我可不像你，」安妮邊說著邊翻手絹，結果發現都濕透了，「我要參加考試，如果考上的話，我可能就永遠不會回艾凡里學校了。」

「就算是我開學後還能回到學校，你已經不在了，珍妮和露比也都不在了，就剩下我一個人。我已經習慣跟你同桌，除了你，誰我都不能接受。過去我們玩得那麼好，一想到過幾個月之後就剩我自己了，真是讓人受不了。」話還沒說完，黛安娜的眼淚已經大顆大顆地落了下來。

「黛安娜，不要再哭了，要不然我也忍不住要大哭一場。林德太太說過，人越是在悲傷的時候，就越應該振作起來。我覺得下學期我們還會坐同桌的，因為我覺得自己考不上，並且這種感覺越來越強烈，讓人心驚膽戰。」

「你肯定會考上的，模擬考試的時候你的成績不是很好嗎？」

「模擬考試和正式考試不一樣，史泰西老師的模擬考試我一點都不緊張，但是一想到正式考試，我的心裡就七上八下的，令人不安。還有，我的考試號碼居然是十三號，裘西・派伊說這是個晦氣的號碼。雖然我不信這一套，但我也不希望自己是十三號，可誰知最後我還是沒能逃得過。」

「我真想跟你們一起進城參加考試。你現在是不是每天晚上都在拼命念書，做最後的衝刺？」

「不，恰好相反。史泰西老師不允許我們在考試之前再去碰教科書，她說我們已經看得夠多了，現在只需要放鬆自己，最好每天散散步，晚上早點睡覺，不要給自己壓力，不要讓自己感覺很疲勞，最好是忘記有考試這回事，我們答應了史泰西老師，決定按照她說的去做。可是真正做起來又談何容易呢，有的時候建議再好也不過是建議罷了。普莉西・安德魯斯當年在入考試的那週每天都複習到很晚才睡。我覺得自己現在跟普莉西沒什麼兩樣，也是複習到很晚才睡。約瑟芬姑婆希望我到城裡考試的時候能住在她家，她對我真是太好了。」

「去城裡的這段時間你會寫信回來嗎？」

「我肯定會給你寫信的，星期二晚上我就會把當天考試的情況寫在信中寄給你。」

「也就是說星期三我就能收到你的來信了？我一定會去郵局門口等的。」黛安娜信誓旦旦地說。

星期一安妮進城去了，星期三的時候，黛安娜早早就來到了郵局門口，等待著安妮的來信。果然來信中有安妮寄給自己的，她急忙打開，上面寫道：

親愛的黛安娜：

現在是星期二的晚上，我正在約瑟芬姑婆家書房的桌子上給你寫信。昨天到達這裡之後，心想要是有你陪伴該多好，那樣我就不用一個人睡在客房了。考試之前我沒有再複習，因為我已經答應了史泰西老師，但是那種不能複習的感覺非常不好，就像考試結束之前不能看小說一樣，讓人憋得難受。今天早上史泰西老師來接我去考場，途中還去接了珍妮和露比。露比非常緊張，牽她的手時，我發現她的手冰涼。裘西則抱怨昨晚沒有睡好，說自己的身體素質可能無法承受女王學院繁重的課業，還沒有考試就為自己考試成績不理想找好了藉口。儘管我非常想做到不討厭她，但我還是沒能做到。

等我們到達學院的時候，發現那裡已經擠滿了各地來的考生。我看到穆迪坐在一個高處的台階上，面色凝重，嘴裡還念念有詞。我擠到他身邊，問他在做什麼，他說自己在背乘法表，這樣就不會緊張了。我還想再問他，結果他讓我不要打斷他，要不就麻煩了，他會把腦子裡的所有東西都忘掉的。不過至少乘法表他不會忘掉。

我們進了考場，史泰西老師在外面等我們，考場不允許外人進入。珍妮就坐在我旁邊，看到她不慌不忙的樣子，我心裡更緊張了，或許別人都能從我的臉上看出這一點。

不久之後，考試就開始了。首先考的是英語，拿到試卷的那一刻，我的手變得冰涼，腦子也矇了。當年我向瑪莉拉問我能否留在綠山牆農舍時也是這種心情，想想就令人膽戰。不過，這種狀態只持續一會兒，很快我的心就收了回來，心臟也重新開始跳動，思維變得清晰。

中午回去吃午飯，下午又返回女王學院準備將要考的歷史科目。歷史題比我想像的要難很多，很多年號的問題我都答錯了。不過總而言之今天還是不錯的。

黛安娜，明天我的噩夢就要來臨了，因為上午要考幾何。我需要用頑強的意志熬過幾何考試，希望痛苦能夠快點結束。如果背乘法表真的有用的話，我想我會從現在一直背到明天天亮的。

傍晚的時候我碰到了穆迪・史柏真，他擺出一副無所謂的樣子。他說自己的歷史考砸了，自己從小到大只會讓人失望，他也不想做什麼牧師了，還說當個木匠不也挺好嘛。他決定坐明天一早的火車回家。

我竭力勸他留下考完後面的科目，要不然史泰西老師的努力就白費了。平時我總幻想自己是個男孩，那樣就可以肆無忌憚地做很多事情。但是我現在為自己是個女孩，同時不是穆迪的妹妹感到萬分慶幸，有這樣一個哥哥簡直就是悲哀。

我去了他們幾個人的宿舍，發現露比正在發狂，原來她發現自己在英語考試的時候寫錯了一道分數很多的題目。等她心情平靜下來之後，我們一起出去買冰淇淋吃，大家都說要是黛安娜在這裡就好了。

一想到明天的幾何考試我就頭疼，要是考不過該怎麼辦，黛安娜？我甚至能想像到林德太太會怎樣挖苦我，她準會說這沒什麼大不了的，太陽明天還是會從東邊升起，話雖然沒錯，可我寧願太陽從此不再升起。

你的好朋友安妮

考試很快就結束了，星期五傍晚安妮回到了艾凡里。她隱約覺得自己能考過，考完試之後壓力消失了，體內的疲憊一下子全部釋放出來。等她回到綠山牆農舍的時候，發現黛安娜正在門口等著自己。兩個親密的好朋友很快就拉著手聊了起來。

「安妮，你終於回來了，你走了才幾天我感覺像是幾十年，考試感覺怎麼樣？有把握嗎？」

「除了幾何以外，別的科目考得都不錯，幾何不是考得不好，而是我沒有把握。哎呀！還是家裡好啊，終於又回來了。」

「其他人呢，他們考得怎麼樣？」

「女孩們都口是心非，嘴上說考得不好，其實考得很好。尤其是裘西，她說這次考試的幾何題，就是十歲的孩子也會通過。穆迪・史柏真的歷史考砸了，查理的代數考得不好。不過一切還要等成績公布之後再說。我真想一覺睡到公布成績的時候，可是還要等兩個星期，真是煎熬啊！」

黛安娜沒有打聽吉伯特・布萊斯，因為她知道打聽了也沒用。黛安娜安慰安妮說：「不要擔心，以你的水準被錄取不是問題。」

安妮可不這樣想，她說：「如果考得不好，即使被錄取了也沒有什麼意思。」

安妮是那種任何事情都要求完美的人，她不能接受那種勉強被錄取的分數，要不然會留下終生遺憾。尤其是不能輸給吉伯特，安妮從進入升學班之後就一直把他看作是競爭對手。考試中，安妮反覆提醒自己，一定不能輸給他。

每當他們兩個擦肩而過的時候，誰都不去看對方，安妮還會故意把下巴抬得很高，對他不屑一顧。也有人會勸安妮與吉伯特和好，安妮自己也認真想過這個問題，但是每當見面的時候，她就會告訴自己絕不能輸給他，和好自然也就無望。

安妮知道身旁有很多雙眼睛在看著自己，他們都想知道安妮和吉伯特誰會取勝，甚至還有人為此打賭。裘西・派伊一直在說吉伯特這次考得非常好，這也給了安妮一定的壓力。她知道，自己這次如果考不上的話，將是一生中最大的恥辱。除了與吉伯特較量外，安妮想取得好成績還有一個原因，那就是為了報答瑪莉拉和馬修。馬修曾經說安妮是這個島上最優秀的學生，安妮雖然知道這只是一句鼓勵的話不應該當真，但是她真的很想看一下如果自己考進了前十名，馬修將會高興成什麼樣子。所以說，馬修給了安妮精神上很大的動力，尤其是在背那些枯燥煩瑣的數學公式時。

隨著公布成績的時間越來越近，安妮變得焦躁不安。兩個星期的時間剛過，安妮便和珍妮、露比、裘西一起去郵局查看消息。成績將會被公布在《夏綠蒂鎮日報》上，但是她們哆哆嗦嗦地翻完了所有的版面也沒發現成績單在哪裡。就在大家屏住呼吸翻報紙的時候，吉伯特和查理也走進了郵局，只有穆迪沒有來。

「我不敢去，要是我被錄取了，你們就來告訴我一聲。」當安妮找穆迪一起去郵局的時候穆迪對安妮說。

又過了一個星期，成績還是沒有公布。安妮整天一副心事重重的樣子，甚至連飯也吃不下。林德太太也怒了，她狠狠地諷刺了郵政大臣一頓，還說保守黨的人做事情一向拖拖拉拉。看到安妮每天都從郵局失望而歸，馬修盤算著下次投票是不是應該考慮一下自由黨了。

這天傍晚，安妮坐在窗戶邊上朝外面遠望，每天的這個時刻她都沉浸在自己的世界中，這時她會忘記身邊的煩惱，把自己交給大自然。現在是夏季，正是果園和田野風景最美麗的時候。微風拂過，帶來了遠處樹葉嘩嘩的響聲和窗下陣陣花香。就在這時，她隱隱約約看到一個人手舉著報紙朝這邊跑來，先是穿過了樹林，跨過了小河，最後爬上了山丘，原來是黛安娜。

安妮頓時明白，肯定是報紙上公布考試成績了。她的心立刻由剛剛的平靜變得怦怦亂跳，腦子裡響起一陣嗡嗡的聲音。黛安娜興奮地忘了敲門，直接闖入廚房，又往樓上跑，安妮已經在房間裡緊張得喘不過氣來了。

「安妮，你考了第一名！」黛安娜推開門便衝著安妮喊道，「你和吉伯特並列第一名，真了不起，我甚至比你還高興。」黛安娜把手中的報紙扔給安妮，自己一下子躺在安妮的床上，大口喘著粗氣。

光線已經暗到看不見報紙上的字了，安妮手忙腳亂地找火柴，好不容易找到火柴了，卻怎麼也劃不著，直到第六次才將火柴劃著。點上燈之後，安妮趕緊把報紙湊到燈光底下去看，果真如黛安娜所說，自己的名字在錄取名單之內，而且還是頭一個。

「安妮，你真的考了第一名。」黛安娜現在沒有剛進來的時候喘得那樣厲害了。而安妮好像還沒反應過來，只是用兩隻大眼睛看著黛安娜，一句話也沒說。「報紙是我爸爸剛才拿回來的，是下午的時候用火車送過來的，要是指望郵局到明天也收不到。你知道嗎？我一看到你考了第一名，立刻尖叫起來。其他人也都考上了，就連穆迪也考上了。珍妮和露比考得不錯，分數位於中間，還有查理也是。裘西也被錄取了，儘管她的分數只比錄取標準高三分。不過，她一定會按照自己考了第一的標準慶祝一番的。史泰西老師一定會高興的，自己的學生全都考上了。安妮，你作為第一名想說點什麼？要是換了我，早就高興瘋了，你怎麼還跟什麼事都沒有發生一樣？」

「沒有，我覺得有一肚子話要說，只是不知道該先說哪句好。真是沒想到，我居然能考第一名，說沒想過，其實偷偷想過一次，這樣說出來好像有點太驕傲了，不過我確實很高興。我要趕緊去把這個消息告訴馬修，還要告訴每一個人，原諒我就是這麼虛榮，黛安娜。」

馬修正在倉庫邊上捆乾草，安妮和黛安娜一蹦一跳地朝他跑來，瑪莉拉則在一旁隔著圍欄與林德太太說話。

「馬修！馬修！我考了第一名，我考上了，哈哈！」馬修從安妮手中拿過報紙，使勁看了一下，喜悅之情溢於言表，笑著對安妮說：「我就說過嘛，這種考試對於你來說不值一提，你是最優秀的。」

瑪莉拉心中同樣高興，但是礙於林德太太在一邊，所以沒有表現得太興奮，只是說：「安妮，考得不錯。」林德太太發自內心地向安妮祝賀：「安妮，你真是太棒了，做事痛快、俐落、漂亮，我很喜歡這樣的人。你是我們的驕傲，我們為你感到自豪。」

安妮又去了艾倫太太的家，和牧師與艾倫太太交談了一會兒之後，安妮回到了家中。她跪在窗子底下，月光照在她的身上，她在低聲祈禱，感謝上帝保佑自己，並祈求後面的事情一切順利。祈禱完之後她就上了床，並很快進入夢鄉，這一晚她睡得格外香甜。

# 第三十三章　大飯店音樂會

「安妮，我覺得你穿那件有白色薄紗的洋裝更合適。」黛安娜對安妮說。兩人正在安妮的房間裡討論該穿什麼好。雖然才是黃昏，但是月亮早就升起了，月光灑在大地上，「幽靈森林」中傳出了幾聲鳥叫。微風陣陣，吹來了遠處男女說笑的聲音，典型艾凡里的夏天。桌上的油燈一閃一閃的，安妮和黛安娜兩人正在一邊梳妝，一邊討論著該穿哪件衣服。

四年前安妮剛剛住進綠山牆農舍的這個房間時，整個房間十分簡陋，看上去死氣沉沉的，令人毛骨悚然。而現在這裡已經變成了一個溫馨的地方，這一切都是因為瑪莉拉這些年來對安妮的愛護。

最開始的時候，安妮幻想著在房間裡鋪上粉紅色的天鵝絨地毯，上面還要有玫瑰圖案，掛上粉紅色的窗簾，窗簾必須是絲綢的，但是隨著時間的流逝，這些在當初看來必不可少的東西已經變得可有可無了。現在安妮的房間裡整齊乾淨，窗戶上沒有掛粉紅色的絲綢窗簾，而是一條落地的綠色織布窗簾，每當有風吹來，它就會隨風輕輕搖擺。牆上貼著顏色樸素的壁紙，還掛著三幅畫，都是從艾倫太太那裡拿回來的；為了表達對史泰西老師的愛，她的照片被擺在一個顯眼的地方；書架上放著一個花瓶，裡面的花每天都會換，今天插的是百合花。房間內沒有什麼家具，倒是有不少書，都放在白色的箱子裡。一邊的牆上有一面鍍金的古鏡子，鏡子下面是一把搖椅，女主人精心地在上面鋪了一層薄紗，放了一個靠墊。

安妮和黛安娜是在準備出席音樂會，這一次不是在艾凡里，而是去白沙鎮的大飯店。大飯店內經常舉辦音樂會，是當地人為了募集善款援助醫院而舉行。這是附近最大的，也是最有影響力的音樂會，周邊地區的演藝高手都會受到邀請。這一次也是如此，在節目名單中有白沙鎮教會合唱團的二重唱表演；還有小提琴和蘇格蘭民謠表演，以及安妮的朗誦表演。

儘管安妮不是幾年前那個容易激動的小女孩了，但是一想到在這麼多人面前表演，她還是很難讓心情平靜下來。要是放在幾年前，她肯定又會說這是自己一生中最難忘的時刻。

馬修為安妮感到驕傲，他知道安妮能去大飯店音樂會上朗誦是別人對她的肯定，這是她通過自己的努力得來的。瑪莉拉心中和馬修一樣，也為安妮感到驕傲，不同的是她不會把這種感情表現在臉上。儘管安妮已經長大了，並且是今晚音樂會的表演嘉賓，但是瑪莉拉還是不放心讓她去參加這種亂糟糟的公眾活動。所以安妮和黛安娜在樓上梳妝打扮的時候，她對著馬修抱怨了很多。

等安妮和黛安娜兩人收拾好了，她們會同珍妮•安德魯斯，以及珍妮的哥哥比利•安德魯斯一起乘著馬車去白沙鎮。晚上將會有很多艾凡里人去參加，還有不少城裡人也會去。音樂會結束後，主辦方還將宴請所有演員。

「黛安娜，這件帶白色薄紗的衣服真的沒問題？」安妮有些不自信，「我還是覺得那件有藍色圖案的薄紗比這件白色的好，而且款式也是最新的。」

「放心吧，這件白色的不但穿起來更舒適，而且非常輕盈，你一動它就會飄起來，就像是你身上長的兩隻翅膀一樣，而那件藍色的太嚴肅，像是正裝。」

黛安娜在衣服搭配方面非常有研究，很多人出門的時候都會向黛安娜請教自己該穿什麼，所以安妮最後還是聽從了黛安娜的建議。黛安娜也打扮得非常漂亮，穿了一件粉紅色禮服。不過她覺得今晚的主角是安妮，所以把大部分的時間都用在安妮身上，從梳什麼樣的髮型，紮什麼樣的絲帶，到穿哪一件衣服，她都非常用心。她想把安妮打扮得就是女王見了也會連連稱讚，因為安妮今晚將代表整個艾凡里。

「我看一下，洋裝這邊好像……沒事，可以繫上腰帶了。把頭髮左右分開，一邊大一點一邊小一點，大的那邊再編成三股辮子，然後在上面繫上一條白絲帶……前額的頭髮不要動，這樣看上去有點隨意的樣子很適合你。你打扮起來真是有點像聖母瑪利亞，我記得艾倫太太也這樣說過。這朵白玫瑰插在耳朵後面的頭髮上，可惜我們家的花園裡只開了這麼一朵，不過我還是毫不猶豫地剪下來了。」

「上個星期馬修為我買了一串珍珠項鍊，我要不要戴上？我想馬修看見了一定會高興的。」黛安娜歪著脖子圍著安妮轉了一圈，認真思考了一下，最後同意了安妮的提議。安妮找出那條珍珠項鍊，戴到自己纖細白皙的脖子上。

「不錯，這樣你看上去就更文雅了。」黛安娜對這條項鍊起到的效果很滿意，「項鍊不錯，主要還是身材好。我最近變胖了，雖然沒胖到不可接受的地步，不過，我想快了，想起來就讓人難過。」

「胖了就會有好看的酒窩。」安妮說道，「我以前曾經期盼著有一天自己也有酒窩，不過現在我不再抱有希望了。但是我不會抱怨，因為我現在已經很幸福了，做人不能太貪婪。你看我現在怎麼樣了？」

「我看差不多了。」黛安娜話音剛落，瑪莉拉出現在門口。瑪莉拉還是那副老樣子，身材很瘦，臉上滿是皺紋，不過臉色比以前好多了，再就是頭上的白頭髮多了不少。看到瑪莉拉進來，黛安娜用一種調皮的語氣說：「瑪莉拉，看看我們的朗誦家吧，怎麼樣？」

黛安娜原本以為瑪莉拉會對安妮讚賞一番，沒想到她用一種怪怪的語氣說：「頭髮還行，不過還是規矩一點、正經一點為好。要是穿這一身去的話，光是夜裡的露水就受不了。再說這麼薄難道不冷嗎？這種白色的薄紗不實用，當初馬修買回來的時候我就這麼說過。馬修已經不把我的話當回事了，雖然聽的時候看上去很認真，但是一轉眼就忘，腦子裡老想著給安妮買東西。卡莫迪那裡的售貨員都知道馬修的脾氣，只要見了他，他們就會說自己的東西又漂亮又流行，馬修保證會掏錢買下來，真是傻。你要是打算穿這一身衣服，別忘了帶件外套，上下車的時候注意別讓馬車壓到洋裝下襬。」瑪莉拉說話的聲音越來越小，到了後面就像是在跟自己咕噥，最後一轉身就下樓了，也不知道她說完了還是沒說完。她心中為安妮感到自豪，可今晚不能去看安妮表演有點遺憾。

「對呀，晚上露水大，這件衣服會不會太薄了？」安妮覺得瑪莉拉說得有道理。

「不要擔心，你看外面的月亮多好，」黛安娜一邊說著，一邊走到窗戶邊推開窗戶，「這麼好的天氣，保證沒有露水。」

安妮也來到了窗戶邊上，望著窗外說：「以前每天早上我都透過這扇窗戶看剛升起的太陽，每一次看都很高興。站在窗戶前能看到那邊的小山丘，還有那片小樹林、那條小河。每天陽光都會透過樹枝和樹葉投到地上，朝陽中的樹木和人一樣地精神抖擻。我在這個房間住了四年，已經有了深深的感情。下個月我就要搬到城裡去住，真的有點不捨。」

「安妮，今天晚上我們要玩得高興一點，離別的話以後再說，不然大家都哭了可就沒意思了。你應該多想想今晚怎麼登台演出，難道你就不緊張嗎？」

「不緊張，我已經朗誦過很多次了。再說我現在不在乎別人怎麼看我，可以說虛榮心沒那麼強了。我今晚要朗誦的是《少女的誓言》，這是一首令人傷心落淚的詩。聽說今晚有人要表演喜劇，相比較喜劇，我更喜歡悲劇。」

「台下的人要是要求你再朗誦一首，你要朗誦什麼？」

「哪裡會有這樣的事情，我還沒有那麼迷人呢。」安妮覺得黛安娜提出的問題很好笑。其實安妮在心裡確實這樣想過，她想像台下的觀眾衝著自己不停地鼓掌，要求自己再來一首。那樣的話，第二天說給馬修聽，他肯定會高興的。但這種情況只能在心裡想想罷了。

「聽到沒有？是馬車的聲音，肯定是珍妮和比利來接我們了，走吧。」

比利．安德魯斯執意要安妮和他坐在一起，安妮只好爬到前面，坐在他身邊助手的位置上。其實安妮更想與珍妮、黛安娜一起坐在後面，然後一起說笑。和比利坐在一起讓她感到很痛苦，因為比利不善言談，也不喜歡說笑。此外他還長了一副高挑的身材，和一張圓圓的臉，這讓安妮想起了幾何中的圖形。這個二十多歲木訥的小伙子，對安妮卻是瘋狂地崇拜，一想到能跟漂亮的安妮一起乘車去參加音樂會，他的臉上就會露出得意的表情。安妮聽到後面黛安娜和珍妮在大聲說笑非常羡慕，她只好試著跟比利說上幾句，只可惜比利的反應太遲鈍，安妮說一個笑話半天之後他才會笑，所以安妮只好閉嘴，獨自欣賞著路邊的夜景。

快到白沙鎮的時候，路邊的馬車和人群多了起來，看得出大家對今晚的音樂會非常期待，都在興奮地談論著今晚的演出。馬車停在大飯店的門前，音樂會主辦方早已派人在那裡等候，他們將安妮領到了演員休息室。休息室裡到處都是人，其中大多是夏綠蒂鎮交響樂團的演員。看到眼前的情景，原本以為自己不會緊張的安妮也變得緊張起來。她看著周圍那些衣著華麗的演員，再看看自己，覺得自己就像是一個沒有進過城的鄉巴佬。看看旁邊婦人身上的綢緞，再看看自己身上的白紗，簡直就像是一塊抹布；看看那邊那位舉止優雅的婦人身上的鑽石，再看看自己脖子上這條項鍊，簡直就是一件玩具。自己這身裝扮在艾凡里還說得過去，但是來到這裡，安妮就覺得有點自慚形穢。就連頭上那朵白玫瑰，這個時候也顯得有些單調、寒酸。安妮把帽子和外套脫掉拿在手中，單薄的身材讓她幾乎被忽略了。

演員休息室外面，燈光已經聚焦在舞台上，演出即將開始，而在後台的安妮也變得越來越緊張。安妮從舞台大幕的縫隙中向外看了一眼，只覺得燈光照耀得自己睜不開眼睛，從身邊匆匆而過的女演員身上的香水味讓她感覺有些窒息，她呆呆愣在那裡，有些不知所措。

而黛安娜和珍妮的興致則很高，兩人坐在觀眾席上，表情愉悅，等待著欣賞一場精彩的演出。此時安妮左邊是一個胖女人，穿著一件粉紅色絲綢面料的禮服，這個胖女人不停地轉動身子，有時還盯著安妮打量，安妮被盯得渾身不舒服，真想罵她一頓。不幸的是，右邊是一位更令人討厭的女孩子，她身穿一件有花邊的白色禮服，一副傲氣凌人的樣子，時不時地用鄙視的語氣跟旁邊的人說什麼農民、鄉巴佬之類的話。安妮心想，自己將會記恨這種人一輩子，無論她怎麼哀求都不可能得到原諒。

安妮很倒楣，因為大飯店裡正好住了一位職業的朗誦家，她今晚也將登台表演。這位女朗誦家端莊典雅，身材優美，還穿了一件帶著閃閃亮片的長禮服。除此之外，黑色的大眼睛，一頭長髮，以及身上佩戴的珠寶都讓人如癡如醉。更讓人驚豔的是她那迷人的嗓音，感染力十足，一開口便擄獲了台下觀眾的心。

安妮也被感染了，她甚至忘記了自己的身分，眼睛中淚光閃閃。朗誦結束後，台下響起了雷鳴般的掌聲，安妮激動地雙手掩面，不讓別人看見自己流淚。誰都知道，聽完這位女朗誦家表演之後就沒有必要再聽別人朗誦了，再有人站上去朗誦將是自取其辱。安妮很明白自己就是那個自取其辱的人，原本還對自己很有信心，現在這種自信已經蕩然無存。此時的安妮甚至後悔今晚來到這個地方。

台上報幕的人喊出了安妮的名字，安妮只得硬著頭皮上台，她的緊張從她上台的姿勢上就可以看出來，簡直就是一步一步挪到舞台上的。右邊穿花邊白禮服的女孩子用幸災樂禍的眼神看著安妮，不過安妮沒有看到她，讓她覺得自討沒趣，嘴裡嘟囔著不知道說了些什麼。舞台上的安妮臉色發白，不知道是燈光的原因，還是因為太緊張。黛安娜和珍妮心裡也十分緊張，生怕安妮出什麼差錯，兩人緊緊攥在一塊的手都攥出了汗。安妮雖然在艾凡里的會堂和學校裡表演過很多次，但是在這麼高檔的地方當著這麼多人的面表演還是第一次。更何況剛剛下去的那位朗誦家已經深得人心，要想表演得更好，簡直比登天還難。

舞台上的安妮雙腿瑟瑟發抖，燈光和台下人的眼光讓她不敢抬起頭來，還沒有開始表演，她就覺得自己已經失敗了。那位肥胖的女人目光中滿是嘲諷，彷彿只有否定別人才能顯示出自己的品味和才華。安妮發現此時台下的人眼中沒有鼓勵和安慰，滿是冷漠和質疑，這是跟以前朗誦最大的不同，畢竟這裡不是艾凡里。她知道如果自己演砸了，台下將會噓聲四起，他們不會吝嗇自己的批評和嘲諷，就像是剛才那位女孩子說的一樣，什麼鄉巴佬呀、農村人呀之類的難聽話都會朝自己飛來。想到這裡，安妮覺得今晚在劫難逃，心中除了緊張以外滿是絕望。她想要不然就衝下舞台，一口氣跑回綠山牆農舍，但如果那樣做，自己一輩子都會被人指指點點，抬不起頭來。就在這時，安妮發現觀眾席中有一個人正在衝著自己微笑，原來是吉伯特，安妮心想，要是自己做了逃兵，將會被吉伯特嘲笑一輩子。

這只能說安妮太敏感了，當時吉伯特正在為別的事情發笑，而安妮則將它看成是對自己窘態的嘲笑。真實的情況恰恰相反，在吉伯特眼中，身材苗條的安妮身著白色薄紗禮服，站在有棕櫚樹的舞台背景前一臉的鎮定，這一切都讓他感覺安妮美極了。裘西・派伊坐在吉伯特身邊，她的臉上帶著幸災樂禍的表情，不過安妮根本就不在乎她。安妮不會讓那些自己根本就不在乎的人影響自己的心情。可能是從裘西・派伊身上找回了自信，安妮緊張的感覺一點點轉化成了自信，她深吸一口氣，開始了自己的朗誦。她的聲音清脆悅耳，語氣和停頓的地方也掌握得很恰當，根本聽不出一絲的緊張。慢慢地，安妮找回了信心，朗誦也收放自如，十分出色。隨著安妮朗誦完最後一句話，台下響起熱烈的掌聲和歡呼聲，從中可以聽出大家對這位小女孩的喜愛是真誠的。看到大家的反應，安妮激動得臉都紅了，當她回到自己的座位時，左邊那位胖女人一把就拉住了她的手。

「你表演得太精彩了！」胖女人因為激動而說話有些氣喘吁吁，「我感動得都哭了，哭得就像個孩子一樣，我敢打賭，人們肯定會讓你再朗誦一首的。」

「真的嗎？」安妮既興奮，又緊張，「馬修早就說觀眾會讓我返場的，當時我還不信，我要是不返場馬修肯定會不高興的。」

「是啊，是啊，一定不要讓馬修感到失望啊！」胖女人非常熱切，就像她也認識馬修一樣。觀眾的鼓掌和喝采還在繼續，安妮摸摸自己發紅發燙的臉，再次登上了舞台。這一次安妮朗誦的是一個大家都沒有聽過的故事，故事情節驚險曲折，再加上安妮忽高忽低的嗓音，觀眾都沉浸在其中。結果安妮再一次取得了成功，今晚的音樂會簡直就像是為她舉辦的。

等到音樂會結束的時候，那位胖女人儼然已經把安妮當作了自己的親人，並把安妮介紹給很多人。後來安妮才知道，原來這位胖女人的丈夫是一位美國富翁，擁有百萬家產。大家都稱讚安妮的朗誦非常好，就連在安妮之前登台的那位專業朗誦演員，也來向安妮表示祝賀。她誇獎安妮對故事的理解和把握非常到位。

音樂會主辦方邀請安妮以及陪同安妮的黛安娜、珍妮一起出席晚宴，晚宴設在一間豪華的餐廳裡。原本安妮想連同比利一起帶著，但是怎麼也找不到他，只好自己去吃了。比利不願意讓別人覺得他是在沾一個小女孩的光，所以躲藏起來，自己找了些東西吃。吃過晚宴，一行四人乘著馬車往艾凡里駛去。不像來時那樣興奮，三個女孩子都變得比較安靜。安妮抬起頭看了一下寂靜的夜和清澈的天空，深深呼吸了一口氣，原本已經沉靜下來的喜悅和激動此刻又從心底泛起，聽著耳邊的風聲，她感覺自己彷彿生活在童話中。

「今晚太棒了！」珍妮忍不住感歎道，「我真想成為那個有錢的美國人，整個夏天都住在大飯店裡，每當有聚會就穿上禮服，戴上珠寶，無論是冰淇淋還是雞肉沙拉，想吃多少有多少，比當教師有意思多了。當然了，最棒的要數安妮，剛開始我還緊張得不得了，沒想到你比前面那位職業朗誦家朗誦得更好。」

「沒有，沒有。」安妮連忙否認，「我不能和她比，那樣就是在笑話我了。她是專業朗誦的，我只不過是個學生，不過比一般人更喜歡朗誦罷了。只要大家喜歡，我就滿意了。」

「沒想到那麼多人都在稱讚你！」黛安娜插話說，「尤其是你的朗誦，讓他們讚不絕口。有一位美國人坐在我和珍妮後面，頭髮是黑的，眼睛也是黑的，我覺得他很有意思。聽說他畫了一幅畫送給了裘西，因為他們之間有關係，具體一點說就是，珍妮母親那位住在波士頓的表妹和這位美國人的同學是夫妻。當你在舞台上朗誦的時候，這個美國人說什麼來著，珍妮？噢！對了，他說『舞台上那位女孩是誰呀，一頭提香式的頭髮，紅紅的臉蛋，我真想把她畫下來』。對，他就是這麼說的。可是，什麼是提香式的頭髮？」

「意思是紅色的頭髮。」安妮笑著說，「提香是一位義大利畫家，他畫女人的時候喜歡給她們染上紅色的頭髮。」

「你們看到那些有錢人胸前的鑽石了嗎？當個有錢人真好！」珍妮還沉浸在自己對財富的幻想中。

「我們本身也很富裕，難道不是嗎？」安妮說，「我們這十六年不是一直都很快樂嗎？我們每天玩耍和幻想，過著女王一樣的日子。反正我是覺得很充實，一分鐘也沒有虛度。你們看看遠處那片大海，充滿了光和幻影，這樣美麗的景色是多少金銀珠寶也買不來的。如果我們變成了音樂會上的那些貴婦人，那將是十分可怕和悲哀的一件事。她們覺得除了自己以外，所有人都是傻瓜，難道所有人都要像她們一樣才算是活過嗎？我看不是！你們想想那位胖女人的身材，想想職業朗誦者眼中的哀傷，再想想那位花邊白禮服女孩滿臉的驕橫，這種有錢人的生活你覺得很有意思嗎，珍妮？」

「啊……這個……」珍妮有些遲疑，「我想如果有了珠寶和鑽石，我就不會那麼傷心了。」

「我只想成為我自己，我不會去羨慕別人，即使沒有人用鑽石來安慰我，我也會很快樂。」安妮鄭重地說，「馬修送我的那串珍珠項鍊，對我這個綠山牆農舍中的小女孩來說就已經足夠了，在我眼中它比鑽石要珍貴得多。」

# 第三十四章　女王學院的生活

綠山牆農舍裡開始變得忙碌起來，一天到晚的針線活，無休止的叮嚀和祝福，這一切都是在為安妮到城裡去上學做準備。這種狀態在綠山牆農舍足足持續了三個星期，光是洋裝，瑪莉拉就為安妮準備了好幾件。她也不再反對馬修為安妮買東西，反而每次都是很爽快地答應。這天晚上，瑪莉拉來到了安妮的房間，手裡拿著一塊綠色的布料。

「安妮，雖然你的衣服已經不少了，但我還是想再給你做一件晚禮服，你看一下這塊布料，怎麼樣，漂不漂亮？城裡人很講究，出席宴會的時候都得穿晚禮服，再說，珍妮、露比、裘西這次入學也都準備了晚禮服，所以我也要給你做一件。這塊布料是艾倫太太陪我進城特意為你選的，我準備讓艾蜜莉・吉利斯來為你做這件晚禮服，她是個出色的裁縫。」

「瑪莉拉，你對我的照顧簡直是無微不至，我真不知道該如何報答你。」

沒過幾天晚禮服就做好了，樣式是流行的款式，帶著很多褶皺。收到晚禮服的當天，安妮就迫不及待地穿上站到馬修和瑪莉拉的面前，並為他們朗誦了一首詩。瑪莉拉看著眼前這位舉止端莊的少女，不禁想起剛剛來到綠山牆農舍時的安妮，那時候她還是個靦腆又有靈氣的小女孩，她用那雙含滿淚水的眼睛打動了自己。想到這裡，瑪莉拉忍不住流下眼淚。

看到瑪莉拉在擦拭眼淚，安妮停止了朗誦，俯下身子在瑪莉拉臉上親吻了一口，問道：「怎麼了，瑪莉拉，是不是我的朗誦讓你感動了？」

「沒有，剛才我想起了小時候的你。」瑪莉拉剛才只顧著看安妮，並沒有在意她朗誦的是什麼，「一轉眼你就長這麼大了，人也漂亮了，再穿上這件晚禮服，簡直不敢想像你四年前是什麼樣子。你已經不再是以前那個小毛孩了，你要一直是個小孩該多好啊！你就要離開艾凡里，離開綠山牆農舍，想到這些我就覺得難過。」

瑪莉拉還沒說完，安妮就一頭撲進了她的懷裡，嘴裡哽咽道：「瑪莉拉！」過了一會兒，她抬起頭來，望著瑪莉拉的眼睛說，「我沒有變，還是四年前那個安妮，不過是稍微修飾了一下外表而已。我永遠是你們的安妮，永遠是綠山牆農舍的安妮，無論何時，無論何地，這一點都是不會改變的。」說完，安妮把臉緊緊貼在瑪莉拉的臉上，並緊緊握住了馬修的手。

瑪莉拉心裡在想，要是現在這種狀態能一直持續下去就好了，她是真的捨不得四年來與自己朝夕相處的安妮。馬修依舊沉默不語，起身獨自來到了門外的院子裡。夏季的夜空星光熠熠，馬修踱步到一棵樹下，心裡想：「安妮真是好樣的，我原本以為自己對她的寵愛會把她慣壞，沒想到一點也沒有。瑪莉拉不讓我干預她對安妮的教育，看來我的干預也沒帶來什麼害處。安妮成績好，人也漂亮，最關鍵的是心地善良，她真是上帝的恩賜啊。我不相信這是運氣好就能得來的，這是天意，上帝知道我們需要一個安妮這樣的孩子。」

九月的一個清晨，安妮要離開綠山牆農舍到學院去報到了。安妮與黛安娜和瑪莉拉作了告別便乘坐馬車，由馬修陪伴著一起上路了。安妮的離開讓黛安娜和瑪莉拉都很傷感，黛安娜選擇和堂兄妹一起去白沙鎮的海灘玩耍，以此來淡化對安妮的想念。而瑪莉拉則把自己沉浸在無休止的勞動中，希望藉此來忘記對安妮的想念，但是這種方式不怎麼奏效，她總是有意無意地去想安妮，把自己折磨得很痛苦。那天晚上，瑪莉拉獨自來到了安妮的房間，看著屋子裡的擺設，彷彿聽到昔日裡這裡的歡聲笑語。她坐在安妮的床上，再也抑制不住，一個人抱著枕頭哭了起來。

安妮到達女王學院的時候，發現來自艾凡里的其他人也都到了。學院生活的第一天非常忙碌，同學們因為興奮都顯得很愉悅。先是學生之間自我介紹，學生與老師之間的相互見面，然後根據每個人的成績和志願進行分班。安妮報了兩年制的班，吉伯特也是，這是聽從了史泰西老師當初的建議。兩年制就意味著，一年之後就能拿到一級教員資格證，但是相應地要付出更多的辛勞和汗水，因為兩年制的課程非常緊湊，而且對教學品質要求十分嚴格，比其他班級嚴格很多。珍妮、露比、裘西、查理和穆迪都有自知之明，知道自己吃不了那種苦，所以都沒有報兩年制的班，他們的目標是二級教員資格證。

坐在新教室裡面，安妮心裡有點慌，因為五十多個學生裡自己只認識吉伯特，不過這個人對自己來說跟不認識沒有什麼兩樣。初到一個新環境，新鮮勁過去之後，情緒上便會有一種失落感。安妮心想，吉伯特也不錯，他是一個很好的對手，和他在一起會讓自己時刻保持競爭力。如果沒有競爭力，沒有目標，安妮就不知道該怎麼辦了。

安妮一邊看著坐在對面的吉伯特，心裡一邊想：冤家路窄，沒想到我們之間的競爭還沒有結束。吉伯特心裡肯定也是這樣想，因此千萬不可以放鬆警惕，千萬不可以輸給他。吉伯特的下巴看上去很順眼，只是以前沒有注意到而已。要是珍妮和露比也在就好了，一級教員資格證就那麼令人害怕嗎？再苦再難的生活，只要習慣了，也就沒什麼好害怕的了。這麼多新同學，不知道誰會和我合得來，成為我的新朋友。臨走前我已經跟黛安娜發過誓，無論多麼合得來，我在女王學院結交的新朋友都只能是一般關係的朋友，不會是那種無話不談的知己。在我心中，這種朋友只有一個，那就是黛安娜。那邊有個女孩子非常漂亮，紅色的衣服讓她像一朵紅玫瑰。還有靠窗戶的那位金髮女孩，多漂亮的一頭金髮呀，真是令人羨慕。要是我們能成為好朋友就好了，不過我們現在甚至連對方的名字都不知道，我真是自作多情。

好朋友們都不在，只有安妮自己待在寢室裡，這也讓她倍感孤獨。珍妮和露比、裘西都有親戚在城裡，所以她們不在學校裡住宿。貝瑞小姐曾經邀請安妮去她的城堡住宿，但是那裡離學院有點遠，她只好謝絕了。貝瑞小姐應馬修和瑪莉拉的囑託，打算為安妮租一處公寓。

貝瑞小姐為安妮租的公寓環境非常好，適合學習，離學院也近。公寓的主人是個軍官夫人，以前是個貴族，不過現在沒落了。她對於入住這間公寓的房客要求非常挑剔，幸好現在的安妮看上去讓人很放心。這裡不僅是個學習的好地方，生活也很舒適，除了有寧靜的環境和沒有外人打擾以外，公寓裡的飯菜也非常合胃口。但是這一切都不能阻止安妮對綠山牆農舍的想念。安妮住的是公寓裡面的一個小臥室，牆上除了壁紙之外什麼也沒有，家具也只有一張鐵床和一個箱子。這讓安妮想起了綠山牆農舍那間屬於自己的小房間，那裡有雪白的牆壁，夜裡月光灑在上面，就像鍍了一層銀。同時，安妮還想起了臥室窗戶底下的那個花壇，這個時候，花壇裡的豌豆應該開花了吧。此外從窗戶裡往外望去，還能看到那片樅樹林，聽到小河嘩嘩的流水聲，隱隱約約還能看到黛安娜臥室裡傳出的燈光。艾凡里的夏夜多麼美啊！頭頂上永遠是蒼穹萬里，星光熠熠。而現在呢？窗外的路十分堅硬，沒有一點泥土的芬芳，沒有樹林，倒是有錯綜複雜的電線。遠處街上的人儘管很多，但是沒有一個自己認識。想到這裡，安妮眼中的淚就忍不住掉下來，但是她使勁憋著，沒讓自己哭出聲音。在她看來，哭就是懦弱和無用的表現。好強的安妮不會讓別人認為自己是個懦夫。

安妮強迫讓自己去想點別的，以止住自己的淚水。但是無論看到什麼，她都會聯想到艾凡里，聯想到綠山牆農舍。就這樣，越是抑制，她的淚水就越多。一想到週五就可以回家了，安妮心中得到了些許安慰。但是又一想，離週五還有好幾天，而自己現在覺得每一秒都像一年那麼漫長，就這樣眼淚又止不住流了下來。馬修現在應該到家了，瑪莉拉肯定在柵欄旁等著他回家。一想起瑪莉拉在柵欄旁遙望著那條通向遠方的小路，安妮就忍不住想哭出聲音。就在安妮快要控制不住自己的時候，裘西・派伊及時出現了，她來看望安妮。見到熟人的那種快樂，讓安妮將兩人之間的恩怨一筆勾銷。現在任何和艾凡里有關係的人和物，安妮都視若珍寶。

「見到你真高興，裘西。」安妮熱情地說。

「安妮，你哭了？」裘西問道，隨即又換上了嘲諷的語氣說道，「是不是想家了？你呀，控制自己的能力太差了。艾凡里那個鬼地方有什麼好想的，我早就想離開那裡，你看城裡多好，相比偏僻落後的艾凡里，這裡就是天堂。你還為那個地方痛哭流涕，真是笑話，快別哭了，要是把眼睛和臉頰哭紅了，再加上你的紅頭髮，你就變成一個小紅人了。你今天在學院過得怎麼樣？我們的法語老師非常迷人，尤其是那把鬍子，讓人心潮澎湃。安妮，我猜瑪莉拉肯定給你準備了不少好吃的，快點拿出來，餓死我了。我原本打算跟法蘭克・史東克萊一起去公園看表演，可是我太餓了，所以就跑你這來找東西吃了。法蘭克是個很有趣的男孩，現在跟我住在同一個公寓裡，有空介紹給你。其實他在教室裡就注意到你了，還問我那個紅頭髮的女孩是誰。我把你的身世和經歷告訴了他，在這裡不像艾凡里，並不是每一個人都認識你。」

現在安妮後悔自己剛才過早地原諒了裘西，與其聽她說這些話，還不如自己一個人哭一會兒。就在這時，珍妮和露比也來了，兩人生怕別人不知道自己是女王學院的學生，都把女王學院的紅絲帶戴在身上。裘西不像剛才那樣滔滔不絕，一下子沉默了下來，因為她不喜歡露比。珍妮先開了口，說道：「今天一天我覺得比以往幾個月都漫長，明天我就要學習寫詩了，說實話，詩我在家倒是常讀，可現在最關鍵的是靜不下心來。安妮，你剛剛是不是哭過？我一看你的眼睛就知道。這樣我心裡就平衡了，剛剛我也哭了一場，露比去找我的時候也看到了。看來想家的人不止我一個，這樣我的心裡就踏實了一些，畢竟還有一個與自己同病相憐的人。那是你帶來的蛋糕嗎？我嘗一嘗，嗯，不錯，艾凡里的蛋糕就是好吃。」

露比走到了安妮的書桌旁，拿起了桌子上的一張女王學院的年度計畫安排，便問安妮：「安妮，你是不是打算贏取學院的金牌獎？」

安妮的臉一下子就紅了，彷彿被人看穿了自己的心事一樣，小聲說：「我……只是暫時這樣打算的。」

「我想起來一件事。」裘西嚥下嘴裡的蛋糕說，「聽說學校今天來了一份通知，明天就會公布，內容是關於增設艾佛瑞獎學金的事，這是法蘭克·史東克萊告訴我的，他的一個叔叔是我們學院的理事。」

聽到這個消息之後，安妮感覺身體裡的血液一下子衝到了頭上，身體發燙，尤其是臉。安妮原先的目標是順利取得一級教員資格證，並贏得學院的金牌獎。但是現在目標要重新訂定了，因為獲得艾佛瑞獎學金的人會直接被雷德蒙大學文學系錄取。裘西的這個消息讓安妮一掃思鄉的陰霾，她彷彿看見雷德蒙大學正在向自己招手。艾佛瑞獎學金是為學習英國文學的學生設立的，而英國文學正是安妮最喜歡，也是最有把握的科目。

很久以前，在新布藍茲維省有一位有錢的企業家，他死後，按照遺囑將他的一部分資產拿出來設立了一項獎學金，這便是艾佛瑞獎學金。加拿大沿海地區的中學和學院都有機會爭取到艾佛瑞獎學金，這一次女王學院也被增加到其中。畢業生中英語和英國文學成績最高的人將獲得這份獎學金，除了直接被雷德蒙大學錄取以外，獲獎者每年還會有三百五十元的獎金，這也是在獲得這個消息的當天晚上安妮失眠的原因。

「很明顯，誰努力誰就能拿到獎學金，我一定會努力的。」安妮暗下決心：我要是進了大學，馬修不知道會有多高興呢。只要有了目標，每一天都會變得充實，生活也就充滿意義。考上女王學院只是實現了一個小目標，贏得艾佛瑞獎學金才是大目標。

# 第三十五章　女王學院的冬天

安妮慢慢習慣了女王學院的生活，不再覺得日子那麼難熬了，再說每週都可以回艾凡里一次。如果天氣好的話，星期五下午下課後安妮和其他幾個來自艾凡里的同學便去卡莫迪，乘坐新修的鐵路支線，很快就能到。到時候黛安娜會在卡莫迪車站接著他們，然後再一起坐車回艾凡里。傍晚夕陽漸漸落山，老遠就能看見艾凡里的萬家燈火在閃爍，像是一雙雙小手在歡迎他們回家。每週的這個時候，都是安妮最開心的時候。

吉伯特現在與露比走得很近，兩人經常放學後一起走，吉伯特還幫露比提書包，露比也毫不客氣地接受這一切。當初露比一直幻想著自己有一天能成為一名大美女，現在的確出落得亭亭玉立。現在的她在母親允許的範圍內把洋裝盡量放長，只要母親不提出責備。她在學校裡還把頭髮盤在頭上，當然了，回家的時候就會放下來。她那雙藍眼睛又大又有精神，皮膚潔白光滑。此外她還愛笑，性格豪爽，喜歡往人多的地方鑽。

「真不知道吉伯特喜歡露比哪一點。」珍妮曾經私下裡跟安妮這樣說過。安妮也想過這個問題，她現在還沒有跟吉伯特和好，兩人之間依然互不往來。有時候安妮會想，有一個吉伯特這樣的朋友，聊聊天，說說話，暢想一下未來，也是一件不錯的事。雖然不說話，但是安妮了解吉伯特，畢竟是這麼多年的「競爭對手」了。吉伯特是有遠大理想和抱負的人，就憑這一點，他和露比在一起就不合適。現在吉伯特在安妮眼中就是一個路人，沒有仇恨，也沒有好感，即使當了朋友也會是那種最普通的朋友。

安妮在交朋友這方面很有天賦，來到女王學院沒多久就結交了不少好朋友。但可惜都是女性，她覺得自己應該再認識幾位男性朋友，那樣自己的生活才會變得平衡，知識面才會更寬、更廣。在這一點上，吉伯特是個不錯的人選。如果每個星期五下午，安妮都能和吉伯特一起回艾凡里，在路上互相交換一下對一些事物的看法，不是也挺好嗎？吉伯特是一個對事物有自己看法和想法的年輕人，他很聰明，懂得如何生活才是有意義的，這些安妮都知道。露比就經常說吉伯特很有自己的想法，可惜的是自己聽不懂他在說什麼。珍妮經常會把露比對自己說的話轉告給安妮。露比還經常把法蘭克和吉伯特進行比較，一個風趣幽默，惹人喜愛，一個長得帥，有想法。這讓露比不知道自己更喜歡哪一個。

在結交的朋友中，安妮發現了許多和自己很相像的人。他們有的非常聰明，學習成績好；也有的喜歡想像，像以前的自己。這其中就有剛進學院第一天時看到的那兩位少女，黑頭髮黑眼睛的史黛拉•梅納德想像力豐富，非常活潑；而藍眼睛金頭髮的普莉西拉像精靈一樣好動，喜歡惡作劇，經常引得大家發笑。

耶誕節學院放假一天，快到年底了，學生們都忙著功課，週末也都不回家了。經過了這一段時間的磨合，有相同志趣的人聚集在一起，形成了一個個的小團體。這時候，每個班的特色也體現了出來。

年底到了，學校的金牌獎快要頒發了，承認也好，不承認也罷，金牌獎最有力的爭奪者只有三個人，分別是吉伯特・布萊斯、安妮・雪利和路易斯・威爾遜。而艾佛瑞獎學金的得主更難猜測，最有可能獲獎的有六個人，並且誰都有可能獲獎。就好比數學獎的銅獎頒發給了一個長著很大腦袋，身材像啤酒桶，並且總是穿著同一件布滿補丁外套的男孩，誰獲獎都不足為奇。露比就獲得了學院的選美冠軍，而安妮新交的好朋友史黛拉・梅納德在二年制的學生選美評比中勝出，也有好多人把票投給安妮。最佳髮型獎則被授給了艾瑟爾・馬爾。珍妮雖然長相不出眾，但是她在學習方面也獲得幾個獎項。還有裘西，她獲得「嘴巴最刻薄的女生」的頭銜。要是史泰西老師知道自己的學生個個都這麼出眾，一定會樂壞的。

安妮現在的學習甚至比在艾凡里的時候還要勤奮，她依舊把吉伯特當作競爭對手，只是沒有了在艾凡里時期的那種恨。現在的安妮把與吉伯特的競爭看作是一場比賽，她非常渴望勝利，但是如果對手獲勝了，她一樣會為對方喝采。現在想起以前的自己，安妮覺得自己不再那麼心胸狹窄了。雖然學習很辛苦，但是安妮也懂得放鬆和休息，她每隔一段時間就會到貝瑞小姐家去拜訪一趟，陪貝瑞小姐去教堂，或者吃午飯。貝瑞小姐對於安妮的到來非常歡迎，雖然年齡已經很大，但是她說話的時候眼睛依舊放出光彩，並且非常健談。安妮喜歡聽貝瑞小姐說話，早在幾年前她就愛上了這個老太太。

「真沒想到，安妮越大越懂事了。我原本不喜歡孩子，喜歡也是只喜歡一陣子，時間一長就煩了。只有安妮，每一次見她都不一樣，就像天上的彩虹有七個顏色。每一次見到安妮我都會很高興，年輕就是好。」

一轉眼，春天到了，它總是來得悄無聲息，以至於田野中還有一些雪沒有來得及融化。但是山楂樹已經忍不住發出嫩芽。但是這一切女王學院的學生們都沒有注意到，他們現在只關心一件事情，那就是考試。

「時間過得真快啊，冬天馬上就要結束了，可我還停留在去年秋天。下星期考試就要到來了，大家都在埋頭苦學。這種事情不能想，要不然一想到要考這麼多科目，肯定會感到絕望的。看看外面的景色，尤其是剛發出的新芽和天邊的朝霞，我的心就會靜下來，不再那麼害怕了。」安妮坐在公寓的床上，對珍妮、露比和裘西說道。很顯然，她們三個人對考試的感覺與安妮不一樣，一想到下星期就要開始的考試，她們就無法讓自己的內心平靜下來，更沒有心思去看什麼新芽和朝霞。在她們眼中，安妮應該不用擔心，保證都能及格，但是安妮並不這樣認為，她會全力以赴地對待這次的考試。

「最近半個月，我整整瘦了七磅！」珍妮一臉無奈地說，「無論怎樣勸說自己都沒用，一想到辛辛苦苦學了這麼長時間，還花了那麼多錢，若是拿不到資格證書，真不知道下一步該怎麼走。」

「至於嗎？」裘西滿不在乎地說，「今年考不上，不是還有明年嗎？反正我無所謂。安妮，我可聽說有教授認為吉伯特能拿金牌獎，我還聽說艾蜜莉・克雷伊發誓一定要拿艾佛瑞獎學金呢。」

安妮什麼也沒說，只是笑了一下。「裘西，要是以前我聽到這個消息或許會感到不高興，但是現在我一點都不在意。因為我想起了艾凡里山谷裡的紫羅蘭，還有『情人小路』上的羊齒草現在肯定也發芽了，一想到這些，金牌獎和艾佛瑞獎學金的事情我就不那麼看重了。再說，我已經盡全力去學習了，努力給一個人帶來的那種快樂我已經體會到了。在我看來，失敗也是一種寶貴的經驗，失敗並不可怕，重要的是跌倒之後重新站起來。我們不要再講這麼沉重的話題了，你們看遠處的天空，藍藍的，讓我想起了艾凡里，不知道那裡的天空現在是什麼樣子。」

「珍妮，你準備穿什麼出席畢業典禮？」露比這個問題很實際。

「你的問題永遠離不開穿什麼衣服！」珍妮和裘西異口同聲喊道。

安妮沒有參與她們的討論，而是坐在桌前，雙手托著腮遙望遠方，暢想著自己的未來。

# 第三十六章　美夢成真

考試已經結束一段時間了，今天早上就要公布成績，安妮喊著珍妮一起去學院公告欄看成績。珍妮對自己考試中的發揮相當滿意，認為自己全部通過沒有問題，所以臉上滿是笑容。她對自己的要求是及格就行，所以全部考過對於自己來說就是最好的成績。抱持這樣想法的人有很多，但安妮不是，她知道一分努力一分收穫，自己的努力和勤奮不會白費的。不過此時的安妮臉色蒼白，內心不安，因為過一會兒就知道誰將獲得今年學院的金牌獎和艾佛瑞獎學金。一路上她一句話都沒說，每向公告欄走近一步，內心的忐忑就增加一分。

「不用擔心，試都考完了，結果是好是壞現在只能接受，不能改變。」珍妮安慰安妮。

「大家都在說艾蜜莉・克雷伊會獲得艾佛瑞獎學金，我現在甚至不敢走到公告欄底下去，我不願意讓那麼多人看到我一臉失望的樣子。這樣吧，珍妮，我去那邊等你，你去公告欄幫我看一下，然後告訴我結果，求求你了。我們是這麼多年的好朋友，你一定要幫我這個忙。要是沒考好，你直接回來告訴我就行了，也不用說什麼對不起之類的話，我現在不想被別人同情。」

珍妮答應了安妮，但是兩人還沒有分開，就傳來了不好的消息。學院的大廳裡衝出來一幫男學生，他們把吉伯特舉在肩上，邊走便興奮地喊道：「吉伯特萬歲！金牌獎萬歲！吉伯特萬歲！金牌獎萬歲！」安妮像是被別人打了一記悶棍，耳朵裡嗡嗡響，臉上寫滿了失敗者的沮喪。完了，自己最終還是輸給了吉伯特，原本還想把金牌獎拿回去讓馬修高興一下呢，他一直堅信自己能拿獎章，可是……正想到這裡，突然大廳裡傳來了一個女生的大喊：「安妮萬歲！艾佛瑞獎學金萬歲！安妮萬歲！艾佛瑞獎學金萬歲！」珍妮早先一步反應過來，拉著安妮跑進了大廳。

「安妮，你真是了不起，你是我們的驕傲！」珍妮看上去比安妮還要激動。

女學生們都圍在安妮身邊向她表示祝賀，說她為女生爭了光，大家爭相與安妮握手。人群包圍中的安妮被弄得一團混亂，安妮小聲地對珍妮說：「我要趕快給家裡寫信，給馬修和瑪莉拉一個大大的驚喜。」

接下來的事情就是畢業典禮。典禮被安排在學校的大禮堂裡舉行，各項事宜井然有序。先是校長致詞，然後是學生代表朗誦散文，學生合唱，最後是頒發畢業證書和為獲獎者頒獎。馬修和瑪莉拉也坐在台下，他們來出席安妮的畢業典禮。安妮被選為學生代表在台上朗誦散文，今天她穿了那件綠色的禮服，臉上因為興奮而變得緋紅。台下的學生和出席畢業典禮的家長都在輕聲議論：這就是那位獲得艾佛瑞獎學金的女孩，真了不起。

台上的安妮正在朗誦，馬修進入禮堂之後第一次開口說：「瑪莉拉，看來當年我們收養安妮真是一個明智的決定。」

「你才知道嗎？我早就這麼認為了。」瑪莉拉幸福地回答道。

貝瑞小姐也來參加安妮的畢業典禮，她就坐在馬修和瑪莉拉後面。聽到剛才他倆的對話後，她用遮陽傘的傘柄輕輕碰了瑪莉拉的後背一下，說：「安妮真是太棒了，我也為她感到自豪和驕傲。」

畢業典禮結束之後，安妮與馬修和瑪莉拉一起回到了艾凡里，回到了綠山牆農舍的家。為了準備考試，安妮從四月起就沒有回過艾凡里，她想家想得都快要瘋了。一路上他們看著窗外的蘋果花有說有笑，等回到綠山牆農舍發現黛安娜早已在這裡等候多時了。自己的房間還是那樣整潔，窗台上的花瓶中插著新鮮的玫瑰，這是黛安娜為安妮準備的。

「黛安娜，回家的感覺真好。你看外面的天空，只有艾凡里的天空才會呈現出這種粉紅色。果園裡的花都開了，白茫茫一片，我在這裡都能聞到那股清香。你送我的這些玫瑰也很漂亮，我從這裡面看到你對我的思念和祝福，謝謝你，黛安娜，能見到你真是高興！」

「我聽裘西・派伊說，你跟那個史黛拉・梅納德關係很好，你很喜歡她嗎？」黛安娜的語氣中帶著一絲不滿。

安妮聽完之後為黛安娜的吃醋感到好笑，她笑著對黛安娜說：「在我心中只有一個朋友是最好的，而且現在我覺得自己比以前更需要她，那個人就是你，黛安娜。我原本準備了很多話要跟你說，以為見到你會激動得說不出話來，但是看到你的第一眼我的心就平靜了下來，我們之間不需要語言。你知道嗎？我現在最想做的就是明天去果園裡樹下的草地上躺上兩個小時，靜靜地發一會兒呆。」

「真沒想到你考得那樣好，還拿了艾佛瑞獎學金，是不是這樣以後就不用做教師了？」

「對，雷德蒙大學已經錄取了我，開學是在三個月後，一想到有三個月的暑假，我就激動不已。終於可以做點自己喜歡的事情了。另外艾凡里的學生都很棒，珍妮和露比都拿到了教員資格證，可以來艾凡里教學了。穆迪和裘西也通過了考試，真為他們感到高興。」

「新橋理事會已經決定錄用珍妮了，另外吉伯特也要當老師，因為他的父親沒有多少錢，他必須自己掙夠學費，明年才能考大學。要是艾姆斯老師被調走的話，他很有可能會在艾凡里教書。」

不知道為什麼，聽完黛安娜的話之後，安妮的心中有一種莫名的惆悵。在此之前，她一直以為吉伯特也會去雷德蒙上大學。一想到陪伴自己這麼多年的競爭對手現在就要離開了，安妮心中有一種失望的感覺。要是沒有了吉伯特，學習的積極性肯定會不如以前，再說攻讀學位不是一件簡單的事情，沒有對手怎麼行呢。

第二天吃早飯的時候，安妮看著對面的馬修，覺得他看上去明顯老多了，無論是臉色還是精神都大不如前。過了一會兒，馬修吃飽了出去之後，安妮趕緊問瑪莉拉：「馬修怎麼了？怎麼看上去精神不太好。」

「對呀，身體不如以前了。」瑪莉拉歎了一口氣說道，「他的心臟一直有老毛病，可他就是不願意閒著。最近我給他雇了一個助手，有了幫手他就輕鬆多了，不過我還是很擔心。你回來之後，他的精神比以前好很多，看來你就是最好的藥，馬修見到你就開心。」

安妮聽完瑪莉拉的話之後，又盯著瑪莉拉的臉看了起來，最後起身捧著她的臉說：「瑪莉拉，你的臉色也不好，是不是幹活太累了？既然我回來了，什麼事都交給我，你只管好好歇著就行了。我不想出去玩，今天去以前常去的地方轉一轉就足夠了。」

瑪莉拉很高興安妮會這麼說，苦笑著說：「和幹活沒有關係，我覺得和頭疼有關係，最近疼得很厲害。眼睛也不舒服，我讓醫生調試了眼鏡，可怎麼調都不管用。聽說下個月有個眼科醫生會來島上，醫生叮囑我一定要去檢查一下。現在我的眼睛連針線活都做不了，更不用說看書了。不過想想你取得的成就，我們就很高興，你不僅考取了一級教員資格證，還贏得了艾佛瑞獎學金，真是厲害。瑞秋不贊成女孩子上大學，他說這對於女人來說根本就沒有必要，但是我不同意她的觀點。安妮，最近很多傳言說亞比銀行快要倒閉了，你知道這件事嗎？」

「沒有啊，怎麼了？」

「瑞秋上週來綠山牆農舍的時候說過這件事，馬修和我聽了之後心裡都覺得不踏實，我們家的錢可全都存在亞比銀行呢。我更信任儲蓄銀行，但是亞比銀行的老闆亞比先生是父親生前的好朋友，當年家裡的錢就一直存在他那裡。馬修安慰我說，只要亞比銀行還沒有換老闆，我們的錢就不會有問題。」

「可是亞比先生現在年事已高，銀行的管理和營運早就交給他侄子了，難道你不知道嗎？」

「直到上次瑞秋說起，我才知道這件事，所以我敦促馬修趕緊把錢轉移到儲蓄銀行去，但他說再等等看。昨天我碰到了羅素先生，他說那都是謠言，銀行一點問題都沒有。」

這天天氣很好，陽光灑滿艾凡里的每一個角落，安妮在外面玩了一整天，她很久沒有玩得這麼痛快了。她先去了果園，又去了以前喜歡去的地方，有「樹精泡泡」「紫羅蘭溪谷」「情人小路」「幽靈森林」等等，那裡充滿了她小時候的回憶。最後又去了艾倫太太那裡，與牧師和牧師太太談了很長時間，回家的時候已經是傍晚了。她和馬修一起趕著牛群回農舍，夕陽眼看就要落山了，最後一點陽光照在樹梢的枝葉上。馬修腳步蹣跚，安妮在一邊攙扶著他。這時安妮第一次發現，自己的個頭已經超過了馬修。

「馬修，今天累不累？你要注意多休息啊。」安妮十分擔心馬修的身體，「你要是不那麼拼命就好了。」

「你說得對，可是我做不到。」馬修一邊趕著牛群一邊說，「我年紀大了，可我總是忘記這一點。我從小就在田地裡勞動，去山上放牛，這樣生活了一輩子，我想就算是倒下也要倒在自己的土地裡。」

「我要是個男孩就好了，那樣還可以幫你分擔一下。」說到這裡，安妮內心充滿愧疚，鼻子一酸，幾乎要落下淚來，「我多想變成一個男孩子呀！」

「你這樣想就錯了，你知道你比男孩強多了。」馬修拉過安妮的手，對她說，「今年女王學院是哪個男孩獲得了艾佛瑞獎學金？哪個也不是，是我們綠山牆農舍的安妮。你知道，我聽到這個消息的時候有多高興啊！」說完馬修衝安妮慈祥地微微一笑。

這天晚上安妮沒有早早入睡，而是坐在窗前的桌子旁想心事。她一會兒想起馬修傍晚時說的話，一會兒又幻想起雷德蒙大學的生活。窗外月光皎潔，遠處沼澤地裡傳來青蛙的叫聲。整個艾凡里都被這個舒適的夜晚包圍著，安妮怎麼也不會忘記這個夜晚，因為這是噩運到來之前最後一個讓人懷念的時刻。

# 第三十七章　死神降臨

安妮採摘了一大把水仙花，高興地往屋裡走著，突然聽到瑪莉拉用一種激動而又帶著恐懼的聲音喊道：「馬修！馬修！你怎麼了，馬修？」意識到出了問題，安妮扔掉手中的水仙花就跑進屋子裡。這時，只見馬修依靠在陽台的門上，頭耷拉著，臉色灰白。就在安妮和瑪莉拉穿過廚房跑到他身邊的時候，馬修的身體慢慢往下滑，歪坐在門框上。事後很長一段時間，一看到水仙花，安妮就會想起馬修當時的樣子。

「馬修快不行了！」瑪莉拉平淡的語氣中透露著一股悲涼，「快！安妮，趕緊到倉庫把馬丁喊來。」

馬丁是綠山牆農舍雇來的工人，此時他正從郵局回來。一看馬修快不行了，他趕緊跑到貝瑞夫婦家通報情況，恰巧林德太太也在那裡，於是貝瑞夫婦和林德太太急忙趕到了綠山牆農舍。此時，安妮和瑪莉拉正在想方設法救醒馬修。

林德太太走上前去，拿起了馬修的手摸了一會兒脈搏，又把耳朵貼到馬修的心口上聽了一會兒，當她抬起頭來的時候，已經是淚流滿面。安妮和瑪莉拉一臉焦急地想聽她是怎麼說，林德太太哭著說：「馬修已經死了。」

「不，不可能，林德太太，這，馬修他，他不會死的……」安妮已經語無倫次，她無論如何也接受不了這個事實。

「誰也不願意相信，可事情就是這樣。安妮，我知道你很難受，但是你要面對現實，我見過好幾次死人，他們的臉色也都是這樣的。」林德太太無奈地說。

至於馬修的死因，事後醫生推斷是受了外界刺激而引發的心臟病。讓人欣慰的是，馬修死之前並沒有受罪，而是心臟一下子就停止了跳動。至於受的是什麼刺激，醫生推斷刺激來自當時他手中的報紙，因為上面有一條新聞說亞比銀行倒閉了。馬修肯定是想起了家中的積蓄都存在亞比銀行，而現在銀行居然倒閉了，這是他最近一直在擔心的問題。

沒過多久，整個艾凡里地區的人都知道了馬修的死訊。大家都來綠山牆農舍悼念他，並對瑪莉拉和安妮表示慰問。很多人跑前跑後幫忙處理馬修的後事，他們不讓這對受傷的女人插手，只是讓她們好好休息。馬修•卡斯伯特在艾凡里生活了六十多年，今天第一次成為關注的焦點，大家都知道艾凡里有這樣一位老實本分、勤勞樸實的人。

當夜幕降臨，這噩夢般的一天結束的時候，綠山牆農舍裡沒有了以往的歡聲笑語。此刻，和藹慈祥、寵愛安妮的馬修躺在靈柩中，一縷花白的頭髮垂在臉頰上，嘴角還帶著微笑，此時的他更像是睡著了。靈柩周圍擺滿了鮮花，這些鮮花中有馬修美好的回憶，因為它們是當年馬修的父母結婚時種下的。安妮知道馬修喜歡這些花，所以馬修死後她一個人到花園裡，一邊流著淚，一邊小心翼翼地剪下了這些花，拿回來圍在馬修身邊，這也是她能為馬修做的最後一件事情。瑪莉拉呆坐在一邊，臉色很難看，但是她沒有流淚，因為她的眼淚已經流乾了。

貝瑞夫婦和林德太太決定今晚留在綠山牆農舍，陪伴這對可憐的女人。黛安娜也留了下來，她要在朋友最艱難的時刻陪在她身邊，與她一起分擔。她跑到了安妮的房間裡，看到安妮正一個人站在窗戶前面向外看。

「安妮，我知道今天晚上你一定很難熬，就讓我留在這裡陪你吧。」黛安娜小聲說。

「沒事的，黛安娜。」安妮回頭看了黛安娜一眼說，「謝謝你留在這陪我，但是我想一個人靜一靜，希望你能理解。我想靜一靜好好地想想這件事，但是今天一天都亂糟糟的，一直沒有時間。我總感覺馬修還活著，我昨天還跟他一起趕著牛群往回走呢，但又感覺他很久之前就不在了。很久之前，我就在為馬修的離開感到難過。」

黛安娜不明白安妮說的是什麼，是不是陷入極度悲痛之後就會這樣子？她只好留下安妮一個人在屋子裡，自己下樓去了。相對於安妮，她更能體會到瑪莉拉的傷心，平時堅強的瑪莉拉，現在哭得一滴眼淚也沒有了。至於安妮，她則搞不懂。

安妮原本以為自己會痛哭流涕，想想那麼寵愛自己的馬修，就像是自己慈祥的父親一般的馬修，昨天還跟自己談笑風生，而現在卻獨自一個人躺在樓下大廳的靈柩裡，孤獨地去了另外一個世界。可是無論怎麼想，安妮心中只是覺得沉悶，並沒有流下眼淚來。她看著遠處的山和天邊的星星，心想馬修此刻是不是正在天上看著自己呢？她今天實在是太累了，迷迷糊糊就睡著了。

夜裡安妮突然醒來，看到周圍一片漆黑，她猛地想起白天發生的事情。這時眼淚一下子湧了出來，她通過模糊的淚眼，彷彿看到了馬修正在對自己微笑。耳邊傳來了馬修緩慢的聲音：「安妮，你是我們綠山牆農舍的驕傲。」安妮再也控制不住，大聲地哭了起來。瑪莉拉不知道什麼時候來到安妮的身邊，摟住安妮說：「安妮，你是一個聽話的好孩子，快別哭了。我也很傷心，馬修勤勞、樸實，為人善良，但是你要明白無論如何他不會回來了，這都是上帝的旨意。」

「瑪莉拉，我是多麼想念馬修啊！」安妮哭著說道，「我想哭出來我會好受一些，你不要管我，就讓我痛痛快快哭個夠吧。瑪莉拉，很感謝這時候你陪在我身邊，我不能讓黛安娜留在這裡陪我，她那麼單純、善良，我不能把自己的悲傷讓她去分擔。瑪莉拉，如果有什麼辦法讓馬修活過來就好了。」說完安妮又大哭起來。

「安妮，我也感謝有你在身邊，要知道如果沒有你，我自己肯定承受不了這種痛苦。你看我平時很堅強，對你也很嚴格，但我在心裡也像馬修一樣地寵愛你。我今天再也忍不住了，我要告訴你，安妮，我的好女兒，我一直深深地愛著你，自從你來綠山牆農舍的那一天起，我就決定要保護好你。」

兩天之後舉行了葬禮，馬修的靈柩經過了他生前心愛的田地和果園，算是作最後的告別。艾凡里很快就恢復了往日的平靜，綠山牆農舍的生活也有序地進行著，安妮說好了不再傷心，可是她經常睹物思人，看到什麼都會想起馬修。不過她哭的時候都是找個沒人看到的地方，尤其不能讓瑪莉拉看到。隨著時間的過去，安妮的傷心慢慢變成了一種思念，她現在只是偶爾會覺得孤獨，不再一個人哭泣。這時，朝陽和待開的花朵會讓安妮露出微笑，這種微笑已經從安妮臉上消失很長時間了。慢慢地，黛安娜逗她的時候也會露出微笑。她打心底感激著黛安娜，黛安娜也為朋友走出失去親人的陰影而感到高興。

這天傍晚，安妮坐在艾倫太太家的椅子上，陷入了沉思。「艾倫太太，你說我現在是不是有點不像話？馬修走了，而我現在居然還會跟別人說說笑笑，我總覺得自己對不起馬修。每當想到這一點就感到內疚，同時會想起馬修對我的好。但是我又覺得人生這麼美好，快樂也是正常的，今天黛安娜給我說了一個笑話，我就忍不住笑了，可我總覺得我這樣笑是不是……」

「馬修生前最喜歡的就是看你笑。」艾倫太太安慰安妮說，「雖然馬修不在了，不過，我想他還是喜歡你的笑聲。安妮，你的心情我可以理解，我也失去過親人。那麼疼愛自己的人說走就走了，而自己依舊每天生活得很快樂，別人就會說你很絕情，自己也會覺得背叛了死去的人，這種感覺每個人都要經歷。」

「今天我去墓地看望馬修，在他墓旁栽了一棵玫瑰。」安妮喃喃自語道，「馬修的母親是蘇格蘭人，當年他們從蘇格蘭來到這裡帶來了這種白色的玫瑰。馬修很喜歡白色玫瑰，每次看到花開了都會很高興。我在他的墓旁也栽了一棵玫瑰，讓它來陪伴馬修，馬修肯定會高興的。不知道天堂裡有沒有盛開的白玫瑰……啊，現在幾點了？我要回家了，不然瑪莉拉一個人會很寂寞的。」

「安妮，你有沒有想過，若是你上了大學，瑪莉拉自己在家會更寂寞。」安妮不知道該怎麼回答，說了聲再見就回家了。瑪莉拉正坐在綠山牆農舍門前的台階上等著安妮回來，背後是敞開的大門，門底下掩著一個用來擋門的大海螺。這個海螺不知道用了多少年，光滑的表面上反射著最後一絲夕陽。安妮慢慢地坐到瑪莉拉的身邊，並把路上採的一朵小黃花插在她的頭髮上。

「剛才醫生來過了，他說明天眼科醫生就會來島上，讓我到時候去檢查一下自己的眼睛，我打算明天進城一趟。希望檢查之後他能給我配一副合適的眼鏡，看不清楚東西的感覺真難受。馬丁陪我進城，家裡就剩你自己了，不要忘了做飯，還有把洗好的衣服熨一下……

你可以自己在家嗎？」

「家裡的事情你就放心吧，我到時候會讓黛安娜來陪我，再說我也不是小孩子了，不會再把感冒藥當調料放到蛋糕裡了。」

「你小時候淨幹這種傻事，還整天闖禍，還記不記得把頭髮染成綠色的那一次？說實話，我當時擔心你一輩子都是個馬馬虎虎的人。」

「這件事我一輩子都不會忘記的。」說完之後安妮笑了一下，彷彿想起自己當時頂著一頭綠髮的模樣，手下意識地摸了一下現在的頭髮，「真不知道為什麼，當初我那麼恨自己的紅頭髮，現在想起來總是忍不住想笑。紅頭髮和雀斑是我童年裡的兩大死敵，我一心想要消滅它們。現在我不在意這些東西了，它們反而消失不見了，雀斑不見了，紅頭髮也變成了褐色的頭髮，大家都說這是奇蹟，當然除了裘西・派伊以外。可能是我昨天穿的是黑衣服，所以襯得頭髮有些發紅，裘西說我的頭髮變得比以前還要紅。我已經不再奢望能與裘西交朋友了，這個人，無論你做什麼她都能挑出錯來，瑪莉拉。」

「再怎麼說，裘西是在派伊家長大的。」瑪莉拉彷彿認為這很正常，「派伊家的人名聲很壞，但是誰都拿他們沒辦法。這種不珍惜名聲的人，真不知道他們活著的目標是什麼，不知道他們自己是否覺得生活失去了意義。」

「裘西明年還會去女王學院讀書，穆迪和查理也是。而珍妮和露比則要當教師，學校都定下來了。珍妮是在新橋的學校教書，而露比在西部的一所的學校。」

「吉伯特也當教師嗎？」

「對。」安妮的回答十分簡潔。

瑪莉拉感覺出安妮對吉伯特還抱有偏見：「吉伯特是個不錯的孩子，現在已經成為一名不錯的青年。我上星期去教堂的時候碰到他，看著他那魁梧的身材，我想起他的父親。他父親當年也很優秀，可能你不知道，當年我和他的父親還談過一段戀愛呢！」

這個話題立刻吸引了安妮的興趣，她趕緊問道：「那後來呢？瑪莉拉，快點告訴我，你們當初為什麼分開了？」

「是因為我倆吵了一架，後來他來認錯，請求我的原諒，但是我太高傲了，沒有接受他的道歉。其實我的心裡已經原諒了他，但是不知道為什麼總想讓他再來求自己，歸根結柢還是虛榮心在作怪。後來他再也沒來找過我，他們家族的人都很倔強，我的心裡一直充滿內疚，後來我還是當面原諒他，化解了這樁心事。」

「沒想到，你也談過戀愛。」安妮笑著說。

「當然了，你怎麼可能知道呢，就連我自己也忘記了，要不是上星期在教堂碰到吉伯特，我也不會想起來還有這麼一回事。」

# 第三十八章　峰迴路轉

第二天，瑪莉拉去了城裡，天黑時才回來。安妮送走黛安娜後回家了，一進門看見瑪莉拉正抱頭坐在桌前。安妮看到瑪莉拉這麼沒精神，身上頓時流過一股寒流，瑪莉拉以前從來沒有這樣。

「瑪莉拉，你是累了吧？」

「噢，是的，我應該很累。不過我並不覺得累，我在想事情。」

「你去看醫生了？情況怎麼樣？」安妮心神不寧地問。

「我去醫院做了徹底的眼部檢查，醫生要我停止做任何傷害眼睛的工作。也就是說，像看書、做針線活這些費眼力的事情都不可以再做了，以後我得好好保護眼睛。醫生說，我只有盡量不哭，再戴上他專門給我配的眼鏡，才有可能阻止病情惡化，頭痛的毛病也會減輕，說不定還會慢慢好起來。如果我不照醫生的吩咐去做就會使病情惡化，嚴重的話半年之後就會失明。安妮，你說我該怎麼辦呢？」

安妮聽完瑪莉拉的話嚇得愣住了，根本不知道該怎麼說才好，過了一會兒，才鼓足勇氣緩緩地說：「瑪莉拉，你別擔心了，醫生既然這麼說就是還有希望。以後你就聽醫生的話，注意保護眼睛，這樣就不會失明了。而且你要是戴上眼鏡，頭痛也會減輕的，這不是很好嗎？」

「我已經不抱希望了。」瑪莉拉傷心地說，「以後如果不能看書、做針線活，就算眼睛再好，活著還有什麼意思呢？如果是這樣的話，我寧願是個瞎子——死了最好！還有醫生不讓我掉眼淚。可是我心情一不好就忍不住想哭，怎麼可能不掉眼淚呢？唉，說這些有什麼意義呢？安妮，謝謝你倒茶給我喝。現在我感覺好累，渾身一點力氣都沒有。我得眼病的事先不要讓別人知道，否則大家一定會過來問這問那的，那樣我會更難受。」

吃過晚飯，安妮勸瑪莉拉早點兒休息，之後就回到自己的房間。窗外一片漆黑的，安妮靜靜地坐在窗戶旁邊，她覺得心情非常沉重，忍不住掉下了眼淚。畢業典禮結束之後，她也是這樣坐在窗前的，可她現在的心情卻和那時完全不同。那時的心情是喜悅的，內心充滿希望，覺得美好的未來正在遠處等著她。可是現在，安妮覺得那時所想像的一切離自己好遠好遠。安妮上床休息時，心情才稍微平靜了一點。她下定決心：以後一定要鼓起勇氣面對現實，盡力承擔起自己的義務，做一個有責任的人。

幾天之後的一個下午，家裡來了一個陌生的客人。瑪莉拉和他在院子裡聊了一會兒之後回到屋裡。安妮是後來才知道這位客人的，他來自卡莫迪，名叫約翰‧薩德勒。安妮看了看瑪莉拉，看得出她和薩德勒聊的好像是很重要的事情。「瑪莉拉，他來幹什麼？」

瑪莉拉慢慢地坐到窗戶旁邊，雙眼看著安妮，不顧醫生的叮囑，眼淚奪眶而出：「他是從卡莫迪來的。他聽說我要賣掉綠山牆農舍，所以特意過來看看，打算買下綠山牆農舍。」

「什麼？你要賣掉綠山牆農舍？」安妮不相信地問，她以為是自己聽錯了，「瑪莉拉，你說的都是真的？」

「是的，我想不到其他辦法。事已至此，我也只能這麼做了。如果我的眼睛不會失明，那我還可以繼續好好地住在這裡，再雇個老實人幫我幹活。可是，現在的情況並不像我之前想的那樣，我的眼睛說不定哪天就瞎了，到時候我什麼都看不見，還怎麼打理農場呢？說實話，我以前怎麼都想不到我會把自己的家給賣了，可是如果我現在不這麼做，農場將來就會變成荒地，到那時就沒有人願意買了。家裡全部的錢都存在亞比銀行，馬修去年秋天還借了一些錢，還款期限也快到了。瑞秋建議我賣掉農場，再另外找一個地方居住。我打算在綠山牆農舍旁邊找一個地方住。綠山牆農舍雖然又小又舊，可能賣不了多少錢，但是足夠養活我。安妮，你能爭取到獎學金，我很欣慰。這麼一來，我們的情況也會好一點。可是有一點我很過意不去，如果我把綠山牆農舍賣了，那麼你放假回家就沒有住的地方了。安妮啊，你以後怎麼辦呢？」瑪莉拉說到這裡，又不由自主地掉下了眼淚。

「瑪莉拉，綠山牆農舍我們不賣。」安妮說，她的態度很堅決。「安妮，我也不想啊。可是家裡的情況你是知道的。以後家裡就剩下我一個人了，我怎麼能在這裡繼續住下去呢？如果我住在這裡，陪伴我的就只有傷心和孤獨，這樣我不但會更加頭痛，還會變成一個瞎子。因此我才決定把綠山牆農舍賣掉。」

「瑪莉拉，誰說你要一個人住了？我不去雷德蒙，我要留下。」

「什麼？你不去雷德蒙？」瑪莉拉猛然抬起頭問，她雙手捂著憔悴的臉，雙眼凝視著安妮，「為什麼？你到底在說什麼？」

「我是說，我不去雷德蒙了。瑪莉拉，在你從城裡回來的那天晚上，我就這麼決定了。這麼多年來，你一直盡心盡力地撫養我，現在你有了困難，我怎麼能丟下你呢？我考慮了很久。至於將來該怎麼辦，我也已經計畫好了。瑪莉拉，貝瑞先生跟我說，他打算明年租種我們家的農場，所以你就不必擔心農場會變成荒地了，還有我決定去教書。我去艾凡里村的學校問過情況，據說學校理事會已經決定聘請吉伯特•布萊斯了，所以我只好另作打算。我今天在布萊爾先生的店裡時，聽人說卡莫迪好像需要老師，我打算過去看看。當然了，如果我能在艾凡里村做老師就再好不過了。如果我去卡莫迪教書，天氣好時就可以乘馬車去學校；到了冬天，我可以每個星期回來一趟。瑪莉拉，我讀書給你聽。只要能夠讓你擺脫寂寞和無聊，讓你高興，我什麼都願意做。以後我倆就住在這裡，一起過著幸福、快樂的生活。」

瑪莉拉聽著安妮的話，覺得像做了一場美夢：「安妮呀，我知道你是為了我才這麼做的。可是如果你這麼做的話，會失去很多本該屬於你的東西，根本不值得。我不同意你做出這麼大的犧牲！」

安妮笑著說：「瑪莉拉，你想到哪兒去了！什麼犧牲不犧牲的，是我自己願意的。如果我們被迫只能賣掉綠山牆農舍，那才是最大的犧牲。我不希望看到事情變成這樣，我不會在綠山牆農舍出現危急情況時置身事外！我不去雷德蒙繼續念書了，要留下來教書。瑪莉拉，這事我已經決定了，你不用擔心我。」

「可是，你不是一直想繼續深造嗎？」

「我現在轉移目標了。不過你放心，我有的是幹勁！我想好了，我要努力成為一位出色的教師。瑪莉拉，我不願意看見你的眼睛越變越壞。我就算在家裡照樣可以學習，這樣也能實現我繼續深造的願望。這一個星期以來，我都在考慮這個問題，總算想出了這個計畫。我想這是目前最好的辦法了，也算是我對你的一點回報吧。當我從女王學院畢業時，我覺得一切都是那麼美好，我的面前是一條寬廣而筆直的大道，我可以沿著它一直走到鮮花盛開的地方。可是現在大道變成了一條曲折的小路。小路的盡頭是什麼我也不知道。可是，我相信將來一定還有機會，我不會放棄的。對我來說，充滿曲折的道路才更有誘惑力。在前進的道路上等待我的，可能會是什麼呢……」

「這個深造的機會很難得，如果你就這樣放棄了，那多可惜呀。」瑪莉拉說，她捨不得這個安妮好不容易才爭取到的機會。

「瑪莉拉，你就別再勸我了，我已經快十七歲了，我知道自己該怎麼做。我一旦下定決心，就不會輕易改變主意。這一點連林德太太都知道。」安妮說著，不禁笑了起來，「瑪莉拉，我不是在同情你。對我來說，施捨同情既令人厭惡又沒有意義。在我心裡，綠山牆農舍是任何地方都無法取代的，我捨不得離開它。只有在綠山牆農舍才能快樂地生活下去。對你和我來說，綠山牆農舍都是最重要的，所以我們無論如何都不能把它賣掉。」

「安妮，你這孩子啊，真是太了不起了！」瑪莉拉說，她終於被安妮說動了，「不知道為什麼，我現在突然有一種死而復生的感覺。說實在的，我應該再加把勁，努力讓你去上大學，可是我又覺得力不從心。現在看來，你已經長大了，能夠自己做決定了。不過我還是會想辦法補償你的。」

安妮決定留在家鄉教書的消息，很快就傳遍了整個艾凡里村。對於這件事，大家的看法不一，不過大多數人都認為安妮這麼做實在是太愚蠢了。也難怪大家都這麼認為，因為他們根本就不知道其中的原因。不過有一個人卻非常理解安妮，她就是艾倫太太。安妮對艾倫太太說明了原因，艾倫太太不但表示理解，還稱讚她做得好，令安妮高興得眼淚都掉下來了。除了艾倫太太之外，林德太太也很理解安妮。一天黃昏，空氣中充滿了草木的清香，安妮和瑪莉拉正舒服地坐在大門口聊天，就看見林德太太朝她們走來。林德太太剛走到大門口，就坐到了她身邊的一條石凳上。她身後有一個花壇，裡面種著延齡草，暗粉色和黃色的花草在晚風中搖曳著。

「唉，總算可以坐下來歇一會兒了。這一整天我都是站著說話的。我有兩百多磅重呢，就這麼站一天，兩條腿根本受不了。上帝啊，我誠心地請求您，別讓我再發胖了。瑪莉拉，你一定沒有這種苦惱吧？我聽說安妮決定不去上大學了，是這樣嗎？如果是那就太好了。安妮畢竟是個女孩子，現在的教育水準也已經夠高了，如果再到大學裡和男孩子一起學習，淨往腦子裡塞拉丁語、希臘語這類沒用的知識，那多無聊啊！」

「無論如何，我都會學習拉丁語和希臘語。不能去大學裡學，我就在綠山牆農舍學。」安妮笑著說。

林德太太聽安妮這麼一說，不禁哆嗦了一下，舉著雙手說：「你要是這樣學習的話，早晚會累壞的。」

「不會的。我白天教書，晚上回家以後應該還有充沛的精力。當然了，我不會讓自己太累的，我會做好學習計畫的。冬天時，夜晚會很漫長，我又不喜歡刺繡，所以絕對有足夠的時間學習。你應該已經得到消息了，我要去卡莫迪教書了！」

「我當然知道了！不過我聽說你要在艾凡里教書，而不是去卡莫迪。你的申請好像已經被理事會批准了。」

「怎麼會這樣呢?理事會不是已經決定聘用吉伯特・布萊斯了嗎?」安妮驚訝地說,同時站了起來。

「事情原本是這樣的。可是當吉伯特得知你也遞交了申請之後,就立刻去理事會中止了他的申請。他說,他願意把機會讓給安妮,他可以再去申請白沙鎮的教師職位。吉伯特明顯是為了你才中止申請的。他已經得知你為什麼要留下來了,所以才這麼做的。吉伯特這孩子的確是個好青年,既善良、體貼又富有犧牲精神。如果他去白沙鎮當教師,就要自己掏食宿費;他還打算攢錢上大學呢……這孩子啊,也真夠難為他的。這些事都是湯瑪斯告訴我的,我聽了以後,既高興又感動。」

「吉伯特這麼做犧牲太大了。他的好意我心領了。」

「這件事已經定下來了,吉伯特已經和白沙鎮的學校簽好了協議。安妮,我知道你也向白沙鎮的學校理事會提出申請,不過你的申請現在已經作廢了,你肯定會留在艾凡里村教書的。還有派伊家以後不會再有孩子去上學了,因為他們家最小的孩子裘西都畢業了,一切都會越來越好的。唉,這二十幾年來,艾凡里的學校就沒有缺過派伊家的孩子。派伊家的那些兄弟好像有一個重要使命,就是生下一群把學校搞得雞犬不寧的孩子。咦,貝瑞家好像有亮光在閃,是不是出了什麼事?」

安妮笑著說：「那是黛安娜給我發的信號，叫我過去一趟，可能有事要跟我商量。我們從小就開始用這種信號相互聯繫了。對不起了，你們繼續聊，我過去看看到底是什麼事。」安妮說著，就飛快地來到長滿三葉草的斜坡，順著斜坡一直向楓樹林跑去。

林德太太感慨地說：「安妮這丫頭，這麼大了還像個孩子。」

「不過，她身上同時也多了一些女人味。」瑪莉拉聲音流暢地說，她現在好像已經恢復了健康。

晚上，林德太太和她的丈夫湯瑪斯閒聊，不經意地就說到了瑪莉拉。林德太太感慨地說：「現在，瑪莉拉已經可以像以前一樣流暢地說話，精神也越來越好了。」

第二天下午，安妮又手捧鮮花來到了馬修的墳前，她給墳前的蘇格蘭玫瑰澆了水，然後靜坐在那裡，感受著一種寧靜祥和的氣氛，直到太陽落山時才回去。她路過「晶亮湖」，站在山坡上放眼遠眺，只見艾凡里村在落日餘暉的照耀下美得像仙境一樣。一陣輕風拂過長滿三葉草的斜坡，把一股清香帶到了遠方。樹林的另一邊，不時傳來海浪拍擊堤岸的聲音。樹林西邊是一眼清泉，清泉上空布滿了絢麗奪目的晚霞。安妮欣賞著眼前的美景，心頭湧上一陣感動。

安妮走到半山腰時，迎面走來一個高大的小夥子。他是從布萊斯農場門口走過來的，邊走邊吹著口哨。安妮定睛一看，才發現那個人是吉伯特。吉伯特也看見了安妮，就摘下帽子穩步走到安妮身邊，向安妮伸出了手。

「吉伯特，謝謝你！你為了我不惜做出這麼大的犧牲。你對我這麼好，我真不知道該怎麼感謝你才好……」安妮紅著臉說。

吉伯特聽安妮這麼說，激動得不得了，抓著安妮的手說：「安妮，你不需要感謝我！只要能幫助你，我什麼事都願意做。以後我們能做朋友嗎？」

「過去的事我已經不放在心上了。其實自從你在停船場救了我之後，我就已經原諒你了。我覺得自己以前太固執了。我……我很後悔，對你充滿了愧疚之感。」

吉伯特聽安妮這麼說，頓時喜上眉梢：「以後我們就好好相處吧。安妮，其實我們注定是要成為好朋友的，只是我們之前一直拒絕命運的安排。以後就讓我們一路同行吧！我已經考慮好了，準備像你一樣邊工作邊學習，將來好繼續深造。走吧，我送你回家。」

安妮剛進屋，瑪莉拉就問：「安妮，送你回來的人是誰呀？」

「吉伯特。」安妮情不自禁地紅了臉，「我在山丘上碰到他的。」

「我聽到你們在門口說話，說了足足三十多分鐘呢！你是不是跟吉伯特和好了？」瑪莉拉微笑著說。

「我們以前一直都在相互作對，不過剛才吉伯特要我們忘記過去、展望未來，成為一對好朋友。瑪莉拉，我們聊了三十多分鐘？我真是不敢相信，我還以為就幾分鐘呢。這樣也好，就當我們是把這五年來要說的話都一口氣說了吧。」

當天晚上，安妮坐在窗戶跟前思考了很久。一陣清風吹過，使得院子裡到處瀰漫著櫻花和薄荷的香味。星星在山谷裡的楓樹枝頭時明時滅地閃爍著。安妮透過樹林的縫隙，看到黛安娜的房間裡像平常一樣亮著燈。安妮從女王學院回來之後，每天晚上都會在窗前坐一會兒，思考很多問題。與前幾天相比，安妮今晚顯得很激動。安妮心想，雖然自己面前的大道變成了崎嶇不平的小路，但是路邊同樣開滿了美麗的鮮花。安妮一想到這裡，就頓時看到了希望，覺得以後的生活照樣能夠充滿歡樂和幸福。一個人只有勤奮學習、認真工作，才會覺得充實；只有擁有志趣相投的朋友，才會玩得快樂；只有志向遠大，才會時刻想著奮發向上。安妮身上完全具備這些條件，而且她生來就具有豐富的想像力，所以她對未來充滿了希望。她相信，無論現在的情況多麼糟糕，未來都是充滿希望的。

「有上帝保佑，一切都會好起來的！」安妮輕聲說。

巧讀清秀佳人 / 露西.莫德.蒙哥馬利著 ; 孫笑語譯.
-- 一版. -- 臺北市 : 大地出版社有限公司,
2024.12
面： 公分. --（巧讀經典：15）
譯自：Anne of green gables
ISBN 978-986-402-394-3（平裝）

885.359 113016155

# 巧讀清秀佳人

**Anne of Green Gables**

巧讀經典 015

| | |
|---|---|
| 作　　者 | 露西・莫德・蒙哥馬利 |
| 譯　　者 | 孫笑語 |
| 發 行 人 | 吳錫清 |
| 主　　編 | 陳玟玟 |
| 出 版 者 | 大地出版社 |
| 社　　址 | 114台北市內湖區瑞光路358巷38弄36號4樓之2 |
| 劃撥帳號 | 50031946（戶名：大地出版社有限公司） |
| 電　　話 | 02-26277749 |
| 傳　　眞 | 02-26270895 |
| E - mail | support@vastplain.com.tw |
| 網　　址 | www.vastplain.com.tw |
| 美術設計 | 陳喬尹 |
| 印 刷 者 | 博客斯彩藝有限公司 |
| 一版一刷 | 2024年12月 |

大地

定　　價：350元